O Despertar da Princesa de Fogo

A ORDEM DOS DRAGÕES

O Despertar da Princesa de Fogo

A ORDEM DOS DRAGÕES

JOSY LIRA

PandorgA
NACIONAL
2016

DIREÇÃO EDITORIAL
Silvia Vasconcelos
PRODUÇÃO EDITORIAL
Equipe Editora Pandorga
PREPARAÇÃO DE TEXTO
Andréia Barboza
REVISÃO DE TEXTO
Fernanda S. Ohosaku
Fabio Brust – ELO EDITORIAL
DIAGRAMAÇÃO
Inari Jardani Fraton – ELO EDITORIAL
PROJETO GRÁFICO
Fabio Brust – ELO EDITORIAL
CAPA
Cristiane L. Viana

Texto de acordo com as normas do Novo Acordo Ortográfico da Língua Portuguesa (Decreto Legislativo nº 54, de 1995)

DADOS INTERNACIONAIS DE CATALOGAÇÃO NA PUBLICAÇÃO (CIP)
Ficha elaborada por Tereza Cristina Barros - CRB-8/7410

Lira, Josy
O despertar da princesa de fogo / Josy Lira. -- 1.ed. -- São Paulo : Pandorga, 2016.
272 p. ; 16 x 23 cm.

ISBN 978-85-8442-167-1

1. Ficção brasileira 2. Ficção de fantasia I. Titulo.

15.09/033-2016 CDD- 869.93

2016
IMPRESSO NO BRASIL
PRINTED IN BRAZIL
DIREITOS CEDIDOS PARA ESTA EDIÇÃO À
EDITORA PANDORGA
RODOVIA RAPOSO TAVARES, KM 22
CEP 06709-015 - GRANJA VIANA - COTIA - SP
TEL (11) 4612-6404
www.editorapandorga.com.br

UMA NOITE

HOJE FOI O MEU ANIVERSÁRIO DE OITO ANOS. TIVE um dia incrível com os meus pais e meus amigos. Fomos ao cinema depois da escola, e minha mãe me deixou comer todo tipo de porcaria, o que não acontece com frequência. Acho que é por isso que eu não conseguia dormir. Estava olhando para o teto, deitada na cama; tenho certeza de que já haviam se passado horas. Já me virara em todas as posições possíveis. Geralmente meus pais vinham para saber o que estava acontecendo quando eu ficava inquieta, mas até então isso não tinha acontecido.

Fiquei pensando em como poderia resolver isso. Se demorasse a dormir, teria muita dificuldade em acordar quando minha mãe me chamasse bem cedo, e se recebesse mais uma reclamação por dormir na aula com certeza estaria encrencada de verdade. Cada vez que fechava os olhos, parecia que estava me afogando no escuro. Já tinha tentado deixar a luz acesa, contar carneirinhos, até tentei dormir sentada, porém nada parecia funcionar. De acordo com a minha mãe, se tudo falhasse, ler era a solução. Olhei para os livros na minha estante, mas não conseguia nem mesmo escolher um deles.

Não tinha outra maneira: abri a porta e desci as escadas em silêncio total. Fui até a biblioteca. Era o maior cômodo da casa, havia tantos livros que eu nem conseguia contar. Minha mãe sempre amou ler, e ficava horas sentada em uma poltrona de couro antiga, lendo sem pausa para comer, e meu pai era escritor. Eu queria ser como eles. Por isso estava lá, mesmo sendo tarde da noite. Acho que ler ajudaria a acalmar aquela sensação ruim.

Olhei para as prateleiras e não vi nada que me interessasse. Queria algo colorido, engraçado, mas os livros da minha mãe quase não tinham figuras. Alguns eram tão antigos que eu tinha até medo de tocar, pois ela com certeza perceberia que eu o fizera. Estava quase voltando para o quarto quando vi um volume que tive certeza de que seria perfeito para me ajudar a dormir.

Subi em uma cadeira bem devagar, para não fazer barulho. Os meus pais tinham ouvidos supersensíveis, e eu tinha de ter cuidado. Era tão legal fazer algo excitante, pois aos oito anos tudo é novidade – assim diziam os nossos vizinhos que, por coincidência do destino, são os pais dos meus melhores amigos.

A capa do livro era vermelha, com um dragão preto na lombada. Devia ser novo, já que nunca o tinha visto na estante. Dei de ombros. Seria mais um motivo para dar uma espiada. O problema era que ele estava no alto, e minha mãe sempre dizia que eu só poderia ler os que estavam na prateleira de baixo. Mas, hoje, queria algo diferente. Então peguei o livro, puxando-o com a ponta dos dedos, me esticando ao máximo, mas era muito alto. Fui puxando com dificuldade, até que ele escorregou e eu me desesperei. Minha mãe ficaria superbrava se visse o que eu estava fazendo.

Segurei o livro com o corpo contra a estante. Nossa, foi por pouco que não fiz um barulhão que acordaria a casa toda! Quando me acalmei e percebi que ninguém ouvira nada, peguei o livro e fui me sentar na velha cadeira de leitura da minha mãe. Acendi a luz do abajur e vi que o volume era grosso e tinha muitos desenhos. Comecei a folhear, procurando por algo interessante. Uma figura chamou minha atenção. Era um castelo enorme, em estilo românico, e as letras eram muito bonitas, vermelhas com as bordas douradas. Comecei a ler a história.

A história narrava haver um senhor na Europa medieval chamado Drácula. Ele era conhecido por esse nome porque os aldeões achavam que ele descendia de dragões. Sua família cresceu ao longo do tempo. Todos se pareciam muito: tinham pele branca, olhos negros e cabelos que diferiam um pouco.

Durante muitos séculos, Drácula e seus descendentes eram vistos como dádivas dos dragões, pois nada os atingia e eles tinham poderes sobrenaturais. As aldeias próximas ao castelo eram prósperas, porém nos locais mais sombrios sua família era considerada a destruição dos que estivessem contra sua vontade. Eu já tinha lido sobre Drácula, e sabia que a história era outra. Ele era um vampiro muito mau, e matava as pessoas sugando seu sangue até que morressem.

Eu nunca tinha lido nada sobre ele ser parente de dragões. Como isso poderia ser possível? Dragões tinham a ver com fogo. Para mim, não fazia o menor sentido. Estava curiosa com o fim da história. Ela continuava, afirmando que havia muita magia e poderes em sua família, mas que poucas pessoas sabiam sobre isso. Era proibido falar, e quanto mais eu lia, mais queria encontrar um sentido naquela história.

Em cada página havia a ilustração de um dragão diferente, e eles pareciam vivos – não havia outra forma de tentar explicar. Ao ver um dragão vermelho, fiquei paralisada. Ele era lindo, e tinha os olhos vidrados em mim.

Senti muito sono e, sem saber ao certo como, coloquei o livro de volta no lugar, apaguei a luz, voltei para cama e fui dormir. Quando acordei, lembrava de ter lido sobre Drácula, dragões e um castelo, mas era como se eu tivesse perdido o interesse. E assim me mantive, por mais dez anos, só com uma vaga lembrança desse dia. Até hoje.

CAPÍTULO 1

A DESCOBERTA

ERA A MANHÃ DO MEU ANIVERSÁRIO DE DEZOITO anos – 18 de outubro de 2013. Eu sabia que seria um dia incrível. Sempre achei que, quando esse dia chegasse, tudo seria diferente na minha vida. Meus pais estavam fazendo panquecas, suco de laranja e chocolate quente com bolo (sempre no dia do meu aniversário era a mesma coisa, e isso era muito bom).

Olhei ao redor. Meu quarto tinha tudo de que eu gostava. As paredes eram brancas com uma barra de flores negras que batia na altura do ombro. Havia um quadro com uma imagem da Torre Eiffel – eu sonhava em ir a Paris, um dia. Também tinha um desenho em carvão de um castelo. Eu vira um homem o vendendo na praia, num fim de tarde, e soube naquele momento que tinha de ser meu. A imagem me trazia calma. Quando me deitava, sentia como se estivesse dentro daquelas paredes e, às vezes, como se pudesse ver as cores que não estavam no quadro. Mas sabia que era fruto de uma imaginação fértil e muito sono.

Lembrei-me de uma vez, quando tinha uns oito anos, em que fui até a biblioteca da minha mãe e peguei um livro que ficava bem no alto da estante. Tinha uma capa vermelha, figuras de um castelo muito parecido com o do quadro e a figura de um vampiro e sua família com dragões lindos. Em cima da fortificação estava escrito "Drácula". Nunca mais vi nada como aquilo e, pensando bem, era meio louco relacionar vampiros e dragões.

Nunca tive coragem de perguntar sobre o livro vermelho, nem porque o Drácula estava com aqueles animais. Eu sabia que vampiros tinham medo de fogo. Não entendia por que estava pensando naquilo agora, mas tudo bem. Jamais falei sobre isso com a minha mãe, já que ela não gostava que eu bisbilhotasse os livros, mas, na época, eu era apenas uma criança. E, na infância, sempre queremos o que é proibido.

Se contasse a ela o que eu sonhava, acho que ela me internaria. Eram apenas imagens de um castelo quase sempre sem uma forma definida. Havia, também, um homem no escuro, que me deixava com medo e, ao mesmo tempo, curiosa. Nada parecia conectado. Era como arte moderna: sem pé nem cabeça. Eu achava tudo estranho e interessante.

Minha mãe não gostava dos quadros, e sempre tentava me fazer trocar por outros, mas eu não queria. Era como se tudo neles fosse familiar. Eu ficava olhando para o castelo e pensando em como seria por dentro. Eu queria ser uma princesa: a princesa do castelo perdido.

Só eu, mesmo!

Tinha tantos sonhos! Queria ir para a Torre Eiffel e olhar a cidade-luz de cima. Nossa, parecia que sempre que eu entrava no Facebook via fotos de gente em Paris. Queria ser fotógrafa só para poder tirar fotos de lugares como o Arco do Triunfo, a avenida Champs-Élysées e as luzes das árvores, no Natal. Mas isso teria de esperar. Faltava eu terminar o ensino médio – é inacreditável, hoje é meu último dia de aula! –, para então decidir a respeito do curso que faria na faculdade. Ainda estava em dúvida. Recebi aprovação de várias, mas não sabia para onde ir, pois meus pais não queriam que eu fosse para longe.

Em breve eu iria para algum dormitório, teria colegas de quarto e uma vida totalmente diferente. Mas isso teria de esperar a preguiça ir embora, já que eu estava enrolada na minha colcha favorita, branca e muito macia. Estava de pijama, com uma blusa de alcinha e calça comprida de seda preta. Sempre uso seda para dormir. Digo aos meus pais que gosto do tecido, e eles dizem que combina comigo. Meus pais são o casal perfeito. Alban é alto, branco e atlético. Tem olhos negros e cabelos castanhos encaracolados, com maçãs do rosto altas, lábios finos. Mas é o sorriso que o deixa lindo.

Bem, vamos às apresentações: meu pai se chama Alban; minha mãe, Amanda Richards. Eles se conheceram na Europa, se apaixonaram e resolveram fugir para se casar, pois meus avós não queriam que ela namorasse com um rapaz pobre. Mas meus avós que saíram perdendo, pois éramos felizes sem eles e acho a história dos meus pais linda. Eu esperava um dia sentir um amor assim.

Quanto à minha mãe... O que posso falar de uma rainha? Nossos cabelos são idênticos, loiros e lisos ao extremo – mas os dela não precisa finalizar com chapinha, basta lavar e secar que eles ficam sem um fio fora do lugar. Ela é alta, coisa que acho que nunca vou ser, e o corpo... Nossa, ela poderia ter sido Miss quando mais jovem! Somos muito parecidas, até mesmo na forma de fazer beicinho para o meu pai quando queremos alguma coisa. Eu nunca tinha pensado em como nós três somos semelhantes. Mas o mais importante é que eles são os melhores pais do mundo. E são meus.

Meu pai é um esportista nato. Corre todas as manhãs antes do nascer do Sol; ele diz que se sente bem-disposto, mas eu nunca acreditei nisso. Minha mãe e eu somos mais adeptas a dormir até o último minuto que der. Adoro ser assim, totalmente relaxada. Minha mãe trabalha com plantas medicinais, e tem uma lojinha na rua de trás de nossa casa. Meus amigos e eu ajudamos a colocar as plantas para secar e, às vezes, experimentamos novos aromas que minha mãe testa para fazer perfumes especiais. Ela está procurando por um que combine com cada um de nós, e fez um para o meu pai que combina perfeitamente com ele.

Eu sabia que meus melhores amigos estariam chegando para o café e depois iríamos juntos para a escola. Minha melhor amiga é a Beta. Ela é pequena, *bem pequena* – mede exatamente um metro e meio –, tem um rostinho lindo, olhos verdes e boca em forma de coração, muito vermelha. Com cabelos ruivos encaracolados em um corte chanel, parece aqueles anjinhos de criança, tem sardas no nariz e um corpo perfeito: sua cintura e curvas são iguais às da Barbie. Sempre digo que ela seria uma modelo fotográfica incrível, mas ela quer ser designer. Acho que, se ela tentasse, poderia ganhar uma nota, mas ela não quer mesmo.

Beta é a pessoa mais meiga e gentil que já conheci. Ela está sempre satisfeita, mas diz ter muita dificuldade nos estudos. Às vezes, acho que ela faz isso de propósito para passarmos o dia juntas, pois suas notas são sempre ótimas. Mas ela diz que, se não fosse por minha ajuda, não conseguiria. Somos como irmãs.

Já Grady é magrelo e muito alto, tem mais ou menos um metro e oitenta – não sei ao certo, pois ele anda meio encurvado. Tem o cabelo loiro escuro e encaracolado, que eu acho lindo, e um rosto muito fofo, com olhos cor de mel e lábios carnudos. Um dia ele vai chamar muita atenção, e as meninas vão fazer fila para ficar com ele. Espero que a Beta tome uma atitude até lá. Eles ficariam muito bem juntos.

Preciso parar de sonhar acordada. Mas divagar sobre a vida enrolada nas cobertas é tão gostoso, que preguicinha. Hoje faço dezoito anos, e não poderia estar mais feliz. Minha família e amigos sempre me esperam para me dar os parabéns quando eu chegava na cozinha. Sei que parece sem graça, mas adoro ter a mesma rotina para cada aniversário. Dei uma última rolada na cama, levantei de um pulo e fui tomar banho. Ao escovar os dentes, senti a gengiva dolorida, e imaginei tê-las machucado com a escova.

Sequei meu cabelo – algo muito demorado –, que ia até a cintura e crescia muito. Eu o cortava uma vez ao mês e, mesmo assim, parecia que nunca tinha sido cortado.

Sempre me achei bonita, mas não linda como as garotas do meu colégio. Apesar de chamar a atenção, não faço parte dos alunos populares. Na verdade, para eles, sou estranha. Tenho cabelos bem loiros, sou muito branca e meus olhos são tão negros que não consigo distinguir as pupilas. Essa combinação meio estranha me deixa em evidência, pois moramos na Califórnia, e todos aqui são adeptos do sol e dos esportes ao ar livre.

Encarei o espelho e meu reflexo. Sou Aislin Richards. Tenho um metro e sessenta e seis. Queria ser um pouco mais alta, já que chamaria mais atenção dos homens, que costumam ser altos. Falo isso como se tivesse muita experiência, mas nunca namorei. Não que não quisesse, mas acho que assusto os caras. Essa parece ser a única explicação. Quando converso com os meninos e estamos quase ficando nas poucas festas a que sou convidada, sinto como se eles não conseguissem me beijar. Nada, zero. É estranho ter dezoito anos e nunca ter beijado ninguém. Isso faz com que eu me ache virgem ao quadrado – o famoso "BV", também conhecido como "boca virgem". Que patético.

— Certo, foco. Lembre-se, hoje é o seu aniversário de dezoito anos. Logo você estará na faculdade, e com certeza sua realidade vai mudar.

Abri o meu melhor sorriso em frente ao espelho e pensei que tudo vai mudar para muito melhor depois de hoje. Não sei por que estou me sentindo assim, isso parece tão anormal... Ah, não importa. Eu não poderia estar mais feliz, já que hoje é meu aniversário. Esperei tanto por esse dia!

Maquiei-me com cuidado para não exagerar. Olhei para o relógio e percebi que já estava na hora de descer para tomar o café da manhã e ver meus presentes. Voltei ao meu quarto e encontrei um envelope preto em cima do meu travesseiro.

Não tinha identificação, apenas meu nome completo na frente. Estava escrito "Aislin Kelly Haigi", e não "Richards". Que coisa estranha... Peguei o papel e coloquei dentro da gaveta da mesa de cabeceira.

Verifiquei o celular. Tinha umas vinte mensagens de texto. Apesar de não ser popular, tenho colegas que se lembram do meu aniversário. Digo "colegas" porque os discriminados se unem, eu acho. Alguns até que são legais, como os do grupo de teatro e xadrez, que nos aceitavam com naturalidade. Já meus dois melhores amigos enviavam mensagens à meia-noite; era uma espécie de tradição entre nós.

Vesti uma calça jeans escura e um suéter vermelho – gostava muito dessa cor – e calcei sapatilhas douradas. Passei algumas gotas de Chanel nº5, o perfume que eu usava em eventos e ocasiões especiais. Como estava quase no fim, dei só uma borrifada. Eu já tinha visto pela casa uma caixa embrulhada para presente, no tamanho e formato do perfume. Fui até a janela e olhei para a tranquilidade de nossa rua, pensando em como sempre gostei da vida nesse lugar.

Nossa casa ficava em um bairro de classe média. Morávamos na Rua 4, em Long Beach, Califórnia. Sempre estudei por perto. Na nossa rua, há duas escolas de ensino fundamental e um dos melhores hospitais da cidade. Minha escola atual fica na Rua 7, muito perto da Universidade da Califórnia de Long Beach, onde minha mãe insiste que eu estude, com aquela conversa de que preciso estar próxima a eles por ser filha única e tudo o mais.

A casa era como um castelo em miniatura, com duas torres para os quartos principais, além de um de hóspedes, que nunca foi usado. O meu quarto ficava do lado direito, e eu conseguia me comunicar perfeitamente com os meus amigos pela janela. Ela ficava de esquina, e tinha um pequeno prédio de dois andares ao lado. Grady morava no primeiro andar, Beta, no segundo. Até o quarto deles ficava na mesma direção. Sempre fazíamos tudo juntos. Grady era o único que tinha carro, por isso vamos com ele para a escola. Porém, a hora de decidir onde vamos estudar e para qual faculdade ir está chegando, e sei de uma coisa: vou sentir saudade de tudo! Sempre nos divertimos muito juntos, mas a separação parece inevitável.

Todos os móveis da casa tinham um estilo antigo. Os sofás eram cor vinho, com braços e pernas trabalhados em dourado; as paredes tinham quadros com paisagens europeias, cortinas delicadas, todas em tom bege claro com belos laços em tom dourado-claro as prendendo. Toda a casa é assim. Adoro o piso de madeira, tão brilhante e aconchegante... Achava nossa casa maravilhosa, por dentro e por fora.

Long Beach era demais. Tínhamos parques, uma praia que adoro – logicamente que eu usava protetor solar com fator de proteção máxima. Amo o mar! Antes, quase todo final de semana ou fim de tarde eu ia à praia. Agora, com tanta coisa para estudar e trabalhos para fazer, quase não tenho mais tempo para isso. Talvez amanhã convidasse Beta e Grady para darmos uma volta na praia antes de ir ao baile. Droga, nada de pensamentos tristes agora, só porque você não tem um par para o baile.

Deixei os devaneios de lado, peguei minha mochila e desci correndo para o café da manhã. Sabia que não conseguiria comer nada: meu estômago estava dando nós. Talvez fosse o efeito de fazer dezoito anos. Mas isso não estragaria o meu dia. Não mesmo.

Meus pais estavam na cozinha, arrumando a mesa do café da manhã. Meu pai deixou o prato em cima da mesa e veio me dar um abraço. Ele sempre me rodopia, não importa a idade.

— Parabéns, minha princesa.

— Obrigada, pai.

Minha mãe enxugou as mãos e me abraçou, comovida. Ela me cheirou e me deu muitos beijinhos no rosto, fazendo-me rir. Ela sempre tem um modo diferente de demonstrar que está feliz.

— Feliz aniversário, minha filha! Nem acredito que você está fazendo dezoito anos. Há poucos dias você era só um bebezinho.

Minha mãe seca as duas lágrimas que escorrem pelo seu rosto e eu a abraço. Ela parece uma manteiga derretida, mesmo.

— Mãe, por favor.

Ela dá um sorriso meio triste, fecha os olhos e respira fundo. Meu pai a abraça e faz um carinho. Eles são tão conectados e apaixonados, são perfeitos um para o outro. Quero isso para mim, esse tipo de felicidade e amor. Sei que um dia encontrarei. Mas, por ora, arrumar um par para o baile estaria de bom tamanho.

— Certo, tudo bem. Vamos comer. Fiz tudo de que você gosta, filha. Beta e Grady já estão chegando.

O olhar de minha mãe parecia triste. Eu sabia que tudo devia estar delicioso, mas só de olhar ficava enjoada.

— Filha, você não quer comer nada?

— Desculpe mãe, não estou com fome. Estou ansiosa pelo meu último dia de aula.

Menti para não a magoar. Estava faminta, mas senti náuseas ao provar a comida, e não queria estragar o aniversário colocando tudo para fora.

— Pegue aqui seu presente, então.

Olhei para uma caixa minúscula e pensei o que poderia ser. Quando abri, levei um choque: era um anel de ouro com rubi no centro e várias inscrições ao redor. Era lindo! Quando coloquei no dedo, minha gengiva doeu um pouco mais, e minha barriga pareceu urrar de fome.

— Obrigada, mãe. É lindo, nunca vi nada igual.

Como sou filha única, sempre tive tudo que eu desejei e sempre tivemos todo o conforto, mas aquele anel era demais, parecia muito caro. Olhei para minha mãe e lá estava ela, com os olhos cheios de lágrimas. O que estava acontecendo? Sei que ela é muito emotiva, mas aquilo estava além dos limites.

— É da nossa família há gerações. Passamos para a geração seguinte, quando se completa dezoito anos.

Deveria ser algo muito importante para ela, além de lindo.

— Mãe, não chore, sim? Só estou um ano mais velha, não mudei muita coisa.

Ela riu e me abraçou, o que me deu a sensação de que estávamos nos despedindo para sempre. Algo realmente parecia estranho, mas, como era meu aniversário e eu não queria que nada estragasse a data, decidi que perguntaria o que estava acontecendo no dia seguinte.

Meus amigos entraram pela porta da cozinha, do lado da casa. Eles estavam arrumados e cheirosos, e eu podia sentir a essência do perfume deles. Será que, depois de tanto cheirar coisas na loja da minha mãe, eu estava ficando especializada nisso?

— Bom dia, senhor e senhora Richards.

— Bom dia, meninos. Sentem-se e vamos comer, antes que esfrie.

Eles vieram diretamente para mim, e não deu tempo nem de me levantar. Eles me deram um superabraço e ainda falaram, juntos:

— Feliz aniversário!

— Estava louca de vontade de falar isso hoje de manhã. Tentei vir antes do Grady, mas ele escuta tudo o que estou fazendo. Quando saí, ele já estava me esperando.

— Claro que eu não estava esperando. Só desci e você veio logo atrás, não posso fazer nada.

Beta estreitou os olhos e sentou-se à mesa, e ficamos falando bobagens. Eles estavam devorando a comida, enquanto eu só conseguia assistir. Que começo de aniversário mais sem graça!

— Andem logo, vocês três. Só porque é aniversário de alguém não quer dizer que estão dispensados de ir à escola.

Levantamos correndo e pegamos nossas coisas.

— Tudo bem, Sra. Richards. Temos muita coisa planejada para a Aislin no colégio.

Minha mãe só concordou com a cabeça e riu.

— Bem, então vão logo para a aula. Vocês não podem chegar atrasados no último dia.

— Meu Deus, é verdade, fiquei tão animada com meu aniversário que me esqueci! Amanhã é a nossa formatura.

Fiquei de cara amarrada. A minha mãe não sabia o que era ser rejeitada por parte dos garotos. Por onde ela passava todos os caras babavam, e ela não teve esse tipo de dificuldade, já que teve tutores em casa e não frequentou o martírio de uma escola.

— Droga, amanhã à noite é o baile, e eu não tenho um par.

Grady logo abriu aquele sorriso bobo.

— Não fica assim, Aislin. Também não temos par. Quer dizer, acho que posso ser o par das duas donzelas mais lindas da escola.

Ele tinha um jeito especial que era fofo. Beta arregalou os olhos. Acho que ela ficou apavorada com o pensamento de ir ao baile com Grady. Sei que ela queria, mas negava dia e noite.

— Ah, gente, isso é uma droga.

A Beta abriu um sorriso enorme e levantou do banco num pulo.

— Vamos parar com isso. Não quero pensar em outras coisas além da formatura. Não fique triste, amiga, hoje é seu aniversário. Quem sabe amanhã um supergato vá te convidar para o baile. Talvez o capitão do time esqueça aquela namorada vitaminada e lembre que existem pobres mortais como nós.

Minha mãe balançou a cabeça e riu das nossas loucuras.

— Acho que está na hora de vocês irem, crianças.

— Tudo bem. Mãe, pai, amo vocês.

— Também amamos você, querida.

Meu pai me abraçou e me olhou.

— Aislin, à noite temos uma surpresa para você. Não arranje compromissos.

Como ele estava sério, dei um sorriso amarelo e saí atrás dos meus amigos, pensando no que estava acontecendo. O que será que mudou de ontem para hoje?

— Tudo bem. Vamos à lanchonete depois da aula e chego em casa lá pelas seis e meia.

— Já estarei com tudo preparado até lá.

Minha mãe foi quem respondeu. Ela estava na sala. Como ela consegue escutar tudo o que dizemos?

Percebi que havia algo de errado, mas tinha de aproveitar meu último dia de aula e aniversário com meus amigos. No carro, os dois me deram o presente que tinham comprado juntos: três pulseiras de amizade com nossos nomes gravados. Eles sempre combinavam algum presente. Era engraçado.

— Que lindo, amei, obrigada! Olhem o que minha mãe me deu. Parece até que vocês estavam combinando de me dar joias.

Abracei e beijei os dois, até porque eles estavam sentados nos bancos da frente. Eu era feliz por ter amigos como eles. Sempre brigávamos, mas, depois de alguns minutos no máximo, tudo era resolvido, nunca conseguimos ficar brigados realmente.

Grady colocou a pulseira dele presa junto com o cordão que ele estava usando, Beta lançava olhares e ele fingia não perceber, mas eu sentia o clima entre eles esquentando, quando vi um sorriso torto do meu melhor amigo. Acho que não passaria de amanhã essa enrolação. Eu ia sentir muito a falta deles.

— Vai ser difícil ir para a faculdade sem vocês. Não vou fazer design, nem artes, não tenho vocação pra isso. Quero algo totalmente diferente, em um lugar novo.

Ainda não me decidi sobre o que fazer, e isso está me deixando um pouco nervosa. Mas só de saber que passei do ensino médio já sinto um grande alívio. Agora quero um tempinho para pensar, e tenho certeza de que vou conseguir colocar a cabeça em ordem e escolher bem minha profissão.

No fim das contas, acho que irei surpreender a todos com minha escolha. Tenho sonhado muito em ser advogada. Sei que é um caminho bem competitivo, mas é o único que tenho em mente, no momento.

— Já sabemos, você quer ser advogada. Que coisa chata ficar andando com roupas formais, paletó e gravatas. Isso deve ser um saco.

— Primeiro, não uso gravata. Segundo, sou boa com as palavras. Não poderia ser médica, por exemplo, já que tenho pavor de ver sangue.

Enquanto eles discutiam sobre a faculdade, me senti incomodada. Quando falei a palavra sangue, minha gengiva pulsou e doeu. Tive a impressão de ter conseguido ouvir o pulsar dos batimentos cardíacos dos meus amigos, e fiquei com sede de repente. O que estava acontecendo comigo?

Comecei a suar. Estava ficando com a garganta seca, mal podia engolir. Será que estava com alguma doença maluca?

Fiquei inquieta. Grady dirigia como uma tartaruga, e eu parecia estar vendo as coisas na velocidade da luz. Tudo passava por mim como um borrão. De repente perdi o equilíbrio e, como estava no banco de trás, decidi me deitar um pouco. Aquilo tinha de passar. Não queria voltar para casa. Não hoje.

— Aislin, você está bem?

Beta parecia ter sentido que algo não estava certo. Fizemos uma espécie de "juramento de irmãs" aos dez anos, e com o passar do tempo nossa ligação tinha aumentado. Sempre sentíamos quando a outra estava mal.

— Sim. Acho que estou com sono ainda.

Era a segunda vez que mentia, e isso me deixou um pouco chateada. Mas era a nossa despedida, eu não queria perder o último dia de aula. Era o marco final de uma parte da minha vida! Ah, caramba! Estava sentimental demais.

Olhei para o celular, vendo linhas verdes e azuis, como se estivesse em curto. Em seguida, a tela apagou. Joguei o telefone para a frente.

— Aislin, o que foi? Quer um telefone novo?

Beta sabia que o meu cérebro estava em curto, no mínimo.

— Não, ele simplesmente apagou.

Grady é muito inteligente no que diz respeito a eletrônicos, e foi logo pegando para ver o que tinha de errado, mesmo dirigindo - torci para não ter nenhum guarda de trânsito por perto.

— Nossa, seu telefone é novinho, como pode?

Ele apertava os botões e balançava a cabeça, depois resmungava qualquer coisa e apertava de novo. Balancei a cabeça, que já estava doendo, e me joguei no banco novamente.

— Deve ser por isso mesmo. Deveria ter ficado com o velho, ele não faria isso. Não me deixaria na mão no dia do meu aniversário.

CAPÍTULO 2

ÚLTIMO DIA DE AULA

MAS QUE COISA CHATA. ESTAVA COM DOR E SEM comunicação com o mundo. O dia não estava saindo como o planejado. Logo no nosso *último* dia.

Ao chegarmos à escola, entramos no corredor e comecei a sentir muita sede. Conseguia, também, ouvir o pulsar do sangue, cada vez mais alto. Cheguei ao meu armário, sentindo a dor de cabeça ficar insuportável. Fechei os olhos para ver se melhorava. O armário da Beta era três depois do meu e o de Grady, do outro lado, quase em frente ao dela, por isso tive um tempo para tentar me concentrar em fazer a dor passar sem ter de fingir que estava tudo bem.

Tentei dizer a mim mesma que não ia perder a nossa despedida, então forcei um sorriso quando os dois voltaram e fomos para a primeira aula do dia. Não consegui pensar em nada além de suportar a dor.

Nossas quatro aulas foram pura animação e pude passar despercebida, pois o assunto da formatura e do baile agitava todos, inclusive meus amigos.

De vez em quando, Beta me olhava como se soubesse da minha dor, e eu dava um sorriso amarelo, que não convencia muito. Consegui enrolar até a hora do almoço. A dor ficou mais forte assim que entrei no refeitório, então resolvi ir à enfermaria. Se não tomasse algum remédio com certeza ficaria pior. Resolvi enfrentar a enfermeira Dolores uma última vez.

— Beta, estou com muita dor de cabeça. Preciso tomar um analgésico na enfermaria.

Grady me olhou, preocupado.

— Há quanto tempo está sentindo dor? Não, não precisa responder. Conhecendo você, tenho certeza de que faz tempo. Vamos.

— Vocês podem ficar almoçando. Eu não vou demorar.

Beta me olhou e levantei as mãos em rendição, sabendo que eles não me deixariam ir sozinha de maneira alguma.

— Tudo bem. Vamos, antes que piore.

Grady pegou a minha mochila e Beta foi de mãos dadas comigo. Isso me confortou. Sabia que podia contar com eles em todos os momentos. Eu os adorava. Saber disso fazia até a dor diminuir.

Ao chegarmos à enfermaria – um cubículo com mesa, maca e duas cadeiras –, a enfermeira Dolores me olhou de cara feia. Ela era muito magra e nunca sorria, principalmente para aqueles que ela achava que queriam fugir das aulas.

— A que devo a honra de sua visita, Srta. Richards? Pensei que, pelo menos no último dia de aula, não a veria por aqui.

— Enfermeira Dolores, estou com uma dor de cabeça de matar. Pense que será a última vez que estarei aqui. Por favor, estou mal.

Ela me olhou e, depois de alguns instantes me encarando, seu olhar se tornou compreensivo. Pegou um remédio e um pouco de água.

— Beba isso, Srta. Richards. É um analgésico. E fique deitada por, pelo menos, vinte minutos.

De repente, um rapaz que parecia embriagado entrou na enfermaria. Ela foi atendê-lo e eu me deitei, o que ajudou um pouco, pois a dor parecia comprimir meu cérebro.

Sabia que a enfermeira não deixaria meus dois amigos entrarem e que eles ficariam preocupados comigo.

— Filha, por que você não me ligou?

Mãe! Com certeza foi a Beta que avisou.

Quando vi a minha mãe na porta, muito chateada, fiquei sem saber o que fazer.

— Mãe, o que está fazendo aqui?

Tudo está acontecendo justo hoje. O que eu fiz de errado para merecer isso?

— Seus amigos me telefonaram, dizendo que você estava na enfermaria. Por que você não me avisou? O que você está sentindo?

Abri meu sorriso de "está tudo bem", mas ela não achou graça, e eu sabia que não conseguiria escapar daquela vez.

— Como a senhora pode ver, estou bem. Não avisei porque meu celular deu defeito antes de eu chegar no colégio. Só estou com um pouco de dor de cabeça, mas já está melhorando.

Essa foi uma ótima desculpa, mas, mesmo que estivesse com o aparelho, não ligaria para ela. Não hoje. Em qualquer outro dia, ficaria feliz com a dor de cabeça: pelo menos eu me livraria de uma tarde de aulas, principalmente às quartas-feiras, quando só tinha física e álgebra.

— Nada disso, mocinha, você vai para casa comigo agora. Falei com a enfermeira Dolores e ela já enviou uma dispensa para suas próximas aulas.

Ah, não!

— Mãe, é meu último dia de aula. Minha despedida.

Com certeza, pelo olhar dela, já era. E eu não teria como mudar essa decisão. Isso não poderia ter acontecido em qualquer outro dia? Tinha de ser hoje?

— Não quero discussão. Vamos, seu pai está esperando no carro.

Como assim, meu pai? Ele raramente saía de casa, apenas em casos de extrema necessidade, além de suas corridas matinais.

— Papai também está aqui?

A situação ficava pior a cada minuto. Por que toda essa tempestade só por causa de uma dor de cabeça? Olhei para meus amigos, parados na porta, parecendo preocupados, e não pude me chatear com eles por terem chamado meus pais. Eles apenas demonstraram sua amizade e consideração por mim. Dei um sorriso forçado, mas eles sabiam que nada abalaria nossa amizade.

— Espero vocês depois da aula lá em casa. Precisamos conversar — minha mãe falou para eles.

Senti-me excluída de algo importante, e isso me incomodou. O que minha mãe tinha para falar com meus amigos? Parecia ser algo bem sério.

— Está acontecendo algo de que eu não saiba?

Ela me olhou com cara de poucos amigos e me calei.

— Vamos para casa, agora. Podemos conversar melhor depois.

Concordei, sabendo que não a faria mudar de ideia. Minha mãe era muito turrona, assim como eu.

— Tudo bem. Minha dor de cabeça está me matando, mesmo.

Despedi-me dos meus amigos e segui com ela para o carro. Meu pai parecia preocupado. Minha mãe guardou minha mochila. Sentia-me um pouco confusa, pois a dor estava cada vez pior.

— O que aconteceu, princesa? Quando a Beta ligou para sua mãe, ficamos preocupados.

— Minha cabeça está doendo muito, mas já tomei um analgésico e acho que vai passar logo.

Ele me olhou como a minha mãe tinha feito antes, totalmente cético a respeito do assunto. A dor só piorava. Durante todo o caminho eu gemia, e meus pais não diziam nenhuma palavra. Eu sentia um clima estranho. A dor era tanta que eu me contorcia, e quanto mais fazia isso, pior ficava.

Parecia que eu estava morrendo com milhares de agulhadas por todo o corpo. A dor já tinha se espalhado.

Ao chegarmos em casa, minha mãe me deu um chá vermelho de flor de lótus e logo me senti melhor. Meu pai me carregou no colo e me colocou na cama, eu amava isso nele, sempre cuidadoso.

— Durma um pouco, princesa. Venho te acordar para o jantar, e espero que você esteja melhor.

— Obrigada, pai.

Sorri e, como estava mal, fui dormir mesmo. Logo que adormeci, tive um sonho estranho, com um castelo escuro em um local frio. Havia muita neve, coisa que eu nunca vira. Eu estava no meio de uma nevasca, usando a minha roupa de dormir, com os pés descalços e eu não estava com frio, achei tudo muito estranho, mas isso era um sonho. O castelo era assustador, tirado de um filme de terror. O vento era tão forte que eu mal podia andar em linha reta, e meus pés estavam afundando cada vez mais na neve fofa, eu pegava na neve e podia sentir que era tão real.

Quando cheguei à porta vi que tinham argolas gigantes, e ela parecia pesar uma tonelada. Empurrei, mas não tive dificuldade em abrir. Tudo era negro, das paredes ao piso. De súbito o corredor foi iluminado por tochas, então fui em frente. O corredor terminava em uma segunda porta. Parei, toquei na madeira e ela se abriu. Ri, achando graça do fato de alguém ter colocado uma porta automática em algo tão velho.

Quando entrei, o interior era como uma sala do trono: dourada, com almofadas vermelho-escuras e, no centro, havia um livro, o maior que eu já tinha visto. Mesmo abrindo meus braços não conseguiria alcançar a borda para virar uma página. Ele estava em um pedestal, e uma estranha luz vinha do teto, cobrindo toda a sua extensão. Era lindo. Fui andando bem devagar até chegar à plataforma onde estava apoiado.

Queria saber para que servia um livro tão grande, mas, ao chegar à sua frente, toda a sala iluminou-se, e vi um vulto na porta por onde eu entrara. Ao me virar, percebi que era um homem enorme. Mas não senti medo. Era como se eu o conhecesse. Voltei a olhar para o livro, e uma voz soou em minha cabeça, dizendo para eu me afastar. Levantei os olhos do volume e vi os olhos azuis, ou verde, do homem, pareciam mudar de cor. Eles tinham um brilho tão intenso, que era como se fossem de néon. Então acordei.

Senti o meu pulso acelerado e a cabeça doía muito. Esfreguei meu rosto, o que só piorou. Uma queimação atingiu minhas costas, como se alguém estivesse encostando ferro em brasa na minha pele.

Levantei e tirei a blusa. Ao olhar no espelho, não podia acreditar no que estava acontecendo. Fiquei chocada. Um desenho de um dragão estava surgindo na pele, como mágica! Comecei a gritar, imóvel em frente ao espelho, como se tivesse cola em meus pés. Gritei por não sei quanto tempo.

— *Mãe, mãe, socorro! Por favor, socorro! Alguém me ajude!*

Minha mãe chegou com uma estaca na mão e, quando viu por que eu estava gritando, deixou o objeto no chão e me abraçou. Fiquei tão descontrolada que minhas mãos tremiam e eu não tirava os olhos do espelho. Achei que estava ficando louca, ou que aquilo era alguma espécie de pesadelo bizarro.

— Filha, precisamos conversar. Seus amigos já estão lá embaixo. Tenha calma, tudo vai dar certo.

Achei que o pesadelo ainda não tinha acabado, minha mãe estava louca também. Uma tatuagem estava aparecendo do nada, e ela dizia que tudo estava bem.

— Mas, mãe, tem uma tatuagem do tamanho da minha mão nas minhas costas e não faço ideia de como isso apareceu. Não está *nada* bem.

Eu gritava, histérica. Sentia estar surtando. Além de eu estar louca, minha mãe também estava. Como ela achava que aquela tatuagem tinha aparecido? Eu sempre quis fazer uma tatuagem minúscula de uma estrela e ela nunca deixou, agora está tudo bem?

— Mãe, juro, não fiz nenhuma tatuagem. Ela simplesmente apareceu, não sei explicar o que houve.

Comecei a observar meu corpo, para verificar se não tinham aparecido outras tatuagens. Ela me segurou e me fez olhar em seus olhos. Meu corpo tremia, eu não conseguia evitar de olhá-la.

— Querida, se acalme. Sei que você está assustada. Vamos descer e tentar resolver isso juntos, tudo bem?

— Não está tudo bem, mãe. Acabei de sonhar com um livro e um homem, e foi muito estranho. Agora aparece um dragão nas minhas costas *do nada*. Não está tudo bem.

— Vamos descer. Traga o envelope preto que você recebeu.

Como ela sabia do envelope? Foi ela quem deixou na minha cama? O que estava acontecendo? Eu odeio não saber o que está acontecendo, mas ficar parada não iria me dar resposta alguma.

Tudo bem, calma, respira. Nada de pânico. Tudo vai ser explicado. Pronto, simples assim.

— Desça comigo, e vamos explicar tudo o que está acontecendo. Amor, você confia em mim?

— Claro, mãe. Só surtei um pouco, mas vou com você.

Minha mãe me olhava com um ar triste, mas que não dava margem para discussão. Balancei a cabeça, fui trocar de roupa, pois a barra da minha calça estava molhada, tudo estava sem o menor nexo. Ela me esperou e descemos juntas, sem nunca soltar a minha mão, e isso me deu forças para tentar entender melhor o que se passava. Não sabia o que pensar, e minha gengiva doía muito. Quando cheguei na cozinha, todos me olharam. Minha mãe me fez sentar em um dos bancos e parou do lado do meu pai. Ele a abraçou enquanto eu tremia. Todos na mesa pareciam entender o que estava se passando, e isso estava me deixando no limite.

— Sim, agora vocês podem me dizer o que está acontecendo? Pois acho que só eu não sei, já que a Beta, papai e o Grady parecem estar sabendo também.

Todos me deram um olhar de desculpas, e eu sabia que era verdade.

— Aislin, vou tentar explicar de uma forma que você possa entender — minha mãe falou, tentando segurar meus braços. Eu não queria ninguém me tocando ou percebendo minhas mãos tremendo embaixo da mesa. Afastei-me de seu toque.

— Bom, podem começar explicando por que apareceu uma tatuagem de um dragão vermelho nas minhas costas?

— Minha princesa, se acalme. Procure abrir sua mente para o que sua mãe vai dizer.

Eu queria respostas. Continuei a olhá-los e assenti, sem conseguir pronunciar qualquer palavra.

— Não somos pessoas comuns, filha. Nós três parecemos com os humanos, mas somos de outra espécie.

— Como assim, "de outra espécie"?

Resolvi beliscar minha coxa, só para ter certeza de que não estava em um pesadelo. Eles estavam falando tão sério que dava até para acreditar, mas *outra espécie*? Aquilo definitivamente não estava acontecendo, éramos pessoas comuns. Ao ver que eu não falaria nada, minha mãe continuou.

— Vou explicar e depois você fala, se não vamos demorar muito para acabar, certo? Quero que prometa esperar até o final.

Eu tinha outra escolha? Assenti novamente, e ela esperou que eu falasse. Assim era a minha mãe: sempre esperava uma confirmação verbal de que tínhamos entendido. Pigarreei para a voz sair.

— Tudo bem, prometo. Mas quero respostas a todas as minhas perguntas, sem enrolação.

— Certo. Planejei esse momento por tantos anos... e agora não sei por onde começar.

— Que tal pelo começo?

Ela fez aquela cara que as mães fazem, fechando os olhos. Minha mãe detestava quando eu era sarcástica, e eu não precisava de mais confusão na minha vida, naquele momento.

— Somos de uma espécie diferente dos humanos. Somos vampiros.

Eu ri. Nunca tinha acreditado nessas coisas, ela sabia. Eu gostava dos filmes e tudo o mais, mas acreditar que vampiros existem era algo bem diferente.

– Não ria, amor. É sério. Seus amigos são seus guardiões. Beta é uma fada, e Grady é um bruxo. Você tem de ser protegida o tempo todo, pois, além de ser vampira, é uma princesa.

Minha mãe estava ficando louca. Será que ela precisava ir a um hospital, ou tomar alguma medicação? Só que todos pareciam acreditar no que ela dizia. Não podia ser real. Ou podia?

– Não podíamos revelar nada para você até a sua maioridade. Juramos pelo livro que a manteríamos sem saber de nada para a sua própria proteção.

Livro? Proteção de quem?

– Minha princesinha, sua mãe está falando a verdade. Mas ainda falta a pior parte, e espero que você possa nos perdoar um dia, pois a amamos de todo o nosso coração.

As lágrimas corriam pelo meu rosto, e eu não conseguia pensar em nada que pudesse ser pior do que ser uma bebedora de sangue. Então eles eram reis? Não, não pode ser mesmo. Recuso-me a pensar nisso. Olhei para meu pai e ele assentiu. Nunca pensei que pudesse sentir o que estava sentindo.

Minha mãe continuou. Ela segurou a mão do meu pai e me encarou, como que buscando forças no nosso amor, mas eu não queria ouvir aquelas palavras.

– Seus pais biológicos moram em São Petersburgo, na Rússia. Sua mãe é a rainha Anya, minha única irmã. Somos gêmeas idênticas, mas ela nasceu um minuto antes de mim, por isso é a herdeira da coroa. Seu pai é o rei Nicolay Haigi. Sua mãe me deu você assim que nasceu. Não pense que ela não a ama. Sei o quanto ela sofre por estar separada de você.

Eu continuava a encará-los e a chorar. Mesmo que a gente saiba que ao chegar à maioridade as coisas mudam e as decepções surgem, a dor que sinto é imensa. Queria falar algo, mas parecia que minha garganta estava fechada.

— Vou tentar explicar um pouco sobre as tradições do nosso povo. Quando nascem os primogênitos de vampiros reais, há um grande perigo de que as famílias rivais façam algo contra eles. Na época do seu nascimento, a disputa pelo poder estava em seu auge. Sua mãe achou melhor que você fosse criada entre os humanos, o mais distante possível de nossa sociedade, até atingir a maioridade. Ela não suportaria se algo ruim acontecesse com você, e temia por sua vida.

Queria abraçar os dois e simplesmente esquecer que aquilo estava acontecendo.

— Ela me pediu que fugisse com você. Acabei convencendo seu pai a me ajudar a escondê-la na América, e viemos para a Califórnia, bem longe da sociedade vampírica. Porém precisávamos de ajuda e, com isso, os pais de Grady e Beta, que são bruxos e fadas, vieram conosco para nos ajudar a esconder você dos demais vampiros.

Olhei para os meus amigos, que deram um sorriso triste.

— Minha princesa, você sempre saiu acompanhada pela Beta ou Grady, para que estivesse protegida por um feitiço o tempo todo. Sua mãe e eu disfarçamos seu cheiro e, graças aos dragões, nunca houve nenhum incidente com vampiros.

Eu estava em estado de choque. Minhas mãos tremiam muito, e não conseguia falar nada. Meu pai não esperou muito e continuou a falar, tentando fazer com que eu entendesse o que estava acontecendo. Eu o amava muito, e saber que ele não era meu verdadeiro pai me arrasava, eu era adotada.

— Nossa casa também é enfeitiçada contra outros vampiros. Os únicos que podem entrar somos nós. Colocamos uma gota do sangue de cada um no cálice em que foi feito o feitiço. Dessa forma, estivemos sempre protegendo você. Sei que está confusa, mas não temos muito tempo.

Ele esperava que eu desse algum sinal, e concordei com a cabeça. Ele continuou.

Será que essa história não vai ter fim? O que será de mim depois de tudo isso?

— Quando uma princesa ou um príncipe completa dezoito anos, o livro dos dragões os chama para uma cerimônia através de um convite negro. Eu gostaria que você abrisse o seu, por favor.

Foi quando eu notei que o convite estava sobre o balcão. Peguei-o com cuidado, e quase não consegui tirar o que tinha dentro. Esfreguei os olhos, pois as lágrimas estavam me atrapalhando. Meu pai me olhava com tristeza, como se aquelas palavras fossem difíceis de serem ditas, então minha mãe continuou.

— Filha, o convite sempre vem em uma folha branca com letras douradas. Ele convida oficialmente para a cerimônia, que vai acontecer em exatamente cinco dias, que é o tempo que o livro dá para os convidados chegarem a São Petersburgo.

Não podia ser verdade. Mas estava ali, na minha frente. O convite era real. Tudo o que eu pensava sobre mim mesma era mentira. O que mais me esperava? Eu estava confusa. Acho que ela percebeu e, então, continuou.

— Existem doze famílias reais vampíricas, e os reis sempre têm apenas um filho ou filha, devendo formar seis casais. E, na cerimônia, vocês são apresentados e mostram seus dons.

— Já está sentindo os efeitos da liberação do seu dom, não é?

Meu pai me observava, e eu sabia que ele poderia descobrir qualquer coisa de mim.

— Começa com uma dor de cabeça. Sua gengiva fica dolorida ao pensar em sangue, sente o pulsar dos corações humanos. Isso acontece porque suas células estão se modificando para reconhecer seus poderes para a cerimônia.

Tudo isso estava mesmo acontecendo comigo? Tudo era real? Mas como?

— Isso é o que posso falar, filha. O resto, apenas seus pais verdadeiros podem revelar, pois só os reis conhecem todas as regras.

Eu não queria acreditar, mas sabia que era hora de começar a perguntar, ou com certeza as dúvidas só aumentariam.

— Estou achando que isso tudo é loucura. E se eu não for para a tal reunião?

Minha mãe parecia desolada, como todos na cozinha.

— Você morre. Por isso sua passagem e a de seus guardiões já estão compradas para amanhã cedo. Você tem três dias para chegar até seus pais e continuar saudável. Esta cerimônia tem de ser realizada até o horário do seu nascimento.

Fiquei olhando para eles sem saber o que fazer. Toda a minha vida era uma grande mentira. Tudo em que acreditava era falso e, ainda por cima, não tinha como escapar de meu destino.

Como eu poderia ser uma princesa e vampira? Só queria ir ao baile com um cara gato e depois ir para faculdade. Era pedir muito? Pelo visto, nada do que gostaria realmente ia acontecer. Como deveria agir depois de escutar aquelas coisas bizarras e saber que poderia morrer em poucos dias? Só podia pensar em uma única coisa, lutar para viver. Vampira ou não, precisava tomar uma decisão.

— Certo, vamos ver se eu entendi tudo. Primeiro, sou vampira e agora saio bebendo sangue, matando as pessoas?

Minha mãe riu. Isso aqueceu meu coração e me fez sentir melhor. Ela sempre conseguia me acalmar, em qualquer ocasião.

— Não. Quando encontrar seus pais, haverá uma cerimônia. Você beberá sangue real e, então, seus poderes e presas se revelarão. Se beber sangue humano ou vampiro antes da cerimônia, sentirá muita dor. Só o sangue real pode te sustentar.

— Certo. Você disse que minha mãe abriu mão de ficar comigo para me proteger. E meu pai biológico?

— Nicolay é um vampiro muito severo, e não aceitaria ser separado da filha por qualquer que fosse o motivo. Mas, se você ficasse, estaria morta, pois somos de famílias poderosas. Só o livro sabe onde você está e, com a mágica que possui desde o início dos tempos, ele sabe onde cada um dos vampiros está, em cada local da Terra.

Então meu pai biológico deveria estar à minha procura. A voz do adotivo me fez voltar à realidade.

— Vivemos preocupados. Há alguns anos, uma família que não foi revelada perguntou ao livro se você estava viva e, agora, todos sabem que você retornará para a cerimônia. Isso é muito perigoso. Se quiser, posso avisar Nicolay. Ele com certeza mandará uma tropa para levá-la.

E se houvesse um espião? Depois de todos os filmes de espionagem que eu assistira, eu achava melhor prevenir.

— Acho que, se não fizeram isso até agora, é porque será mais seguro chegar sem muitas pessoas saberem.

Meu coração estava despedaçado. Tentava de todas as formas ser o mais aberta possível a tudo, porém parecia que estava em um pesadelo e acordaria a qualquer momento.

— Avisei a sua mãe de que você chegará na madrugada de domingo. Comprei lentes de contato para você, pois todos vampiros têm olhos totalmente negros e isso é algo que nossos inimigos irão procurar.

— Então no domingo conhecerei meus pais biológicos e farei parte da cerimônia. Caso contrário, morrerei.

O que poderia fazer? Comecei a chorar e todos me abraçaram. Meu pai me colocou no colo, minha mãe e Beta seguraram minhas mãos. Não sei quanto tempo se passou. Aquilo não podia estar acontecendo.

— Aislin, eu e o Grady não podíamos falar nada. Você é nossa melhor amiga. Vamos te defender como sei que, quando você tiver seus poderes, cuidará de nós. Na Rússia, os vampiros são mais fortes do que as demais raças.

— Então vocês ainda estarão se arriscando por mim?

— Faremos isso por você. Somos seus amigos e guardiões.

Percebi que não poderia me comportar como uma criancinha que tinha sido enganada. Teria de mudar e, já que todos tinham se arriscado por mim, era hora de mudar ou morrer. E sou muito nova para morrer.

Respirei fundo.

— Tudo bem. Vamos fazer as malas. Preciso viver, e sei que, se pudessem, vocês teriam me contado tudo. Deve ter sido difícil guardar o segredo durante todos esses anos.

Percebi o olhar triste da Beta. Eu sabia quando tinha algo de errado com ela; afinal, ela continuava a ser a minha melhor amiga. Grady pareceu bastante aliviado depois da minha reação.

— Você nem imagina. Beta, vem. Vamos deixá-los terminar a conversa em família. Temos de nos preparar para a viagem, e preciso fazer vários feitiços para nos ajudar a chegar a salvo no castelo.

Levantei e nos abraçamos: primeiro Beta e, depois, Grady. Ficamos os três assim por um momento, até que Beta falou:

— Amiga, perdão por esconder isso. Nunca mais vamos esconder nada. Fomos proibidos de revelar esses segredos. Mas o Livro nos deu a chance de falar a verdade. É um alívio que você não pode imaginar.

— Agora eu entendo, farei qualquer coisa por vocês igualmente. Não demorem, eu fico preocupada também. Eu os amo de verdade. Vocês são os melhores amigos que alguém poderia ter.

Nós nos abraçamos para que não houvesse dúvida de como eu me sentia a respeito do que tinha acabado de ser despejado em minha cabeça. Eles foram se preparar para a viagem e prometeram não demorar. Virei para os meus pais e vi o quanto estavam sofrendo. Não podia sentir raiva deles. Eu os amava de mais. Ser enganada me arrasa, porém eles sempre foram perfeitos para mim, em tudo.

— Quero que vocês saibam que eles podem ser meus pais biológicos, mas eu amo vocês. Vocês sempre serão meus pais, também.

Eu os abracei e chorei de novo. Ficamos abraçados por um tempo, até que eu tomasse coragem para continuar.

— Mãe, temos de arrumar minhas coisas. Lá é frio? Não tenho ideia do que levar.

Eu nunca saíra do país.

— Eu já arrumei suas coisas. Fiquei apavorada com a ideia de você não acreditar em tudo isso. Sei que vai ser difícil, mas estamos juntos e, se não fosse pelo juramento, teríamos contado muito antes. Desculpe-nos por tudo. Sempre tentamos fazer tudo para você ser feliz.

— Vamos fazer as coisas com calma. Vou conhecer os meus pais e ver o que acontece. Não vou sentir medo, eu posso fazer isso.

Eu já estava até fazendo planos. Pelo menos tinha pessoas que amava ao meu redor.

— Infelizmente não podemos ir com você, querida. Somos foragidos. Fugimos da sociedade vampírica e só podemos voltar com a aprovação de todos os Dragões, o que é praticamente impossível.

Mas que droga é essa, agora? Não posso acreditar.

— Como assim, os Dragões?

Aquilo ficava cada vez mais confuso. O que isso tinha a ver com toda essa história de vampiros?

— Sua marca é um dragão de Fogo, símbolo da família Haigi. Não é uma tatuagem, é uma marca. Você sempre a teve. Os membros das famílias reais têm a marca do seu guardião. Tenho uma igual à sua, assim como a sua mãe verdadeira.

Toquei o local da minha marca, como que para ter certeza de que era real.

— "Haigi". Esse é o sobrenome que você irá escutar, de agora em diante. Você é a princesa Aislin Kelly Haigi. Seu pai e eu estamos muito preocupados. Faríamos tudo por você, mas seríamos condenados à morte.

Meu pai me olhou com carinho e beijou as duas mãos dela. Adorava quando fazia isso.

— Não tenha medo, meu amor. Sua mãe, a rainha Anya, já sabe que você está a caminho, e seu pai já deve estar preparado para qualquer problema. Instruímos seus guardiões. O resto da história sobre os dragões só seus pais podem esclarecer. Como eu disse, só os reis e as rainhas podem propagar a história.

Eles eram a minha força. Mesmo depois de todas as mentiras, eu confiava neles.

— Tudo bem. Então quero ficar abraçada a vocês até a hora de partir. Não sei quando vou voltar a vê-los.

Ficamos juntos até que a minha mãe me fez subir para tomar banho e colocar uma roupa mais confortável. Conversamos sobre como era a Europa, a juventude deles e a nossa família. Pelo menos, assim, eu tentava acalmar a mente para acreditar que, em pleno século XXI, tudo aquilo poderia estar acontecendo.

Meus pais contaram que se conheceram em um baile de máscaras em Viena. Minha mãe estava passando um tempo na cidade, e meu pai estava com amigos em um castelo próximo. Quando se encontraram, foi amor à primeira vista. Eles namoraram por quase sessenta anos e, mesmo assim, meus avós não concordavam. Então eu nasci, e eles se casaram e fugiram comigo. Foi romântico, mas muito assustador.

— Você é a melhor coisa que nos aconteceu. Sem você, não seríamos tão felizes quanto somos hoje. Acho que, mesmo com todo o tempo do mundo, nunca aceitariam a nossa união, pois sou um plebeu.

— Você é meu príncipe encantado... E você, minha linda, é um presente que o destino nos deu. Amamos você e sempre iremos amar. Tome cuidado. Estaremos sempre aqui para quando você precisar, seja para o que for.

— Mãe, pai, obrigada por tudo. Sei que muitas coisas irão mudar, mas sempre os amarei, acima de tudo.

Fiquei pensando. Se estavam se escondendo, então usavam nomes falsos?

— Pai, Alban e Amanda Richards são seus nomes de verdade ou vocês tiveram de mudar para me esconder?

Eles riram da pergunta, e meu pai respondeu:

— Bem pensado, minha princesa. Meu sobrenome verdadeiro é Stravinsky. Como é incomum, resolvemos adotar um nome mais americano depois de nos casar. Por isso sua mãe escolheu Richards.

— E a sua família? Eles aprovavam o seu namoro com a mamãe?

Eles se abraçaram um pouco mais e riram. Eu só queria esquecer um pouco da loucura que tinha caído como uma bomba atômica na minha cabeça.

— Minha família achava que não era uma boa ideia, já que sou um plebeu. Sou primo em terceiro grau do rei dos dragões do Ar. A preocupação dos meus pais era que, um dia, eu amanhecesse morto por uma emboscada feita por alguém da família de Amanda. Mas isso jamais aconteceria. Não tenho poderes, mas sou esperto. Seus avós me odiavam, achavam que sua mãe poderia encontrar alguém nobre e merecedor de uma princesa, mas eu jamais desistiria dela. Bastou um olhar para me apaixonar. Não era por status, nem por dinheiro. Era por amor.

Minha mãe riu e o abraçou, fazendo-me desejar encontrar um sentimento assim um dia.

— Respondendo à sua pergunta, eles nos deram a bênção antes de partirmos, e participaram da cerimônia. Foi o momento mais feliz da minha vida. Sua mãe e você são tudo de que preciso para viver. Nunca vou me arrepender de nada que tenha feito pelas duas.

— Obrigado por serem tão maravilhosos. Eu amo muito vocês, e vou sempre mostrar o quanto a educação e o amor que me deram fazem de mim uma vampira melhor.

Rimos da minha piada. Era bom estar assim, com os meus pais. Saber de toda a verdade nos mantinha próximos, e isso me acalmava.

Meus pais começaram a falar sobre as vantagens de ser imortal e de como era maravilhoso poder viajar para conhecer o mundo, como em um sonho. Fiquei pensando que tudo estava acontecendo muito rápido e, se qualquer coisa desse errado na viagem, eu poderia não estar viva nem para sonhar com um futuro.

CAPÍTULO 3

A VIAGEM

BETA CHEGOU COM SEUS PAIS. SUA MÃE ERA exatamente como ela, numa versão mais velha. Tinha um cabelo tão brilhante que parecia cor de sangue, mesmo. A Sra. Blaer era meiga e muito educada, assim como o Sr. Blaer, que parecia um professor, com óculos fundo de garrafa. Eram pessoas muito especiais. Logo atrás, Grady chegou com o senhor e a senhora Hantler. Os dois eram mais sérios, porém sempre nos ajudaram nos trabalhos da escola e eram ótimos amigos dos meus pais. Acho que agora sei por quê.

Fomos todos juntos para o aeroporto. Enquanto esperávamos o voo, eles fizeram feitiços até para nossas bagagens. Fiquei impressionada. Faltando meia hora para embarcarmos, fomos todos ao banheiro feminino, trancado pela força do pensamento da minha mãe. Com certeza eles também estavam apreensivos, já que todos corríamos perigo. E tudo aquilo era por minha causa. Eu sabia que precisava agradecê-los por me ajudarem tanto, mas, naquele momento, estávamos muito nervosos.

Eu esperava conseguir me adaptar aos meus poderes – não, *dons* –, pois parece que estou sonhando. Às vezes, sinto vontade de rir de toda a situação, mas tento me controlar. Tudo parece acontecer como em um filme, e estou no papel principal. Não quero rir de nervoso para eles não acharem que fiquei louca. Sempre dava risada em situações difíceis; era algo bastante constrangedor.

Todos ficaram ao meu redor, juntaram as mãos e lançaram um feitiço, que depois descobri servir para disfarçar meu lado vampiro. Percebi que Beta foi a última a dar as mãos. Acho que ela estava nervosa demais.

Fechei os olhos, tentando me concentrar na viagem... na Rússia...

— Filha, está tudo bem?

Fiz um sinal com a cabeça.

— Querida, você precisa colocar as lentes de contato. Escolhi azul, pois você sempre quis ter olhos azuis.

Desejei abraçá-la. Meus pais, mesmo sendo adotivos e de tudo o que estava acontecendo, sabiam exatamente do que eu gostava ou queria a qualquer momento.

— Ah, mãe, te amo tanto! Pai, vou sentir tanta saudade de vocês... Vou fazer de tudo para conseguir reunir nossa família.

Faria qualquer coisa por eles.

— Contanto que você esteja bem, também estaremos, minha linda. Tudo vai dar certo. Até agora, nosso dragão tem nos protegido. Ele não permitirá que nada de mau aconteça a vocês.

Despedimo-nos no saguão, sabendo que talvez nunca mais fôssemos nos reencontrar. Mas eu ia lutar para tê-los ao meu lado, e isso me deu mais forças para seguir em frente. Sabia que seria uma viagem longa, então resolvi que enfrentaria uma coisa de cada vez. Era hora de fazer uma longa, cansativa e perigosa viagem até meus pais biológicos.

Como seria para os pais dos meus amigos? Eles estavam enviando seus filhos para uma missão suicida por minha causa. Beta é filha única, como eu. Grady tem quatro irmãos mais novos, só que um não pode substituir o outro. Por isso prometo a mim mesma que não vou permitir que nada aconteça aos meus amigos e que eles sempre estarão ao meu lado.

EM SÃO PETERSBURGO

No castelo Haigi, a rainha Anya estava muito nervosa e inquieta. Sabia que a viagem da sua filha seria perigosa. Teria de pedir a proteção do Dragão de Fogo para mantê-la a salvo. Ela foi até a estátua de quase três metros de altura para se acalmar, pois não sabia como seria quando sua Aislin retornasse. Escolher o nome foi a coisa mais fácil que fez na vida, pois ter um bebê vampiro era mais que uma dádiva. Era um sonho.

Sem saber o que a esperava na Rússia, sua filha, agora com dezoito anos – uma mulher, para a sociedade dos vampiros –, em poucos dias seria entregue a um prometido. O que dizer a ela? E como? Esperava que ela compreendesse e fosse forte.

Quando Nicolay a encontrou, sabia que tinha alguma coisa a ver com a filha. Anya nunca lhe contara onde ela estava, e o Livro não tinha revelado se ela estava viva ou morta anos antes. Mas seus inimigos sabiam que ela teria de estar na Rússia, após seu aniversário. Então ele aumentou a guarda e deixou seu melhor vampiro guerreiro de plantão no aeroporto para ajudá-la. Ele resolveu se juntar a Anya e pedir proteção à filha. Sempre tivera certeza de que ela estava viva.

— Anya, vamos dormir. Precisamos estar alerta para quando nossa menina voltar.

Ele via o medo nos olhos dela, mas também precisava de tempo para se reestruturar antes de consolá-la.

— Vou ficar só mais alguns instantes, Nicolay, e depois vou encontrá-lo.

— Não demore, ou virei buscá-la.

— Já vou. Só preciso fazer mais um pedido.

Quando a porta se fechou, ela buscou forças para fazer o pedido.

— Grande Dragão de Fogo, esteja com a minha criança na transição, e ajude-a a encontrar um vampiro que a ame, é o que lhe peço, por favor. Traga minha menina para meus braços. Sei do perigo que ela está correndo. Você é o único em quem posso confiar para que ela chegue a salvo.

Ela foi para o quarto. Não havia mais nada a fazer além de esperar que sua filha voltasse. O quarto que sempre fora dela estava arrumado para sua chegada e de seus amigos. Isso seria outro problema: um mago e uma fada. A única na família que sabia como lidar com eles era Amanda. Sentia tanta saudade da irmã. Ela havia deixado tudo para trás por sua sobrinha. Como teriam sido aqueles dezoito anos para ela?

As leis do povo eram rígidas e impediam o retorno de quem virava as costas para a sociedade. Para esta, o interesse da maioria tinha de prevalecer ao individual. Isso, às vezes, a tornava cruel, ainda mais porque a irmã e o cunhado estavam mantendo Aislin segura.

— Poderoso Dragão, console minha irmã. Sem ela, hoje eu não estaria esperando minha filha retornar.

Ela foi para a suíte e encontrou Nicolay olhando para a noite. Sabia que ele estava preocupado. Foi até ele e o abraçou. Deitaram-se juntos, mesmo sabendo que nenhum dos dois conseguiria dormir.

NO CASTELO IVANOV

— Alexander, conseguiu sentir a princesa?

Eu achava um saco ficar em busca de um fantasma. Não via a hora de aquilo terminar e voltar para a vida habitual.

— Pai, ela ainda está longe. Fizemos dezoito anos ontem. Logo ela terá pouco tempo para chegar. O que o senhor pretende que eu faça?

Com certeza, bancar o caçador. Eu tinha coisas mais importantes para fazer do que ficar à caça de uma princesa perdida!

— Vamos tentar encontrá-la antes que chegue ao castelo. Se não conseguirmos, quero que você a espione. Seus poderes, associados ao seu treinamento, fazem-no um vampiro de extremo valor. Preciso saber quais são os poderes da jovem Aislin. Não sabemos a quem ela será entregue. Só na cerimônia do Livro teremos a resposta.

Meu pai sabia que eu detestava perder tempo com aquela caçada. Esperava que ela fosse uma vampira da água, para apagar o fogo. Até que eles eram legais e tudo o mais. Acho que não mereciam aquela desconhecida. Eu, obviamente, queria Natasha. Ela era realmente *quente*.

— A princesa deve estar em viagem. Quero que você coloque um guerreiro novo e que não levante suspeitas. Você deverá ir atrás dela durante a madrugada. Estou sentindo alguma coisa.

Que ótimo. Agora vou ter de ficar igual a um idiota atrás da "Princesa Desaparecida". O pior é que, se não fingir que quero muito encontrá-la, meu pai vai me castigar de alguma maneira.

— E se a encontrar? O que faço com ela?

O que posso fazer com essa pirralha? Deve ser uma *nerd*, como os pais, todos sempre lendo aqueles livros e normas e leis antigas. Isso é um porre! Bem que eu podia delegar alguém para ir na frente e passar em uma boate para curtir um pouco.

— Traga-a até mim, e veremos o que fazer.

Então Alex saiu da sala do trono e foi para o local de descanso do dragão negro. Teria de ir atrás de Hans para o serviço. Como a noite seria longa, fui tomar banho e me preparar para a caçada. Seria preciso esquecer a curtição. Teria de caçar.

Quando fechei os olhos e me concentrei na princesa, sabia que ela estava chegando. Sentia uma força muito grande, assim como meu pai, por isso sua preocupação em capturá-la. Tentei de novo e vi olhos azuis me observando. Não poderia ser ela. Todos os vampiros tinham olhos negros. O que poderia ser? Eu teria de descobrir. E a noite, pelo visto, seria bem longa. Só poderia sair com os amigos para uma noitada antes da reunião do Livro. Depois disso teria de ser fiel a qualquer custo. Droga!

NO AEROPORTO DE MOSCOU

Eu passei quase toda a viagem pensando em como seria minha chegada em Moscou. Não consegui dormir. Fizemos tantas escalas que eu me sentia exausta. Cruzar os Estados Unidos era demorado e cansativo. Somado a isso, a travessia do Atlântico vendo só água e nuvens por horas até chegarmos a Paris era extenuante.

Depois de feita uma conexão, nossa escala seguinte seria em Berlim. E só depois disso é que chegaríamos a Moscou.

Caramba, eu era russa e meus pais, além de vampiros, eram reis.

Como seria o castelo? E como eu me encaixaria nessa nova vida – ou morte, não sei bem como me expressar, pois vampiros são mortos, não são? Tinha tanta coisa na minha cabeça...

Estávamos viajando há quase quinze horas e não consegui dormir, nem mesmo relaxar, durante o voo. Meus amigos estavam tremendo de frio, e me olhavam como se eu estivesse doente, parecendo imune à sensação térmica abaixo de zero de Moscou enfrentada com um agasalho bem fino. É estranho ver todo mundo encapuzado e eu com uma roupa comum...

— Aislin, você está bem?

— Estou com calor. Parece estranho?

Beta me olhou, interessada. Sentia-me mais segura ao lado deles. Resolvi vestir um casaco para não chamar atenção.

— Deve ter algo a ver com a sua transformação.

Eu achava que logo as temperaturas diminuiriam. O inverno chegaria em breve, e agradeci mentalmente por minha mãe ter feito minhas malas em meu lugar. Apesar do frio, suor escorria pelas minhas costas, enquanto meus amigos se abraçavam para aquecer um ao outro – isso, pelo menos, era ótimo.

A cidade era linda. Jamais imaginei que conheceria um lugar como Moscou – tão distante, com cenários que pareciam tirados de livros de história. Sentia-me como uma caipira em uma cidade grande. A cidade era pura magia. Achei que eu devia estar parecendo uma boba, mas, ao olhar para meus amigos, vi que pareciam tão deslumbrados quanto eu. Eu esperava podermos conhecer melhor a cidade, apesar do sentimento estranho que me tomava e começava a me incomodar.

Comprei um guia sobre a Rússia. Quando passamos pelo Kremlin, sabia que nada que tivesse lido seria suficiente para descrever o que via. Li que "*kremlin*" significa "fortaleza", em russo, ele era lindo demais, como se houvesse uma aura de magia ao redor.

— Aislin, ainda temos de fazer uma conexão para chegar a São Petersburgo. Seu pai deve ter posto guardiões pelo aeroporto.

Droga, a realidade era uma coisa terrível. O sentimento de que algo ruim estava para acontecer me deixava sem conseguir respirar direito.

— Não sei... Acho que deveríamos ir de carro ou trem. Vamos procurar uma maneira. Temos uma hora até a conexão. Estou com um pressentimento ruim.

Eles me olharam, assustados.

— Tudo bem. Você está voltando para casa e ficando mais forte, seus pais nos disseram que isso iria acontecer. O que está sentindo?

Como descrever um sentimento estranho e um pressentimento de que alguma coisa vai estar nos esperando?

— É como se alguém estivesse tentando entrar na minha cabeça. É algo louco, mas é isso: uma sensação de estar sendo seguida ou vigiada, mesmo sem ter ninguém por perto.

Olhamos para os lados e ficamos mais perto uns dos outros.

— Alguns vampiros têm este tipo de dom. Devemos redobrar os cuidados, então.

— Não me assustem agora. Vamos tentar embarcar em um trem, e na viagem me coloquem a par sobre essa história dos dragões. Meus pais não quiseram entrar em detalhes, mas preciso saber mais. Sei que vocês sabem mais do que me contaram.

Eles assentiram, confirmando minhas suspeitas. É claro que não poderiam falar na frente dos meus pais. Eu faria o mesmo.

Fomos até um terminal que tinha acesso à internet. Eram onze e vinte da noite. Meu tempo estava se esgotando. Um trem sairia às onze e meia, mas não daria tempo de pegá-lo. Precisaríamos pegar o trem noturno, conhecido como "Flecha Vermelha", com saída às cinco para meia-noite e chegada às cinco para as oito da manhã. Assim conseguiríamos chegar a tempo da cerimônia que, como minha mãe avisara, deveria ser realizada até a hora do meu nascimento, às dez da noite do dia seguinte. Tão perto, mas ao mesmo tempo, tão longe de salvar minha vida e dos meus amigos...

Pegamos um táxi, que nos levou para a estação mais próxima. Demoramos vinte e cinco minutos, contados no relógio. Pagamos e entramos correndo na estação praticamente vazia. Conseguimos comprar as passagens e embarcamos cinco minutos antes de o trem sair.

Escolhemos nossos assentos. Grady guardou nossas bagagens e ficamos quietos quando o trem começou a ganhar velocidade. O medo nos deixava emudecidos. Após vinte minutos, vendo que estávamos seguros, fechamos a porta da cabine. Meu amigo tinha achado melhor deixá-la aberta até que saíssemos da estação. Caso algum vampiro entrasse pela janela, seria uma rota de fuga.

O trem parecia saído da imaginação de um escritor de livros infantis. De cor vermelha brilhante, eu sentia como se estivesse em *Alice no País das Maravilhas*. Era tudo tão diferente do que já vira. Fechei os olhos, o alívio me envolveu. Estávamos a caminho de minha nova casa e chegaríamos a tempo. Em poucas horas eu estaria a salvo novamente, com meus pais verdadeiros. Aos poucos fui me acalmando. O sono começou a chegar, e o cansaço, a me vencer.

— Nem acredito no que aconteceu. Foi incrível, vocês duas são muito corajosas.

Grady tinha um sorriso lindo. Beta já estava caidinha, a essa hora. Acho que precisamos nos encorajar, pois não sabemos o que poderia acontecer conosco até chegarmos ao nosso destino.

— Obrigada por acreditarem em mim. Tem algo procurando por mim. Eu tenho certeza.

Eu sentia a pressão crescendo em minha cabeça, como se alguém estivesse a ponto de entrar nela e saber tudo o que eu estava pensando.

— Posso falar por mim. Estou morta de medo. Acho que ser fada não ajuda muito, mas pelo menos chegamos juntos até aqui.

Grady e eu percebemos o tom de tristeza que ela usou. Ela era muito importante para mim, mesmo antes de eu saber que era uma fada. Abracei-a com força, e ela suspirou.

— O que vocês duas têm de entender é que aqui os vampiros ficam mais fortes. Conseguimos despistar todos até Moscou. Mas ao chegarmos à sua cidade natal, o feitiço acaba e eles saberiam que você estava no voo e iriam nos caçar com certeza. Como o avião chega às oito da manhã, acho que estaremos seguros até que eles descubram que você não embarcou.

— Sim. Temos de pensar em como vamos chegar ao castelo Haigi.

Bocejei e me ajeitei para dormir. Grady continuou:

— Quando pararmos na estação vamos pegar um táxi até a casa da minha tia Henrieta. Lá a magia é mais forte, e podemos pegar o carro dela emprestado para chegar ao castelo. Ela mora na casa construída pelo primeiro grande mago, Merlin, e podemos ficar lá sem sermos notados.

— Fica longe do castelo?

Outro bocejo – era tão bom sentir sono de novo.

— Não vou mentir, fica a umas duas horas de carro, de acordo com os meus pais. Mas vamos chegar a tempo. Vejam bem, da estação até a casa da minha tia é uma hora de táxi. Como vamos chegar às oito da manhã, chegaremos lá às nove. Levaremos duas horas para chegar ao castelo com o carro dela, de acordo com o mapa.

Olhamos para ele e rimos de sua organização. Ele sempre fora *nerd* e metódico, mas dessa vez ele se superara. Ainda bem que estávamos com ele. Eu não fazia a menor ideia de para onde ir.

— Não precisam me olhar como se eu fosse um adivinho! Sou um bruxo preparado, mas a verdade é que estudei um pouco os mapas antes de virmos. Nossos pais pediram que eu me focasse nisso, em busca de rotas de fuga, caso algo acontecesse.

Grady começou a desenrolar um mapa gigante e a analisar novamente as rotas, parecendo empolgado. Aquela era uma grande aventura para ele.

Era engraçado observá-lo. Ele falava sozinho, de um jeitinho só dele. Já a Beta parecia um pouco triste. Mas acho que o fato de ela ficar mais tempo ao lado de Grady era um ponto positivo.

— Acredito que deverão estar esperando por nós a qualquer momento. Devemos chegar às onze, se o carro for veloz. Se não, chegaremos lá pelas duas da tarde. O que importa é que chegaremos a tempo.

Dei de ombros e mais um bocejo.

— Na minha situação, estou aceitando qualquer plano. Sei que seria mais rápido ir de avião, mas esse pressentimento está me deixando inquieta. Quando perceberem que não cheguei, vão procurar outros meios de transporte, não?

Eles concordaram.

— Com certeza. Eles não são burros. Acho melhor saltarmos na estação anterior à de São Petersburgo, mesmo que demore mais. Será mais seguro.

Bocejei mais uma vez longamente, e vi que meus amigos ficaram com pena de mim.

— Tem de dar tempo. Eles não podem nos encontrar. Temos alguma vantagem, nós vamos conseguir. Se saltarmos na estação anterior à de São Petersburgo, podemos usar três estradas diferentes. Vamos usar a mais movimentada. Acho que eles vão procurar nessa por último, já que estamos fugindo. Vamos fazer o contrário do que um fugitivo faria.

Aislin estava cansada, mas achava que Grady sabia planejar tudo, porém ela não conseguia pensar direito.

— Tudo bem. Agora, podemos descansar? Precisaremos de muita disposição e, pelo visto, coragem, para chegar à minha casa.

Beta abriu um sorriso.

— Aislin, você percebeu o que disse?

Com certeza não, o sono estava me dominando.

— Não. O que eu disse?

— Você disse "minha casa". É o seu lado vampírico que está aflorando. Está com muita dor?

Para dizer a verdade, estava me sentindo bem. A dor tinha diminuído. Só estava com muito sono.

— Não, quanto mais me aproximo da cidade mais fico resistente e forte, sei lá.

Eles concordaram, aliviados. Eu tinha passado por horas de dor e, consequentemente, falta de sono.

— Vamos descansar. Será necessário para a última parte da viagem. Me acordem se precisarem ir ao banheiro. Não quero que vocês se arrisquem do lado de fora da cabine. Fiz um feitiço de proteção, então podemos dormir um pouco mais tranquilos.

Nossa cabine tinha uma mesa, dois bancos – um de cada lado – e uma cama embutida na parede. Tirei o casaco e, quando fui sentar novamente, os dois se entreolharam.

— Acho melhor você deitar na cama.

Eles estavam me tratando de maneira estranha, até que a ficha caiu.

— Somos melhores amigos. Não quero que vocês mudem comigo por eu ser princesa. A cama é minúscula. Beta deita nela, eu fico no banco e Grady no outro. E não me façam perder a paciência com besteiras.

— Tudo bem. Estamos aqui para servir.

Grady, às vezes, era insuportável. Dei um tapa em seu ombro e fui me deitar. Cada um se acomodou em seu lugar. Ao fechar os olhos, vi um grande vulto na escuridão, cujos olhos mudavam de cor, entre azul e verde. Não fazia ideia de quem era, mas sabia que iria descobrir. O vidro gelado e a paisagem cheia de neve, que eu jamais tinha visto, me acalmavam.

Eu desejava conhecer o mundo, e esperava me manter a salvo para aproveitar o que a imortalidade poderia me proporcionar. Com esse pensamento, relaxei e dormi.

CASTELO HAIGI

— Anya, acalme-se. Ela vai chegar. Nossa menina deve ser muito esperta e astuta. Além disso, nosso Dragão está com ela. Sei que ela chegará a tempo.

— Ela pode ser esperta, Nico, mas não conhece seus dons ainda. Todas as famílias sabem que ela está chegando, e podem tentar algo ruim contra a nossa menina.

Nicolay sabia que precisava distraí-la de alguma forma. Eles não conseguiam dormir, e ele sabia que o coração da mãe da menina devia estar muito mais apreensivo que o dele.

— Vamos fazer os preparativos para a cerimônia. Tudo tem de estar pronto para quando ela chegar. Ninguém vai tirá-la de nós.

Ela concordou e sorriu. Nicolay sabia que ela arrumaria o quarto e a cerimônia com todo o cuidado necessário. Jamais haviam tido essa experiência, e ela estava nervosa, além de sentir medo pelo que poderia acontecer a filha.

— Sim, vou arrumar tudo agora mesmo na sala do Dragão.

Ela parou perto da porta e virou-se para ele outra vez.

— Nico, Aislin virá com dois amigos, e eles são seus guardiões. São um bruxo e uma fada. Peço que os trate de maneira hospitaleira. Eles estão trazendo-a para casa.

Nicolay jamais se dera bem com outras raças, mas teria de dar crédito aos dois. Tudo que ele sempre desejara era ter sua filha de volta.

— Anya, sei que não nos relacionamos bem com outras raças, mas farei de tudo para fazer minha filha feliz. Se são amigos da nossa filha, serão bem tratados. Não se preocupe.

Eles precisavam se manter calmos. O rei foi até ela e ficaram abraçados por um tempo. Seu silêncio dizia tudo, até que ela riu e concordou com a cabeça.

— Agora acalme-se e vá organizar tudo. Estarei na guarita com os guerreiros, à espera de Aislin. Assim que ela se aproximar, saberei. Estaremos com ela em nossos braços em pouco tempo, minha rainha.

Ele sabia que seria difícil para sua filha chegar a salvo e, se esses seres inferiores a estavam ajudando, aceitaria sua estadia da melhor maneira possível. As outras raças eram tão atrasadas e sem poderes que o irritavam... Ele esperava que esses, pelo menos, fizessem alguma coisa direito.

CASTELO IVANOV

Ela me bloqueava, mas como? Desde que descobri meus dons, ninguém jamais fez isso. Nem mesmo meu pai, que tinha o dom da telepatia. Ela devia ter poderes diferentes dos que conhecemos.

Eu precisava encontrá-la. Era o único com mais de um dom, e isso nos dava vantagem contra os demais. Não podíamos perdê-la. Pelo menos esse desafio estava me fazendo ficar atento à caçada.

Um dos guardas bateu na porta do quarto enquanto eu me trocava.

— Príncipe Alexander, seu pai deseja vê-lo.

— Estarei lá em um minuto.

Usei meu dom e fui até ele através das sombras. Surgi na frente do rei Vicktor Ivanov, que me considerava uma arma. Saber que nunca fui mais do que isso para ele me irritava muito.

— Alexander, e quanto à princesa?

— Meu pai, busquei-a várias vezes, mas ela não foi rastreada. Ficamos até a chegada do último passageiro do avião e, como ela não apareceu, consegui com um dos atendentes da companhia aérea a lista de passageiros.

— E?

Ele jamais deixava de querer saber todos os detalhes.

— Como estávamos atrás de alguém cujo nome ninguém sabe, fui em busca de um designação que pudesse pertencer à nossa caça.

Deixei o suspense no ar. Adorava ter a vantagem sobre ele, e sabia que o poderoso rei Vicktor ficava furioso.

— Diga de uma vez, qual o nome da princesa?

— Creio que seja Aislin Richards. Ela vinha da América. Rastreei sua origem, e acredito que essa seja a nossa princesa perdida, meu pai.

Ao ler o nome na lista, senti que era ela, porém havia duas outras pessoas a acompanhando. Decidi manter essa informação para mim.

— Meu rei, fizemos uma busca pelo aeroporto e não a encontramos. Tivemos de manter a discrição, já que havia cerca de vinte guerreiros do Dragão de Fogo pelo saguão, inclusive o chefe da guarda real. Mandei alguns guerreiros para a rodoviária e para as estações de trem. O último trem de Moscou chega às oito da manhã, e um ônibus às oito e meia. Ela não tem qualquer outra opção rápida para chegar à cidade. Hans está à sua espera na rodoviária, e eu irei para a estação. Eu não desejava levantar suspeitas.

Meu pai ergueu uma sobrancelha, pensativo. Eu sabia que ele estava pensando em tirar proveito de alguma maneira, mas ele bloqueou o pensamento.

— O que diz o seu dom?

— Ela está chegando. Não sei ao certo como pretende chegar ao castelo Haigi, mas acho que ela está sendo ajudada. Sinto algo diferente de nós.

Ele ficou surpreso, o que me deixou feliz. Eu queria que ele me deixasse em paz por um tempo.

— Se ela tem aliados, devemos intensificar as buscas. Pelo visto ela é esperta. Enganou a todos, até agora.

Ele me olhou de cara feia, como se eu fosse o culpado pela sagacidade da princesa. Porém, depois de surpreendê-lo, nada me deixaria chateado.

Um a zero para a princesinha Aislin. Agora eu sabia a quem procurar.

— Vou fazer isso, meu pai.

Ele voltou a ficar pensativo, o que não era nada bom.

— Alexander, você acha que pode existir uma mínima chance de o Livro dos Dragões entregar a princesa perdida a você?

Ele estava louco... Tive de rir. Aquela era a coisa mais louca e absurda que eu ouvira na vida. Era óbvio que a resposta era não. A não ser que ela fosse uma princesa que tivesse os mesmos ideais e pensamentos que eu.

— Meu pai, que absurdo! Claro que não. Além disso, estou envolvido com Natasha que, além de ser uma bela vampira, deseja se casar comigo. O livro não tentaria reunir duas famílias rivais, não mesmo.

Ele pareceu aceitar e riu. Ele sabia que eu já tivera alguns encontros com Natasha. Ela era uma delícia. Como beija bem, aquela vampira sem-vergonha. Sempre fico com ela quando posso, mas ela é esperta o suficiente para deixar um homem no limite e depois pular fora. Mas gosto desse jogo, e sei que ela também. Não vejo a hora de finalizar alguns assuntos que deixamos pendentes.

— Alexander, parece que falar na princesa Natasha o deixou inquieto...

Nossa, ela é deliciosa, mas é muito esperta. Nunca deixa ninguém passar dos limites, e sei que vai ser tudo para mim. Não vejo a hora de tê-la em meus braços.

— Ela é perfeita.

Ele riu.

— Muito bem. Ela realmente é uma bela adição para nossa família. Agora vá, e encontre a princesa perdida. Podemos conseguir muito dinheiro em troca dela.

— Farei isso, meu pai.

Usei meu dom das sombras e fui para a estação de trem. Os passageiros tinham acabado de desembarcar. Influenciei o condutor a me deixar dar uma olhada no trem, antes da entrada dos novos passageiros. Precisava tomar cuidado, já que havia alguns guerreiros espalhados pela estação.

Caminhando pelo corredor, senti uma energia fluir do meu lado direito. Sentei-me no banco e me concentrei nela, que pulsava. Era forte e delicada ao mesmo tempo.

Busquei a princesa e, quando fechei os olhos, a vi. Ela estava rindo, e consegui enxergá-la por inteiro. Ela era linda. Tinha cabelos loiros longos e um sorriso que me deixou encantado. Senti algo forte, como se já a conhecesse. De repente me senti estranho. Não conseguia parar de pensar naquele rosto e sorriso que jamais vira antes.

Levantei rápido, o que me deixou meio desorientado. Saí do trem e fui investigar as proximidades, mas não achei nenhum rastro da energia, o que significava que ela tinha saltado bem antes do veículo e, a essa altura, já estaria a caminho da cidade. Com isso, resolvi ligar para casa.

— Meu rei, ela veio de trem, mas senti que ela saltou antes de chegar à cidade.

Meu pai bufou.

— Vá atrás dela. Vou enviar alguns dos meus melhores guerreiros para acompanhá-lo na captura da princesa.

— Sim, meu pai.

Saí pelas sombras em busca da sua energia, mas ela estava me bloqueando. Eu não conseguia mais sentir o que captara no trem. Achava que, ao se concentrar, ela conseguia me bloquear.

Continuei procurando por mais três horas, mas não identifiquei mais nada. Nenhum sinal de energia. Resolvi ir para o Castelo Haigi, tentar outra estratégia.

Os guerreiros buscaram pelas rodovias que ligavam a cidade, sem sucesso. Pelo menos sabíamos qual seria o destino dela. Eu ficaria aguardando minha caça.

NO TREM

— Vocês estão acordados?

Sabia que eles estavam, mas queria me certificar. Quando acordei ainda estava escuro, e tive medo de olhar para o relógio. Sentia que a cada minuto ficava mais próxima de perder a corrida entre a vida e a morte.

— Sim, mas estou moída.

Sabia que Beta estava triste por algum motivo. Quando estivéssemos a sós, depois da cerimônia, eu perguntaria a ela o que havia de errado. Sabia que ela estava me escondendo algo para não me preocupar, por isso a perdoava.

— Aislin, Beta, tudo bem?

Grady era sempre um cavalheiro. Nunca deixava de se preocupar comigo ou com Beta – principalmente com ela. Ele levantou e fez com que ela se virasse para ele. Quando ele beijou seu nariz, ela caiu na gargalhada.

Esses dois precisavam acertar aquela situação. Ele me olhou, e concordei com a cabeça. Ele se virou de novo para ela e riu.

— Acho que vocês duas deveriam ir ao banheiro antes de sairmos. Não sei como são as estradas por aqui ou se poderemos parar em algum lugar.

Ele estava certo. Não seria bom arriscar a nossa segurança para fazer uma parada fora dos planos.

— Tudo bem. Mas, depois, podem me explicar melhor sobre essa história de dragões?

— Claro. Mas, primeiro, as duas direto para o banheiro.

Pouco tempo depois, voltamos para a cabine. O céu estava começando a clarear, e meu nervosismo ficava mais aparente.

Grady estava analisando alguns mapas no iPad que seu pai lhe dera antes da viagem. Ele contava com a ajuda de um GPS para buscar o caminho mais rápido para chegarmos a nosso destino, já que estávamos em uma corrida contra o tempo.

Meu amigo parecia concentrado e Beta nervosa, piscando o tempo todo, como sempre fazia quando o admirava.

Sentei no banco perto da janela, com a fada ao meu lado, até que nosso amigo levantou os olhos do iPad e riu quando meu estômago roncou.

— Já pedi um café reforçado. Não quero correr nenhum risco de sermos reconhecidos por algum membro das raças. Isso seria um problema.

Ele sempre pensava em tudo.

— Estou faminta. Mas, enquanto a comida não chega, vocês poderiam falar um pouco sobre os dragões?

Grady, que é *supernerd*, começou, logicamente.

— Há doze clãs de vampiros, mas apenas seis dragões guardiões. Eles são os mais poderosos e com maior poder aquisitivo. Os outros seis são considerados dragões menores. Os mais fortes são: Ar, Fogo, Terra, Água, Sombras e Trevas. O menores são: da Floresta, Luz, Bronze, da Noite, Névoa e do Gelo.

— Foram eles que criaram o Drácula?

Ri, ainda achando a ideia de Drácula e dragões ridícula. Eles sabiam o que eu estava pensando, e até riram um pouco, o que ajudou a descontrair o clima. Meus amigos eram legais em qualquer circunstância.

— Sim. Eles criaram sua raça, iniciada pelo Drácula. Porém ele não era tão mau como é afamado. Seus filhos é que eram muito primitivos e ligados aos seus elementos fundadores e, como todos são dotados de dons, dá para imaginar como os usavam para o seu próprio benefício. A única regra era a proibição do conhecimento da existência das raças por parte dos humanos. E isso vale até para outras raças. Alguns humanos nos ajudam, e sabem da nossa existência. Esses, geralmente, são serviçais que há gerações trabalham para as famílias mais ricas. Porém são os únicos que podem saber o que somos e os dons que cada raça tem. Mas, para isso, precisam jurar fidelidade, e jamais falar a respeito disso com outros humanos.

— É estranho falar "humanos"...

— Sei como se sente... É mais fácil, para mim e a Beta, nos misturarmos do que os vampiros. Certas coisas se tornaram tão comuns em nossa rotina que eu até me esquecia de que somos diferentes. Falar assim é realmente estranho...

— Grady, e quanto aos dons? Sei que seu pai é muito estudioso, ele deve ter dito algo.

— Os dons que conheço são os de influenciar mentes e de andar nas sombras. Isso é o que li em livros sobre vampiros aos quais meus pais tiveram acesso. Falar sobre os dons é proibido fora da raça, para não permitir que os inimigos se preparem para eles. Por isso, poucos livros tratam disso. Meu pai nem sonha que peguei o livro. Se não, estaria encrencado *de verdade*. Mas conhecer os dons e as fraquezas do seu oponente é sempre a melhor estratégia.

Eu precisava manter isso em mente e aprender tudo o que pudesse, o mais rápido possível.

— E quais são os dragões mais poderosos, dos seis que você citou?

Eu devia me preparar para o que estava por vir. Teria de enfrentar descendentes de dragões e dons totalmente desconhecidos para mim. Será que teria algum dom para nos defender? Esperava que sim. Grady ficou pensativo e franziu a testa. Ele estava tentando decidir que resposta dar.

— Pelo que eu li, os mais poderosos são os dragões do fogo e das trevas. Eles emanam mais poder através dos seus dons. Com relação a emanar poder, já respondo: não sei bem como identificar isso. Eu teria de estar perto de mais vampiros para saber o que isso significa. Sei que sempre sinto um poder maior vindo da sua mãe do que do seu pai, mas não sei explicar como consigo perceber isso. Talvez quando você mudar totalmente, após a cerimônia, e se tornar uma vampira completa, consiga identificar naturalmente.

O que mais eu poderia perguntar de alguém que só sabia a teoria sobre os vampiros? Eu me sentia tão desamparada!

— Acha que quem está atrás de mim é alguém do Dragão das Trevas?

— Sim, e não é qualquer um. Imagino que seja o famoso príncipe Alexander Ivanov. A nova geração é treinada para a guerra e a espionagem.

Eu e Beta nos entreolhamos.

— Pelas informações passadas para meu pai, esse vampiro em particular é extremamente perigoso. Ele é treinado em vários tipos de luta e sabe manusear muitos tipos de armas, mesmo tendo a sua idade. Ele deve estar atrás de você, já que não faz ideia de que a estamos ajudando. Mas é poderoso. O comentário sobre os dons dele na sociedade vampírica se espalhou rápido. Além disso, ele é treinado como rastreador e caçador. Ninguém escapa dele.

Agora eu estava perdida. Como poderíamos fugir de alguém assim?

— O *príncipe das trevas* está atrás de mim?

Beta me deu a mão. Ela estava tremendo, assim como eu. Era bom saber que meus amigos estavam comigo. Se estivesse sozinha, não teria chegado muito longe.

— Com toda certeza. Acho que preciso te ensinar a se proteger mentalmente. Não sei se vai funcionar com você, mas tente se concentrar e não permitir que seu poder seja sentido, pois Ivanov é muito sensitivo. Se conseguir, estaremos a salvo.

Como se prende algo que você não sabe que tem ou como prender?

— Devo prender o poder, mas como faço isso? Não tenho a menor ideia!

— Pelo que sei, você deve pensar em muros e portas fechadas, mentalizando que toda a sua energia esteja contida em seu interior. Foi isso que os meus pais me ensinaram a fazer. Espero que dê certo com você também, para o nosso bem. Mas vamos fazer isso depois de comermos.

Uma senhora trouxe um café da manhã completo. Devoramos a comida. O estresse e a incerteza abrira nosso apetite. Quando terminamos, arrumamos nossas coisas e Grady olhou para o relógio.

Nunca tive medo do tempo, mas, hoje, não queria saber que horas eram. Só de pensar, eu já tremia. Era uma sensação horrível.

— São sete e meia. Estamos a dois minutos da nossa parada e a estação seguinte é a de São Petersburgo. Fiquem calmas. Acho que vão nos esperar na estação, então teremos algum tempo para sumir do mapa.

Pegamos nossas coisas e ficamos junto da porta tentando passar despercebidos, com mais algumas pessoas que iriam desembarcar.

O medo me fazia querer voltar para meus pais adotivos. Mas, se voltasse, eu morreria. Eu precisava seguir em frente.

O trem parou, e começamos o desembarque. Grady estava na frente, e parecia concentrado fazendo um feitiço. Segurei minha mochila com força e a mão de Beta. Não podíamos nos separar. Grady estava com sua mala, e pegou a que estava com minhas coisas e de Beta. Se algo acontecesse, nós duas poderíamos seguir em frente sem o peso desnecessário da bagagem. Ele era muito corajoso.

— Bem, agora temos de descer, meninas. Vão atrás de um táxi que eu levo as malas. Assim será mais rápido.

Beta e eu corremos. Eu pensava em muros e em encarcerar minha energia. Precisava bloquear se quisesse sobreviver aos ataques do príncipe Alexander. Havia apenas dois táxis na frente da estação. Escolhemos o carro com melhor aparência e, logo em seguida, Grady chegou. Ele colocou as malas no porta-malas e entrou na frente. Falou algo engraçado, talvez em latim, e nos olhou.

— Lancei um feitiço para que ele entenda a nossa língua e não se lembre de nada sobre essa corrida. Estamos indo para a casa da minha tia, não se preocupem, ela mora na casa de Merlin, por isso ninguém pode nos encontrar enquanto estivermos lá, será um local seguro.

Ainda tínhamos um longo caminho, e eu não podia perder a concentração no bloqueio. Ninguém falou na viagem até a casa de Merlin, pois o medo estava em nossas mentes e sabíamos que estávamos sendo perseguidos. Demorou mais do que prevíramos, cerca de duas horas e meia, e isso já nos deixou mais nervosos.

Pagamos o taxista e abrimos o portão. Quando entramos no jardim, senti algo mudar e relaxei. Estávamos protegidos naquele esconderijo, mas não por muito tempo. Grady entrou, pegou a chave do carro e, enquanto colocava as bagagens no porta-malas, sentei e descansei, esgotada. Ainda faltavam horas para chegarmos ao castelo.

Pensei na marca do dragão de fogo em minhas costas. Fechei meus olhos e pedi por ajuda.

Dragão de Fogo, por favor, nos dê forças para chegar à minha nova casa. Preciso conhecer meus pais e quero viver, mas precisamos de ajuda. Não sei o que fazer.

Senti um calor envolver meu corpo e o sangue pulsar, e me senti melhor para a viagem. Levantei e entramos no carro. Estávamos muito nervosos para conversar com a tia de Grady e agradecer pelo carro, mas ela nos olhou pela janela, muito desconfiada. Achei melhor irmos embora sem falar nada.

— Até agora conseguimos apagar seus rastros. Ao sairmos, você vai precisar bloquear sua energia por mais duas horas, entendeu? Seus pais me avisaram que é mais difícil fazer isso na cidade, devido às distrações. Procure se concentrar. Sei que você consegue.

— Vamos. Vou fazer o possível para conseguirmos chegar ao castelo. Nunca pensei que seria tão difícil ser uma princesa!

Fechei os olhos, tentando visualizar melhor os muros. Sentia-me cansada e com medo.

— Concentre-se. Feche os muros e prenda seu poder.

— Certo.

Depois de alguns instantes, concordei com a cabeça.

— Podemos ir.

No começo foi fácil. Estávamos longe da cidade. Mas, como Grady dissera, faltando meia hora para chegarmos ao castelo, eu estava suando com o esforço e sentindo dor, pois havia alguém querendo descobrir meu paradeiro. Sabia que, se perdesse um pouco da minha concentração, ele me encontraria.

Apesar da necessidade de proteção, eu queria muito saber quem era o príncipe misterioso, Alexander. Seu nome despertava um desejo desconhecido em mim, diferente de tudo o que já sentira. Sabia que não podia sentir interesse pelo inimigo.

Só escutávamos a voz vinda do GPS que Grady colocara no carro, com a rota para o castelo, e o som das nossas respirações. Era assustador. Eu tinha consciência de que eles sabiam que eu estava tentando suportar o ataque inimigo a todo custo. Precisava nos defender, e eles dependiam do meu sucesso.

— Aislin, aguenta. Falta pouco. Estamos quase lá.

"Quase lá" não era suficiente. Reuni o máximo de forças que me restavam para falar.

— Mais rápido, Grady. Por favor.

Foi a primeira vez que falei desde que começara a fazer esforço. Eu o sentia cada vez mais perto. Droga. Queria dizer ao Grady para acelerar aquela lata velha, mas não conseguia.

— Tudo bem. Já chegamos, já chegamos.

Quando Grady parou em frente a um portão enorme e começou a buzinar como um louco, eu não sabia o que dizer. Não dava para ver nada. Como íamos entrar? Então, como num passe de mágica, os portões se abriram e um homem saiu do interior. Ele era forte e parecia tão confiável que relaxei no bloqueio.

Ao afrouxar as barreiras, senti o príncipe bem perto de mim. Chamei-o mentalmente, e esperava estar fazendo algo de que não me arrependesse depois.

Alexander, sinto você perto de mim, mas estou tão cansada...

O homem se aproximou, arrancou a porta do carro e puxou meu corpo para um abraço. Era meu pai verdadeiro, eu podia sentir. Eu o abracei, e não sei como consegui forças para falar.

— Pai. Desculpe a demora.

Eu estava em um turbilhão de emoções. Sabe quando você quer chorar, rir e gritar, tudo ao mesmo tempo? Estava tão feliz por ter chegado, por conseguir passar por tudo e saber que teria chance de viver. Não queria admitir, mas estivera apavorada durante o caminho todo.

— Minha menina, vamos entrar. Já são duas da tarde, e sua mãe não conseguiu dormir, preocupada com sua segurança. Graças ao Dragão você chegou a salvo.

Como tinha jogado a porta a uma longa distância, meu pai me ajudou a sair do carro, mas eu estava fraca pelo esforço de bloquear minha energia.

Quando vacilei ao ficar de pé, ele me pegou no colo. Era nítida a preocupação em seu rosto. Todo seu corpo ficou rígido e, naquele momento, pude ver a diferença entre o homem e o vampiro, coisa que eu nunca percebera em meus pais de criação.

— O que houve? Está machucada?

Ele estava preocupado comigo. Balancei a cabeça e tossi um pouco para conseguir falar.

— Não, pai. Só estou fraca, tive de bloquear minha energia. Pensei que não fosse conseguir chegar. Ele é muito forte.

Meu pai corria numa velocidade que eu mal conseguia registrar. Enquanto falava, como num piscar de olhos, me vi em um quarto. Ele me deitou em uma cama enorme.

— Aislin, está tudo bem agora. Você está em casa com sua família.

Ele queria que eu o aceitasse. Era tão lindo! Eu me achei parecida com ele. De repente, sua testa se franziu e ele pareceu apreensivo. Segurei sua mão, mas sua expressão não mudava.

— Quem estava atrás de você? Isso merece uma punição muito severa.

Eu não poderia permitir alguém punir o príncipe. Mesmo sabendo que deveria entregá-lo, não podia. Sentia como se fosse traí-lo se contasse. Até meu subconsciente dizia para não falar nada. Então segui meu coração.

— Não sei, pai. Só senti que havia alguém me seguindo. Grady disse que eu poderia levantar uma barreira para nos disfarçar, e foi o que fiz.

Ele parecia tão orgulhoso e feliz que deixou a história de lado. Ainda bem. Se ele fosse buscar a fonte, tenho impressão de que acabaria encontrando.

— Você foi muito corajosa, filha. Vou chamar sua mãe. Ela preparou a cerimônia, e acho melhor ser aqui no quarto, para que você possa descansar um pouco. Você não tem ideia do que foi não poder estar ao seu lado durante seu crescimento. Isso nos torturou a cada dia.

Meu pai era alto e forte, tinha o porte de um jogador de futebol americano. Era branco, tinha cabelos ruivos que chegavam ao colarinho da camisa de botões que ele usava. Ele estava vestido como um rei, com roupas de alta costura, mas não usava gravata, e alguns botões da camisa estavam abertos. Fixei meu olhar em seu rosto forte com o queixo quadrado.

Ele me abraçou, e senti que tentava não me machucar. Uma grande força vinha dele. Acho que isso era um "sentido vampiro", ou algo parecido. Era bom estar com ele. Estava me sentindo em casa.

— Quero conhecer minha mãe. Minha outra mãe disse que ela se chama Anya, e que as duas são gêmeas.

Ele não gostou muito de como falei da minha mãe.

— Sim, minha linda. Você é a princesa mais encantadora e linda de todo o mundo! Mas, por favor, não chame aquela sequestradora de "mãe". Não aguento saber que eles a tiraram de nós contra a minha vontade.

Eu podia entender o que ele estava sentindo. Acho que, se estivesse em seu lugar, talvez reagisse da mesma forma. Porém meus pais adotivos eram maravilhosos, e haviam feito de tudo para me proteger. Mereciam todo o meu amor pelo resto da minha vida.

— Mas, pai, ela é minha mãe... Quer dizer, foi minha mãe por dezoito anos, e não vou virar as costas para ela só porque descobri que não sou sua filha legítima. Eu gostaria que o senhor tentasse entender a forma como me sinto. Não é fácil para mim também.

O meu quarto era lindo. As paredes cobertas de papel de parede bege, com pequenas rosas vermelhas e bordas douradas. Os móveis eram em estilo romântico, em bege com arabescos dourados. Nos aparadores, havia arranjos com rosas brancas e orquídeas, vermelhas e amarelas, quase douradas.

Era incrível. Meu pai aguardava pela minha reação. Porém, seu olhar não disfarçava sua insatisfação com minha resposta. Por agora, eu não falaria mais nada. As coisas já estavam muito fora do controle para que eu ainda fosse me preocupar com aquele tipo de intriga.

Ele deu um suspiro cansado. Eu não queria que meu recém-descoberto pai biológico ficasse triste.

— Tudo bem, querida. Depois falaremos sobre isso. Descanse um pouco enquanto chamo sua mãe, e daremos prosseguimento aos procedimentos da cerimônia. Seus amigos estão acomodados nos quartos ao lado, não se preocupe.

— Pai, este quarto é perfeito.

Ele parecia feliz em saber que eu havia gostado do aposento. Imaginando que ele devia ter esperado por aquele momento durante muito tempo, queria que ele soubesse que eu estava feliz por voltar para minha casa legítima.

— Minha menina, esse quarto sempre foi seu. Antes mesmo de você nascer, sua mãe e eu o escolhemos para você. Tudo o que temos é para você.

Ele me olhava tão feliz! Olhei para a cama enorme, coberta com uma colcha bege e dourada. Toquei no tecido: era tão macio, parecia veludo. A cama com dossel era de madeira escura, e se destacava no quarto. O véu que a cobria balançava com a brisa que vinha da sacada. Sobre o colchão, uma montanha de travesseiros. Se eu estava deslumbrada assim só com o quarto, imaginava como ficaria quando visse o castelo inteiro.

Ri, fui até ele e o abracei. Senti que estava fazendo o certo. Percebi seus olhos se encherem de lágrimas, mas ele disfarçou. Sabia que queria parecer forte. Acho que vampiros também não gostavam que as mulheres os vissem chorando. Resolvi contornar a situação.

— Estou muito cansada.

— Certo. Descanse um pouco. Voltaremos para a cerimônia, mais tarde.

Soltei-o, e ele me deixou sozinha. Fiquei pensando em como as coisas estavam dando certo. Minha vida tinha mudado e, em algumas horas, seria uma princesa vampira. Jamais imaginara que, um dia, algo assim pudesse me acontecer.

Deitei na cama novamente. Olhei para cima e fechei os olhos. Era tão bom estar em casa, saber quem eu era e por que me sentia excluída no meio de tantas pessoas no colégio e na sociedade humana. Mas lá estava eu, lutando para viver uma nova realidade.

CAPÍTULO 4

A CERIMÔNIA DE SANGUE

COMO ESTAVA RELAXADA, PRECISEI ME CONCENTRAR para notar que ele estava no meu quarto. Não fiquei assustada. Na verdade, estava feliz. Chamei-o novamente pela força da mente – sabia que ele tinha muito poder mental e conseguiria ler meus pensamentos.

Alexander, sei que você está aqui. Apareça, não vou machucá-lo.

Ri, imaginando que ele detestaria essas palavras. Mesmo vampiros, os homens são vaidosos...

Me machucar? Você não conseguiria nem matar uma mosca.

Eu estava adorando implicar um pouco com aquele príncipe misterioso.

Sei que não posso machucá-lo, mas sabia que, se pensasse isso, você responderia. É um alívio escutar sua voz. Eu queria ver você. Apareça! Ou você tem medo de alguém te descobrir?

Não. Precisava capturar você, mas falhei. Você é bem estranha para os nossos padrões.

Como assim, falhou? Eu precisava ser esperta e tentar tirar informações dele. E ele me chamou de estranha? Estranho era ele; com certeza devia ter uma verruga enorme no nariz, por isso não queria aparecer!

Bem, o que vai fazer agora que cheguei em casa? E por que sou estranha? Estranho é você. Acho que deve ser bem feio, para não querer mostrar o rosto!

Eu ria de olhos fechados.

Vou embora. Não tenho mais nada a fazer aqui.

Quando ele estava para ir embora, levantei e olhei com intensidade na direção em que achava que ele estava.

Não vá.

Eu não queria ficar sozinha. Senti meu peito apertar. Vi um espelho no closet, e fui até ele. Eu parecia diferente, mais pálida.

Por que você quer que eu fique?

Espere a cerimônia terminar. Não sei explicar o porquê, mas preciso de você comigo.

Não posso, ele falou, e senti que se foi em seguida.

Senti-me triste, de repente, mas mal tive tempo de avaliar meus sentimentos. Ouvi vozes se aproximando. Por instinto, sabia que eram meus pais. Tirei as lentes coloridas dos olhos, pois estavam me incomodando muito.

Minha mãe foi a primeira a entrar. Veio correndo até a mim e me abraçou.

— Minha filha, você está viva e aqui conosco, nem acredito! Obrigada, meu Dragão.

Ela era linda. Tinha cabelos iguais aos meus, e parecia uma modelo. Mesmo chorando, continuava bela. Era idêntica à minha mãe de criação.

— Estou fraca, mas bem. Amanda me pediu para dizer que ama muito você, e que está com muitas saudades.

Ela me abraçou e chorou, acariciando meus cabelos. Chorei com ela – por nós e nossa separação durante tantos anos. O que me tranquilizava é que poderíamos recuperar o tempo perdido, desfrutando de nossa imortalidade.

— Sim, imagino que sua tia Amanda esteja realmente com muitas saudades. Sei que foi duro para ela abrir mão de tanto para atender ao meu pedido, e como isso possa ter soado para você. Mas, para mim, o importante era salvá-la. Tenho certeza de que seus tios cuidaram de você com todo amor.

Ela afagava o meu rosto e tocava no meu cabelo, como se estivesse se certificando de que eu era real. Acho que nunca vamos nos esquecer desse momento.

— Com certeza, mãe. Já entendi por que eles me levaram. Não fique triste. Estou aqui agora. Já amo muito vocês dois! No começo, foi difícil aceitar. Mas sei que foi a única forma de me proteger.

Ainda abraçadas, senti os braços do meu pai nos envolverem, e ficamos os três juntos. Pouco tempo depois, ele deu um aperto em meu ombro e beijou o cabelo da minha mãe. Tinha chegado a hora da cerimônia.

Meus amigos entraram no quarto. Eles fizeram uma reverência aos meus pais e, depois, a mim. Eu não queria brigar naquele momento, mas não aceitaria isso no futuro. Eles eram meus amigos, e não precisavam se curvar para mim.

Um vampiro bem velhinho e encurvado entrou no quarto. Eu não fazia ideia da sua idade, mas senti como se fosse da pré-história. Ele me olhou seriamente e, em seguida, um vampiro aparentando ter dez anos entrou com um cálice.

— Vamos, meu amor. A cerimônia vai começar. Não queremos deixar para em cima da hora.

Minha mãe entrelaçou os dedos nos meus com carinho, deixando-me menos ansiosa.

— Vamos ao banheiro para trocar sua roupa.

Como minhas pernas vacilaram, meu pai fez menção de me carregar, mas neguei. Beta veio me apoiar pelo outro lado. O pensamento de que eu gostaria que fosse Alexander ali me pegou de assalto, surpreendendo-me. Respirei fundo, tentando afastá-lo.

— Podemos ir, mãe. Sei que você aguenta meu peso. Os vampiros são sempre muito fortes, não?

Ela riu, e eu pude ver suas presas, despontando de sua boca como pequenas adagas. Ela beijou minha testa e fomos em direção ao banheiro.

— Sou forte, sim, filha. Você também vai se acostumar com o seu dom.

Quando entramos no banheiro, surpreendi-me com a beleza do lugar. Havia uma enorme banheira com dois chuveiros e todos os metais em ouro. Os móveis eram brancos, e as pinturas de belas flores vermelhas com contornos dourados adornavam as paredes. Na penteadeira, vários tipos de perfume e maquiagem estavam organizados e, em frente a ela, uma cadeira de estofado em veludo vermelho.

Minha mãe sentou-me na cadeira e tirou minha blusa, enquanto Beta tirava meus tênis e meias. Quando estava sem roupa, minha mãe me levou para o chuveiro. Eu me sentia esgotada. Não conseguia sequer ficar de pé.

— Você precisa de um banho com água de jasmim, de forma a purificar seu corpo para receber seu dom.

— Não consigo me manter de pé. Estou esgotada — falei, e minha mãe me acomodou na banheira, lavando-me com cuidado, entoando um cântico que, para minha surpresa, Beta também sabia.

Eu também queria cantar, mas, além de não saber a música, estava fraca demais. Acabei adormecendo.

Quando acordei, estava enrolada em uma toalha e sentada na cadeira.

— Vamos, Aislin, já são quatro horas. Não podemos demorar.

O tempo estava passando tão rápido que comecei a me preocupar. Para mim, parecia que tinham se passado apenas alguns minutos.

— Minha gengiva está doendo muito.

A dor estava voltando com toda força, e minha cabeça estava começando a latejar.

Ela e Beta me enxugaram. Pouco antes de me vestir com uma túnica branca, minha mãe vacilou novamente, parecendo querer perguntar alguma coisa. Sorri para incentivá-la.

— Filha, preciso perguntar algo a você. Mas não sei bem como falar sobre isso.

— Pode perguntar, mãe. Não quero esconder nada de você, nem do meu pai.

Ela riu e me abraçou.

— Você é virgem?

Jamais imaginei que aquela seria a pergunta. O que isso tinha a ver com toda a situação?

— O quê?

Ela se retraiu, e me olhou sem graça. Respirei fundo e balancei a cabeça de leve.

— Querida, se você não for, não tem problema. Só vou precisar trocar a cor da túnica, só isso. A maioria das vampiras da sua idade não são mais.

— Não precisa trocar a cor. Sou virgem. Pelo visto, todo mundo vai saber, quando sairmos por aquela porta...

Ela riu e beijou as minhas mãos. Eu mal conseguia retribuir seu carinho, pois estava piorando a cada instante.

— Filha, o Livro exige sinceridade, só isso. Mas saiba que seu pai vai ficar muito feliz em saber que sua garotinha é intocada. Quando eu disse que estava fazendo uma túnica vermelha ele ficou sem falar comigo direito por quase uma semana. Mas depois entendeu que eu só queria estar preparada para uma... digamos assim, eventualidade. Não arriscaria sua vida por não ter a roupa certa para a cerimônia.

Ela me vestiu, claramente aliviada. Nunca pensei que me sentiria satisfeita por ainda ser virgem aos dezoito anos. Minha mãe prendeu na minha cintura uma faixa vermelha que se abria em milhões de pequenos fios vermelhos.

Sentei-me e ela penteou meus cabelos molhados para trás. Eu usava apenas a túnica e meu anel, nada mais. Estava me sentindo uma princesa de verdade. Só faltava uma torre e um príncipe encantado. O irônico é que o único disponível era um príncipe das trevas.

— Vamos para o quarto, vou ajudá-la. Estou tão feliz com sua presença aqui, mas consigo me conter.

Consegui abraçá-la. Queria que ela percebesse que estava sentindo o mesmo que eles. Quando ela fez menção de me carregar, meu orgulho falou mais alto e desejei começar minha vida de princesa como uma pessoa forte.

— Posso ir andando, mãe. Com sua ajuda, é claro.

Ao entrarmos no quarto, senti quatro pares de olhos sobre mim, sendo que um deles não era visível. *Ele* tinha voltado para a cerimônia. Eu precisava falar com ele. Esperava que mais ninguém pudesse sentir sua presença.

Obrigada por voltar, Alex. Estou com tanto medo.

Ele demorou um bom tempo para responder, como se estivesse pensando em o que falar. Sentia que ele estava buscando uma desculpa para esconder o que estava realmente sentindo.

Só voltei para ver a extensão de seus poderes, nada mais.

Era mentira. Eu sabia que ele voltara por minha causa. Olhei para onde sentia sua presença e sorri.

Não importa. Fico feliz que esteja aqui.

E realmente estava feliz. Sua presença me acalmava e aliviava minhas dores.

Sou o inimigo. Você não tem a menor noção do perigo, princesinha.

Seu tom demonstrava que ele estava confuso, mas sabia que ele tinha certa razão – eu não fazia ideia de onde estava me metendo.

Não considero você meu inimigo.

Não falamos mais nada. Fiquei em pé no meio da sala, e o ancião se aproximou com uma taça na mão. Meus olhos focaram nela, como se estivesse hipnotizada. As figuras pareciam vivas. Um dragão cravejado de rubis parecia olhar dentro de mim.

Você é virgem? Não minta para o Dragão. As consequências são muito sérias.

Ri, sentindo que o príncipe estava assustado com a possibilidade de eu ser castigada por mentir.

Não minto, príncipe. De onde venho, as mulheres se entregam apenas na hora certa, para a pessoa certa.

Bem, a Beta e eu éramos assim. Eu sabia que, para as outras meninas, isso era normal. Mas eu não diria isso a ele.

Não acredito. A verdade vai aparecer.

Ele estava começando a me irritar. Esse príncipe ia engolir a verdade.

Bem, estou falando a verdade. Você acredita se quiser. Agora, pare de me distrair. O Sr. Assustador está me encarando de um jeito muito estranho.

Ele é um sacerdote do nosso povo. Tenha mais respeito.

Apesar da indignação do príncipe Alexander, a forma como o velho homem me analisava era muito estranha. Ele não parecia alguém confiável.

Ainda assim, ele é assustador. Agora, pare de falar por um minuto, não estou conseguindo respirar direito.

Comecei a me desesperar, como se estivesse no meio de um surto de pânico.

Respire fundo e solte o ar pela boca, devagar.

Segui sua orientação. Gradativamente minha respiração voltou ao normal, apesar de eu sentir nós no estômago.

O ancião fez uma reverência e me encarou.

– Princesa Aislin, sua pureza realçará seus dons. A pureza do sangue de seus pais fluirá pelas próximas gerações através de você. Beba este sangue do cálice do Dragão e sinta o dom que lhe será ofertado pelo seu guardião.

Ele elevou a taça e depois a abaixou. Assoprou-a, fazendo

com que saísse uma espécie de vapor que parecia nitrogênio líquido com pequenos fragmentos vermelhos brilhantes.

— Ao beber, você se tornará a princesa vampira do Dragão de Fogo. Que ele liberte seu dom pelo sangue ancestral que é passado de geração em geração, perpetuando a magia existente em seu interior.

Aproximei-me, sabendo que todos queriam saber qual seria o meu dom, inclusive eu. Certo, eu teria de beber sangue. Suspirei, pensando que seria ruim.

Não é ruim, princesa. Beba.

Foi um alívio escutar a voz dele. Estranhamente, eu me sentia amparada.

Obrigada por estar aqui.

Peguei a taça e bebi um pouco do sangue. Era doce e quente como chocolate. Enquanto bebia, senti minhas presas se alongando, e a dor do meu corpo passou. Meus cabelos começaram a flutuar, e percebi que estavam secos.

Ao terminar, olhei para o ancião, que se afastou de mim. Virei para meus pais e amigos – todos pareciam assustados. Ninguém falava nada. Eles apenas me encaravam, como se estivessem frente a frente com a morte.

Minha mãe se aproximou e tocou no meu rosto com carinho mais tinha algo mais, como espanto e medo.

— Aislin, seus olhos... como é possível? E seus cabelos estão flutuando! Sua força é tamanha que escapa para o exterior. É incrível.

Senti o medo me tomar, sem saber o que estava acontecendo comigo. Por outro lado, Alexander parecia tão agitado que não percebia que eu conseguia ouvi-lo.

Quem é ela? Como pode emanar uma força assim?

Até ele pensava que eu era uma aberração?

Alex, não me assuste mais, por favor. Todos já estão me olhando como se eu fosse uma abominação vampírica.

Você me ouviu?

Ele parecia ainda mais assustado que os demais.

Claro.

Como "claro"? Ergui uma barreira para você não escutar meus pensamentos, só o que eu falo.

Caramba! Agora eu leria a mente de todo mundo?

Não sei o que fazer.

Todos me olhavam sem falar uma palavra. O vampiro ancião se aproximou dos meus pais, enquanto eu continuava parada, sem saber o que fazer, mas me sentindo forte e elétrica. Nem parecia que há poucos instantes eu estava literalmente me arrastando.

Acalme-se. Talvez seja temporário.

Eu sabia que ele estava tentando achar uma desculpa ou justificativa para o que estava acontecendo.

Por favor, não vá embora. Estou nervosa com todo mundo me olhando como se eu fosse o fantasma do Natal passado ou a vampira Frankenstein.

Tudo bem. Mas não tem nada de Frankenstein em você.

Ele falou rapidamente, e senti que ele queria ficar. E não por curiosidade ou obrigação.

Obrigada.

Meu pai conversava com o ancião, que descobri se chamar Yoran. Resolvi interrompê-los.

— Alguém pode me dizer o que está acontecendo?

Minha mãe foi até mim e me encaminhou para o banheiro, enquanto meu pai conversava com Yoran.

— Filha, seus olhos... Venha, é melhor que você veja.

Parei em frente ao espelho do banheiro, sentindo que Alexander tinha me seguido. Ao me olhar, abri a boca, estupefata.

— Por que meus olhos estão dourados e meu cabelo está flutuando? O que isso significa? — de repente, comecei a sentir dor. — Ai, ai! Minha marca está queimando! Estou sentindo-a se mover! O que está acontecendo?

Sentia como se estivesse sendo marcada com ferro em brasa. Enquanto me contorcia, a dor se espalhava por todo o meu corpo como ondas de choque.

— Tire a roupa, filha. Rápido.

Beta e ela tiraram minha túnica. Alex e Grady saíram do banheiro. Quando os olhos da minha mãe encontraram os meus no espelho, senti o medo tomar conta de mim.

— Grande Dragão! Olhe suas costas, Aislin!

O dragão estava dourado. Não havia qualquer semelhança com o anterior. Esse tinha olhos negros e era revestido de uma couraça, sem chamas. O que isso significava? Sentei no chão e chamei por Alex.

Alex, por favor, volte. Estou apavorada!

Eu chorava e tremia, sem entender todas aquelas mudanças.

Princesa Aislin, você... está vestida?

Ele estava brincando comigo? A minha última preocupação eram as roupas.

Não, mas você precisa ver isso! Por favor, me ajude.

Não! Diga-me o que houve.

Será que ele não percebia meu desespero?

Minha marca mudou de cor! Ela agora está dourada.

A marca não muda de cor, nunca!

Comecei a chorar. Senti que ele havia voltado, mesmo sabendo que eu estava nua. Meu corpo não parava de tremer.

Não posso acreditar nisso! Poderoso Dragão, o que é essa marca? Um dragão dourado? Não pode ser... não existe nada assim. Imagino a revolução que vai acontecer na Cerimônia do Livro.

Os pensamentos de Alex estavam num turbilhão, como se não lembrasse que eu podia ouvi-los. ***E a princesa... ela não pode ser real. Ela é tão linda... em todos os sentidos.***

Após alguns minutos de silêncio, finalmente ele falou.

Os reis cobrarão explicações que, pelo visto, apenas os Dragões poderiam responder. A união de tantos poderes em uma só vampira cairá

como uma bomba atômica em meio à calmaria que costuma ser a cerimônia. Parece que novos tempos estão por vir, princesa. E essa revolução tem nome: o seu.

— Mãe, e agora? O que vamos fazer?

Ela me cobriu novamente e me abraçou. Eu não conseguia segurar as lágrimas, estava assustada demais. Não entendia por que meus olhos e a marca em minhas costas eram dourados, agora, nem o motivo pelo qual o dragão vermelho não me queria como representante da família.

Dragão de Fogo, ouça-me! Por favor, explique o que está acontecendo. Estou com medo.

Não sei o que me levou a pedir ajuda, mas eu não sabia o que fazer. Eu sentia o Dragão do Fogo, ele estava na minha mente.

Princesa Aislin Haigi, você é abençoada. Não tenha medo, sempre estarei com você. Você foi a escolhida pelos Dragões para ser a mudança em nosso mundo. Fique em paz, menina.

Olhei novamente para o espelho e senti o medo diminuir. A certeza de que conseguiria enfrentar tudo me tomou – mesmo sem entender por quê –, e eu já que todos estavam comigo.

— Beta, pode pegar uma calça e uma blusa, por favor? Preciso me vestir. Ah, e roupas de baixo, também.

— Volto rapidinho.

Enquanto ela saía para buscar minhas roupas, eu precisava falar com a minha mãe. Isso parecia muito importante.

— Mãe, falei com o Dragão de Fogo. Ele me ouviu e respondeu, dentro da minha mente.

— Ele falou com você?

Ela me olhou ainda mais assustada. Mas saber que eu estava sendo abençoada me deu coragem para seguir em frente.

— Sim. Ele disse que eu não deveria ter medo, e que estaria sempre comigo. Eu gostaria de voltar para o quarto. Preciso que vocês me respondam algumas coisas.

Minha mãe me olhou, e percebi que ela estava com medo de algo.

— Claro. Você não faz ideia do que está acontecendo, não é? — ela riu.

— Não, mas me sinto mais tranquila para fazer as perguntas que estão na minha cabeça.

— Claro, minha linda — ela ainda parecia preocupada, mesmo tentando disfarçar.

Beta voltou com as minhas coisas.

— Suas roupas estão aqui.

— Obrigada, Beta.

Levantei, vesti a roupa íntima, uma calça jeans e blusa branca. Meus cabelos ainda estavam levitando. Eu sentia o olhar de Alex sobre mim.

Venha, Alex. Preciso de você.

Ele parecia perplexo. Era até engraçado. Sua autoconfiança tinha desaparecido.

Por quê? Sou o inimigo, lembra?

Podia até ser, mas ele fazia com que me sentisse mais segura, e eu o queria comigo.

Sua presença me deixa tranquila. E pare de me questionar o tempo todo. Estou nervosa, ainda não percebeu?

Minha paciência já estava por um fio.

Tudo bem, tudo bem. Quero mesmo saber o que há de diferente em você, para nos prepararmos, ele respondeu, rindo, parecendo achar graça do meu mau humor.

Não me importo com o seu objetivo. Só quero que você fique comigo.

Eu não entendia o porquê de precisar dele comigo, só que naquele momento eu não iria duvidar de mais nada. Era muita coisa para processar.

Estarei com você.

Fui para o quarto. Todos me olharam com muita expectativa.

— Sr. Yoran, pai. Eu gostaria de fazer algumas perguntas.

Já estou mais calma, agora.

Meu pai se aproximou, e indicou para que nos sentássemos na antessala. Sentei entre meus pais. Beta e Grady ficaram em um banquinho, espremidos, e o Sr. Yoran acomodou-se na poltrona. Meu pai segurou minha mão e me fez virar um pouco para ele.

— Responderemos o que soubermos.

— Certo. Em primeiro lugar, por que todos estão espantados com a cor dos meus olhos?

Ele me olhou e sorriu. Levantou-se e, naquele momento, me dei conta de como seu porte e gestos destacavam sua realeza.

— Essa parte, com certeza, é a mais fácil de explicar. Todos os vampiros mudam a cor dos olhos quando usam seus dons. Mas duas cores predominam para os vampiros mais poderosos: para as vampiras, o violeta, depois, o verde. Para os vampiros, azul e verde. Os menos poderosos e grande maioria têm olhos vermelhos, devido à mistura no sangue real ou quando não são da realeza. Essa é a forma como somos reconhecidos.

Assenti, querendo mais explicações.

— Quando usamos nossos dons, a cor dos nossos olhos se manifesta. Em seiscentos anos, jamais vi uma transição para o dourado, principalmente em uma vampira. Normalmente, o homem é o mais poderoso nas uniões, como entre mim e sua mãe.

Ele estendeu a mão e, imediatamente, minha mãe estava junto dele.

— Anya, revele seu dom, e eu revelarei o meu.

Os olhos do meu pai ficaram azuis e suas presas se alongaram. Minha mãe tinha os olhos verdes, e suas presas também apareceram. Então isso era mostrar os dons?

Só me faltava ser tão azarada que nem ser uma vampira normal eu seria. Que droga.

— Pai, o que você está tentando dizer é que não me aplico às cores de poder da raça?

Ele parecia um pouco triste, sem saber explicar o que estava acontecendo.

— Sim, Aislin, exatamente. Por enquanto, não sabemos o que há de diferente em você. Teremos de buscar nos pergaminhos antigos, mas só o Livro sabe onde eles estão. Além disso, dizem que há um guardião cuidando deles, que só aceita enviados do Livro. Então teremos de perguntar ao Livro, de qualquer maneira.

— Segunda pergunta: por que meu cabelo fica flutuando? É muito estranho!

— No momento em que revelamos nossos dons há liberação de energia, e a sua parece ser exteriorizada em grande quantidade. Creio que por isso seu cabelo fique dessa forma. Infelizmente não tenho uma justificativa melhor. Precisaremos estudar algumas escrituras antigas de nossa família para entender.

Certo. Então ninguém sabia muito bem o que estava acontecendo comigo, e isso era um pouco assustador. Olhei para meus amigos, que se entreolharam.

Grady parecia saber alguma coisa, mas manteve-se calado. Meu pai jamais aceitaria a contribuição de alguém de outra raça.

— Entendi. Nada do que está acontecendo comigo parece ser comum. Sou basicamente uma vampira mutante, tipo dos X-Men.

Meus amigos tentaram prender uma gargalhada, e meu pai os olhou como se fosse matá-los, caso deixassem o riso sair. Eles se encolheram, mas quando meu pai se virou, ainda estavam rindo. Mesmo com o olhar ameaçador dele, eu jamais deixaria que alguém tocasse neles.

O príncipe das trevas também riu, parecendo ter entendido a piada. Pelo menos ele não era um alienado do mundo fora da sociedade vampírica.

— X-Men? O que é isso?

Mas meu pai com certeza era.

— Deixa pra lá, pai.

Minha mãe parecia ansiosa para revelar a conversa que eu tivera com o Dragão de Fogo. Alex falou:

Princesa, fale apenas sobre a marca. Não diga nada sobre o Dragão.

Eu tinha prometido a mim mesma que não esconderia nada da minha família e dos meus amigos, e agora estava prestes a esconder do meu pai o que tinha acontecido.

Por que eu não devo contar?

Não queria segredos.

É perigoso falar com nossos guardiões. É um sinal de vidência, e não consideramos bom agouro que uma pessoa a tenha. Deixe em segredo, por enquanto. Eu não falaria até entender um pouco mais sobre o que está acontecendo.

Bem, ele conhecia o assunto melhor do que eu, e a minha mãe estava com uma cara um pouco aflita. Acho que ela tinha o mesmo receio do príncipe das trevas desconhecido.

Certo. Confio em você.

Ele riu, e eu adorei como reagi a isso. Fiquei feliz, mesmo no meio de toda aquela confusão.

Ah, princesa... você, mais do que ninguém, não deveria confiar em mim.

Azar o dele. Eu adorava o som da voz dele, e até mesmo quando ele me irritava.

Mas para o seu azar, eu confio. E não se esqueça da sua promessa.

Ele riu de novo. Algo dentro de mim se agitava quando eu o escutava. Era tudo tão difícil de entender...

Eu esperarei até terminar a sua demonstração.

Lembre-se, você está em débito comigo. Não se atreva a simplesmente sumir.

Eu iria jogar sujo, já que ele poderia ir embora e eu não o veria nunca mais. Isso me trouxe um pânico enorme.

Não estou em dívida com você. Acho até que estou ajudando, neste momento.

Ainda era atrevido, mas eu gostava disso. Será que passaríamos o tempo todo brigando?

Claro que está. Não vou discutir. Mas não vá embora.

Tudo bem, vou esperar.

Senti-me constrangida quando percebi que todos esperavam por minha reação enquanto divagava com o príncipe em minha mente. Não queria que eles me achassem medrosa ou que não conseguiria dar conta do recado.

Virei de costas, levantei um pouco minha blusa e mostrei a mudança em minha marca. Ainda conseguia senti-la se movendo pela minha pele, como se estivesse em um filme com efeitos especiais. A sensação era como se pequenas garras estivessem me beliscando delicadamente.

— Seu dragão está dourado! E ele se move! — o ancião falou. — Não há guardiões desta cor! Sinceramente, não sei o que dizer, meu rei. Nunca presenciei ou soube de nada semelhante.

A saleta ficou em silêncio. Baixei minha blusa e resolvi falar o que tinha acontecido. Ou quase tudo.

— Quando fui ao banheiro senti uma dor seguida por uma forte ardência na minha marca. Quando olhei no espelho, ela estava assim.

Todos continuaram me encarando. Sentei devagar em uma cadeira, sentindo as pernas fracas. Respirei fundo, tentando me concentrar em canalizar minhas dúvidas para outras questões, ou acabaria contando tudo. Minha mãe pareceu aliviada por eu não ter falado nada a respeito do que o guardião dissera.

— Pai, mais uma pergunta... Por que dragões? Eu soube da relação entre vampiros e dragões, só não entendi muito bem essa ligação.

Ele sentou-se no sofá, perto de mim e de minha mãe. Parecia relutante em falar na frente dos meus amigos, mas olhei firme para ele, que sorriu. Apesar de ter seiscentos anos, ele parecia ainda ter sentimentos humanos como medo, dúvida e receio do desconhecido. Durante a viagem, receei perder alguns dos meus sentimentos, mas isso tirou um peso de minhas costas.

— Segundo a história, existiu um famoso conde chamado Vlad Tepes, mais conhecido como Drácula, cujo nome significa "dragão", na linguagem antiga. Ele foi um dos vampiros-reis mais poderosos, além de ter unido a sociedade vampírica através do seu guardião, o Dragão Negro. Com isso, cada clã foi formado, iniciando nossa sociedade como a conhecemos hoje. Nossa tradição associa os dragões à sabedoria, além da relação histórica com as raízes plantadas na mais remota antiguidade. Os dragões são governantes dos poderes elementais da Terra e dos nossos dons. Dizem que existe uma cidade que eles habitam, onde vampiros e outras raças convivem sem hierarquia social. Lá são guardados tesouros inimagináveis do nosso passado e futuro. Chama-se Cidade Branca dos Dragões. Muitos sonham com ela e nos contam como ela é.

— Meu rei... Não quero interromper, mas precisamos reunir a família. Quando ela for apresentada ao Livro, os demais verão suas diferenças.

Então existia a possibilidade de todos viverem juntos. Percebi no olhar dos meus amigos uma chama da esperança. Eu queria isso para nosso futuro.

— Você está certo, Yoran. Vamos reuni-los. Avise meu irmão. Ele virá nos apoiar.

Mais uma cerimônia? Eu estava exausta de tantas, além de precisar colocar meus pensamentos em ordem.

— Pai, posso descansar? Preciso de um tempo sozinha para assimilar tudo isso.

Ele me olhou com carinho e me abraçou.

— Claro, querida. Descanse agora. Amanhã veremos o que será feito. Não se preocupe, daremos um jeito. Não deixarei que nada de mau aconteça a você.

Ele beijou minha testa, e minha mãe me abraçou. Os dois saíram de mãos dadas, e meus amigos foram forçados a ir também. Quando fiquei sozinha em meu quarto, deitei na cama e, olhando para o teto, me perguntei o que seria de mim.

Meus pais pareciam preocupados. Meus amigos mal conseguiam conversar comigo. Nem tive tempo de agradecê-los. De manhã teria de falar com eles.

Senti Alexander se aproximar. Fechei os olhos para sentir sua presença com mais intensidade. Ao perceber que ele estava ao lado da cama, me olhando, levantei rapidamente e o alcancei.

Envolvi meus braços ao seu redor. Seu corpo era grande e musculoso. Eu não conseguia identificar mais nada em sua aparência devido à escuridão. Seu toque me fez bem.

Poderoso Dragão! Aislin, por que você fez isso?

Ele parecia petrificado ao meu toque.

Não sei, Alex. Só desejei abraçá-lo. Estou apavorada. Nem sabia que era uma princesa, muito menos vampira... e, agora, me deparo com toda essa situação. Parece que estou vivendo um pesadelo.

Você tem três dons até agora, e ainda falta meia hora para seu dom ficar completamente estável dentro de você. Acho que os seus pais imaginavam que você não poderia manifestar mais nada incomum.

Podemos conversar normalmente, Alex? E como volto para o meu quarto? Estou me sentindo estranha, nessa sombra.

Um grande mal-estar envolvia meu corpo.

Basta pensar em sair da sombra e você estará fora. Não consigo entender... Você tem quatro dons, com o da mente.

Nem toca nesse assunto. Estou me sentindo uma aberração.

Você é a vampira mais poderosa que eu já vi. Sabe que todos ficarão com medo dos seus poderes e vão querer fazer algo para eliminá-la ou tê-la como aliada, não sabe?

Não sei, Alex... Na verdade, você sabe muito mais dessas coisas do que eu. Por favor, estou sufocando... Sinto como se algo quisesse sair de dentro de mim. Estou com medo.

O ar estava me faltando.

Saia agora. Vamos, pense em sair da sombra. Concentre-se!

Finalmente consegui sair da sombra. Eu estava sem fôlego e fui, trôpega, até a sacada. Eu sentia a presença de Alex atrás de mim, mas não entendia por que ele não se revelava.

Grande Dragão Dourado que todos acham que não existe, me ajude. Não sei o que fazer, por favor.

Apoiei minhas mãos na sacada e abaixei a cabeça, sem fôlego. Continuava sem ar. Levantei a cabeça e senti meus cabelos se agitarem como se eu estivesse em um túnel de vento. De repente, comecei a sair do chão, subindo devagar, o que me deixou sem equilíbrio.

Princesa, se acalme. Não vá para frente, pois estamos a uns três metros do chão. Concentre-se e desça. Pense em descer. Tudo está ligado ao seu pensamento.

Seguindo a orientação de Alex, desci bem devagar. Quando estava chegando ao chão da sacada, senti novamente algo se agitar dentro de mim. Por instinto, soube que era mais um dom surgindo. Então, de repente, desapareci. Perdi Alex de vista, mas sabia que era eu quem tinha sumido.

Quando abri os olhos, reapareci no parapeito da sacada. Fiquei imóvel, com medo de fazer alguma coisa errada. Tentei me equilibrar para descer, mas meu cabelo se agitou de novo e voltei a levitar. Meu corpo foi para a frente, em direção ao jardim e às árvores, quando Alex gritou:

VENHA PARA TRÁS, AGORA!

Fiz o que ele mandou, voltando para a sacada bem devagar. Quando meus pés tocaram o chão, desabei e comecei a chorar, assustada demais. Tudo indicava que eu tinha seis dons, sendo que um deles apenas minha mãe e Alex tinham conhecimento.

Senti alguém me abraçar. Era ele. Retribuí o abraço, enterrando o rosto em seu peito, chorando. Ele passava as mãos nas minhas costas, meio sem jeito, como se nunca tivesse ajudado alguém em um momento difícil.

Então uma onda de cansaço me atingiu. Senti meus membros dormentes e apaguei, nos braços dele.

Não aguentei quando Aislin caiu no chão, chorando. Saí das sombras e fui até ela, que se aconchegou em meus braços, despertando sentimentos desconhecidos para mim.

Acariciei seus braços e suas costas. Ela era pequena e tão delicada... Quando passei a mão por cima da marca dela, senti uma ligação. Por que estava me sentindo dessa forma? Nós éramos inimigos. Quando eu retornasse para casa, precisaria contar ao meu pai o que tinha acontecido.

Ela adormeceu em meus braços, depois de chorar muito. Sem saber direito o que fazer, levei-a para a cama. Seus dons pareciam estáveis agora, já que sua energia estava presa no seu interior.

Ela era tão linda! Desejei beijá-la, mas sabia que não poderia fazer isso. Em dois dias seríamos entregues a nossos pares e certamente ela não seria minha prometida.

Preocupado com seu conforto, decidi abrir o botão da sua calça jeans. Sabia que ela ficaria envergonhada e até um pouco brava, mas decidi arriscar. Ao tocar a pele lisa, meu corpo inteiro se arrepiou. Como se tivesse levado um choque, me afastei rapidamente, cobri-a e fui embora. Eu tinha certeza de que jamais esqueceria de como me sentira com ela em meus braços e a suavidade de sua pele. Aquele momento era diferente de tudo que já sentira.

Ao voltar para meu quarto e sair das sombras, meu pai estava me aguardando em uma poltrona, ao lado do computador. Eu sabia que o rei estava com raiva, e tinha certeza de que ele descontaria sua frustração em mim. Isso era normal na minha vida. Meu pai me via apenas como o herdeiro com dons e conhecimentos bélicos. Jamais conheci o amor de pai, menos ainda o de uma mulher. Sempre fui um paquerador, e tive muitos encontros de uma noite, mas nada de compromissos.

Por isso meus sentimentos inesperados pela princesa me incomodaram tanto. Senti atração por várias vampiras e humanas, mas jamais tivera um relacionamento ou um sentimento como o que ela me despertava. Meu lema era "uma noite e nada mais". Mas, agora, não sabia como lidar com essas sensações.

— Então, Alexander, onde está a princesa?

Meu pai parecia controlado por fora, mas eu sabia que ele estava se segurando para não explodir antes de receber todas as informações que desejava.

O rei Vicktor Ivanov era bem alto, com pele clara marcada por cicatrizes que o faziam parecer ainda mais brutal. Ele sempre se vestia completamente de preto e, apesar da idade, treinava todos os dias. Era um lutador mortal. Não tinha misericórdia ou pena de nada ou ninguém.

— Senhor meu pai, não consegui rastreá-la até sua chegada no castelo. Mas entrei e assisti à sua cerimônia.

Ele passou da ira controlada para o interesse em poucos segundos. Era tão previsível que me irritava.

— Ela deve ser realmente muito poderosa para bloquear você ou, talvez, você não tenha feito da maneira certa. Vamos adiante. Qual o dom que ela revelou?

— Ela revelou seis dons juntos.

Ele deu um salto e começou a andar de um lado para outro no quarto.

— Você ficou louco? Não pode ser verdade.

— Eu estava lá e vi. Ela tem seis dons.

Ele parou e me olhou muito sério. Eu sabia que não viria coisa boa. Tudo a respeito do meu pai era sombrio. Acho que há algo monstruoso dentro dele. Espero que a minha princesa jamais fique perto dele.

Agora estava chamando-a de "minha". Era só o que o faltava. Estaria encrencado se continuasse com isso.

— Então ela é uma ameaça. Já que um Ivanov jamais se uniu a um Haigi, teremos de pensar em algo, e logo. Tudo indica que uma revolução se aproxima. O surgimento dela seria um bom motivo para uma tomada de poder. Devemos nos preparar.

O que ele estaria tramando? E com quem? Meu pai desejava ter muito poder e prestígio entre os vampiros. Uma das nossas regras era não revelar aos humanos nossa natureza. Isso era considerado traição. Mas algo de sinistro brilhou em seus olhos, e achei melhor tentar descobrir o que ele tinha em mente.

— Eu sei, meu pai, mas temos de esperar até a cerimônia. Lembre-se de que o Livro revela todos os dons, e todos se sentirão ameaçados pela princesa.

Eu precisava ganhar tempo e tentar descobrir o que estava acontecendo por trás daquelas palavras e olhar maligno.

— Tem razão. Mas quero que a espione pelo máximo de tempo possível. Sei que Nicolay vai usá-la.

Quase disse em voz alta que Nicolay queria protegê-la, não fazer dela uma arma, como ele fazia comigo.

— Ela estava na companhia de um mago e uma fada. São seus amigos.

A indignação superou o que ele estava tentando esconder. O nojo que ele parecia sentir de seres de outras raças me fez pensar que a submissão das raças também estava nos planos dele.

— Não nos juntamos a estas raças inferiores. Verei o que podemos fazer a respeito.

Só queria que ele fosse embora. Eu estava exausto.

— Certo meu pai, farei o que me pede. Mas, agora, estou cansado. Usei meu dom o dia todo.

Meu pai abriu um sorriso vitorioso.

— Muito bem, filho. Bom trabalho. Agora vá descansar. Amanhã conversaremos mais.

Fui tomar banho, mas, ao entrar debaixo da água quente e relaxar, fechei os olhos e vi a princesa Aislin no banheiro. Ah, droga... Grande Dragão Negro, o que estava acontecendo? Estava desejando-a como companheira, pensando na sua beleza e na maciez de sua pele.

Não, não poderia pensar nisso. A espionaria à distância. Seria errado demais tentar me aproximar. Balançando a cabeça me enxuguei rapidamente, vesti uma cueca boxer e fui dormir.

Era disso que eu precisava. O cansaço era o culpado de estar me sentindo daquele jeito.

Acordei me sentindo muito bem, me surpreendendo ao olhar para a sacada e ver que já era dia. Beta colocou a cabeça para dentro do quarto e riu.

— Bom dia, princesa cheia de dons.

Eu ri. Ela não sabia de nada, ainda. Mas, depois do banho, compartilharia tudo com meus amigos. Com certeza já teriam pensado em algo para me ajudar.

— Bom dia, fada cheia de gracinhas.

Eu estava relaxada e feliz. Ao puxar a colcha de cima de mim, percebi que o botão da minha calça estava aberto. A imagem de Alex veio à minha mente, e ri sozinha. Levantei, cheia de energia, mas estava faminta.

— Que horas é o café da manhã?

Ela olhou para seu gigantesco relógio de pulso roxo. Beta estava usando bermuda jeans e blusa azul-royal. Ela adorava combinações estranhas, mas que ficavam perfeitas nela.

— Bem, foi há mais ou menos duas horas. Já são dez da manhã aqui na Rússia. É tão chato esse negócio de mudança de horário, ainda me sinto sonolenta.

Nesse momento, a fome parecia ser o maior dos meus problemas.

— Não importa a hora, estou faminta demais para etiquetas e horários. Preciso de comida, urgente.

Ela riu e se jogou no sofá, enquanto corri para o banheiro. Tomei um banho rápido, escovei os dentes e penteei os cabelos. Voltei para o quarto e ela estava digitando algo no celular. Com certeza era para Grady; eles não se desgrudavam nunca.

O relacionamento dos dois era fofo, mas eles precisavam avançar, deixar de ser apenas bons amigos para algo mais. Queria ajudar nessa questão. Eles já faziam muito por mim.

Ela me olhou e riu ao me ver correr para o closet. Peguei a primeira roupa que vi pela frente: calça jeans desbotada e rasgada nos joelhos, sandália de borracha e regata preta com o desenho da boca dos Rolling Stones. Minha mãe adorava essa camisa. Ao usá-la, eu me sentia um pouco mais perto dela.

Quando saí do closet, prendendo o cabelo em um rabo de cavalo, Beta estava me esperando na porta do quarto.

— Suas mães são muito legais. A rainha nos colocou em quartos maravilhosos como o seu e nos trata normalmente, mesmo que não sejamos da sua espécie.

Ela sorriu. Enlacei o braço no dela e fomos andando pelo castelo. Parecia tão irreal estar naquele lugar tão lindo... Em nossa caminhada, observei atentamente os tapetes, o piso em mármore vermelho e bege. Nas paredes, além das grandes janelas, havia muitas obras de arte. Vi pelo menos dois quadros de Monet e Picasso que deviam valer milhões de dólares.

Percebi também que haviam muitos desenhos de dragões. Um deles estava assinado como Tauri. Era um dragão gigantesco, com vários menores no fundo. Chamou-me atenção o fato de ele ser preto com as escamas e bordas douradas.

Seguimos pelo corredor e senti como se pudesse ver até as minúsculas partículas de poeira pairando no ar. Senti o cheiro incrível de rosas vermelhas recém-cortadas.

Então percebi que Beta estava falando comigo. Tinha me perdido em pensamentos e sensações, mas não podia me deixar deslumbrar. Ainda precisava descobrir a respeito da próxima cerimônia e em como iria controlar meus dons.

— Com certeza. Ela mandou preparar um super café da manhã. Grady e eu comemos horrores. Também, estávamos famintos! Acho que foi culpa do estresse e falta de comida decente.

Eu dei uma risada.

— A rainha estava logo atrás de mim, creio que ela vai aparecer para tomar café com você.

Como se soubesse que estávamos falando dela, ela apareceu. Estranho, mas legal.

— Bom dia, mãe. Estou com muita fome.

Ela me abraçou e sorriu. Então, como se soubesse que havia algo de errado comigo, perguntou:

— Querida, o que houve?

— Podemos tomar café, primeiro, para depois conversar sobre ontem?

Ela pareceu entender.

— Como não sabia do que vocês gostavam, mandei preparar uma mesa farta para o café da manhã. Vou chamar seu pai e o Sr. Yoran. Faremos a reunião na sala do Dragão, logo após seu café.

Ao chegarmos à sala de jantar, vimos uma enorme mesa repleta de comida.

— Obrigada, mãe. Tudo parece delicioso. Ah, e onde fica a sala do Dragão?

Ela riu e virou-se para sair.

— Seus amigos já conhecem os cômodos do castelo, e podem levá-la até lá. Não se preocupe.

Ela não parava de sorrir. Colocando-me no lugar dela, também me sentiria muito feliz ao reencontrar minha filha. Sentei e imediatamente alguns empregados começaram a me servir. Recusei.

— Não, obrigada. Eu posso me servir.

— Princesa, nós fazemos isso.

Levantei, e eles se assustaram com meu movimento.

— Não se preocupem. Quero eu mesma escolher minha comida. Por favor, podem ir.

Enquanto me servia, Grady apareceu, colocando a mão na barriga, como se estivesse cheio demais. Ele fez uma careta e me analisou por um instante. Devia estar tentando ver como estava a minha energia.

— Aislin, espero que você consiga se conter. Não coma tanto quanto eu. Estou passando mal só de ver a comida. Sua energia se adaptou ao seu corpo. Não que eu saiba muito sobre os dons, mas meus pais sempre me disseram que, após a transição, isso ocorre e nada muda por fora. Estava, sei lá, achando que com você seria diferente.

— O que você achou? Que eu iria virar uma mutante-vampira-dragão?

Ele riu.

— Acho que, com você, tudo pode acontecer.

Grady tinha razão. Esperava que não aparecessem asas de dragão nas minhas costas, ou algo pior. Eu não era linda, mas, mesmo assim, gostava do meu corpo.

— Tudo bem. Você tem razão.

O que eu podia fazer se me sentia um pouco estranha? Mas saber que tantas pessoas estavam ao meu lado me dava forças para tentar ser mais forte. Depois de uma viagem rumo ao desconhecido e de passar pela experiência da noite anterior, tudo podia acontecer na minha vida.

Ter tantos dons me levava a pensar que eu teria de aprender a usar cada um. E, como a minha vida não estava fácil, teria de fazê-lo o mais rápido possível.

— Grady, será que os seus pais sabem de algo sobre meus dons?

Enquanto saboreávamos o maravilhoso café, eu não conseguia ficar tranquila. Isso era irritante. Eu teria de saber como agir.

— Acho que não. Mas descobri a respeito de pergaminhos muito antigos dos Dragões que ficam em um lugar secreto. É uma lenda, mas é o melhor que temos. Os Dragões esconderam muitos segredos e profecias que necessitam de algo especial para serem revelados. Tudo o que sei com certeza é que esse local existe.

Nossa! Isso não era bem o que eu esperava, e parecia algo totalmente inalcançável.

— Aislin, deve haver algo que possa nos ajudar a encontrar o seu tipo de dragão e o porquê de você ter tantos dons. Mas só sabemos isso sobre os pergaminhos, então não sei bem que caminho devemos seguir.

Empanturrei-me com o café da manhã.

— Agora que minha fome está saciada, vamos nos reunir na sala do Dragão. Quero falar sobre o que aconteceu ontem, depois que todos foram embora. Ainda que não esteja com muita vontade de falar.

Percebi que meus amigos queriam encontrar uma forma de me tirar do pesadelo em que me encontrava. Mas não sabiam como agir, nem onde buscar respostas.

— Grady e eu ficamos pensando em como poderíamos ajudá-la, mas não conseguimos pensar em nada. E ainda tem a próxima cerimônia.

— É mesmo! O que acontece, lá?

— Vamos para a sala do Dragão. Peça ao rei Nicolay para explicar. Acho que ele deve saber mais do que nós dois.

Enquanto íamos para a sala do Dragão, notei a existência de vários salões, um diferente do outro. Todos tinham sacadas e vidros que, durante o dia, ficavam escuros. Será que agora eu não poderia sair ao Sol? Com certeza teria de perguntar sobre isso também.

Antes de passarmos por uma grande porta com um Dragão de Fogo entalhado, parei e virei para meus amigos e guardiões.

— Tenho de dizer algo antes de entrarmos.

— Você sabe que sempre estaremos ao seu lado, mesmo que o Grady, às vezes, possa parecer um pouco avoado.

— É sério, não quero mais piadinhas. Preciso falar com vocês, pois o príncipe Alexander esteve nas sombras do meu quarto ontem à noite, e sinto uma... *ligação* com ele. Não quero que digam nada a ninguém. Ele me ajudou muito e, antes que perguntem, ele não me machucou. Não acho que ele seja nosso inimigo. Só quero que saibam a verdade. Eu confio em vocês.

Grady passou as mãos pelo cabelo e me olhou sério.

— Mesmo não gostando disso, eu entendo. Se seu dom diz que ele não é inimigo, nós vamos acreditar. Mas quero que fique claro que não gosto disso, certo? Beta?

Ela estava empolgada para saber detalhes, mas eu não tinha nenhum. Só sentira um corpo rígido e percebera que ele era alto – bem alto –, cheirava a menta, era másculo e irresistível.

Ela fez uma careta para Grady.

— Fale por você! Conte-me como ele é! Minha mãe disse que ele é um gato. Ela é antenada nas notícias dos sobrenaturais. Nem sei como ela consegue, mas ela sabe de tudo. Chega a dar medo às vezes.

Ela tremeu, e eu ri. A mãe da Beta realmente sabia de tudo. Era de arrepiar mesmo.

— Não sei. Ele estava nas sombras, e a única coisa que posso afirmar é que ele tem um peito enorme, musculoso, e um cheiro delicioso. Agora, vamos entrar. Preciso de respostas para as milhões de perguntas que estão na minha cabeça.

Ela piscou e me olhou como quem sabia de algo mais.

— Quero saber de tudo depois. Com cada detalhe.

Eu ri.

— Com certeza.

Entramos na sala do Dragão e me deparei com uma estátua de uns três metros de altura do Dragão de Fogo. Ele era ameaçador e lindo ao mesmo tempo. Todos ficaram em silêncio enquanto eu me aproximava da estátua.

Ao tocar na pata, senti um calor reconfortante se espalhar pelo meu corpo, parecendo incendiar minhas veias.

Dragão de Fogo, você é tão lindo. Estou feliz em estar aqui. Nunca imaginei sentir algo assim.

Seja bem-vinda, princesa. Agora, acalme seu coração e confie em seus dons.

Tirei a mão e virei para pedir respostas sobre a minha nova vida de vampira mutante, mas estava emocionada. Algumas lágrimas escaparam.

Tudo ao meu redor era lindo: o chão era de mármore vermelho-sangue e, ao redor da estátua, o piso era de um branco imaculado. Quadros espalhados pelo salão mostravam vários dos meus antepassados, e fiquei curiosa em perguntar sobre cada um deles, mas isso teria de esperar.

A sala tinha cortinas pretas com bordas douradas que pareciam de veludo. Aproximei-me de uma delas e percebi que eram de um vermelho tão escuro que pareciam negras a distância. Contei doze janelas – tudo seguia a regra do número doze, acho que isso ficaria anotado para uma dúvida futura.

Dois candelabros enormes iluminavam a sala, e o brilho dos cristais completava o ar de mistério. A estátua do Dragão era tão alta que chegava quase à mesma altura deles, e isso criava uma sombra assustadora. Eu estava assustada e encantada ao mesmo tempo, não sabia muito bem como me portar. A única coisa em que podia pensar era algo saído dos contos de fadas. Exceto que tudo ali era bem real.

Quando me virei, todos estavam observando minha reação. Bem, agora chegava a parte mais difícil e mais esperada. Eu tinha de sair do meu torpor e tentar organizar minha vida.

— Filha, seus amigos não podem ficar nesta reunião. Eles não pertencem ao nosso meio, e não podem saber do que vamos conversar aqui.

— Pai, eles ficam, e ponto final. Eles são meus guardiões. Como poderão me proteger se não souberem nada sobre mim ou nossa raça?

— Querida, você não precisa mais deles. Já está sã e salva. Agradeço pelo empenho deles, mas essa aventura acaba aqui.

Ele só podia estar brincando, não é? Olhei para a minha mãe, em busca de apoio.

— Querido, Grady e Beta já fizeram tanto pela nossa filha. Você sabe que a amizade é algo sem preço. Reconsidere sua decisão. Eles são leais. Sei que jamais trairiam nossa menina.

Minha mãe podia convencer qualquer um... Percebi a cara feia que o Sr. Yoran fez ao perceber que ela tinha dobrado o meu pai. Quando olhei para meus amigos, eles estavam chocados.

— Tudo bem. Mas quero que prometam jamais falar a ninguém a respeito desta reunião. Estamos lhes confiando segredos da raça e da família.

Grady parecia não saber o que dizer.

— Majestade, quero lhe dar nossa palavra de que não comentaremos nada com ninguém. Estamos empenhados em ajudar nossa amiga. Eu lhe agradeço pela sua confiança.

— Tudo bem. A promessa está selada.

Um vento frio surgiu do nada e nos envolveu dos pés à cabeça. Era a força da promessa. Todos naquela sala manteriam segredo sobre o que seria falado. Tudo era muito fora da realidade... mas eu me sentia em casa. Ou melhor, eu havia *me encontrado.*

— Pai, preciso perguntar mais algumas coisas a respeito da minha condição. E quero falar sobre o que houve ontem.

Ele me olhou desconfiado. Acho que não esperava mais nenhuma novidade. Eu não sabia ao certo como começar aquela conversa.

— Tudo bem, filha. Pergunte o que quer saber, e depois nos conte o que lhe aconteceu ontem.

— Certo. A principal preocupação de um vampiro é a comida, pelo menos nos filmes. Não quero imaginar minha vida sem comida, mas hoje comi e foi maravilhoso. Foi uma sensação deliciosa, como se o sabor fosse realçado. Agora que virei vampira, tenho de beber o seu sangue e o da minha mãe o tempo todo, ou vou sair matando por sangue como nas histórias?

Eles se entreolharam, e vi que meus medos não tinham fundamento. Mas precisava saber como me manter a partir dali.

— O sangue que você recebeu ontem vai deixar sua sede controlada até a Cerimônia do Livro.

— Então, não sairei atrás do sangue de ninguém?

Eles riram. Afundei um pouco mais na cadeira.

— Hoje comi uma refeição normal. Poderei comer normalmente, depois?

— Filha, você pode se alimentar normalmente até a Cerimônia do Livro. Depois, somente de sangue. Sinto muito. Não somos humanos. Depois da transformação completa, não podemos mais comer como os humanos.

Fiquei em choque. Nunca mais hambúrgueres, batatas fritas, milk-shake, sorvete, cerejas... Como eu ficaria sem cerejas e sorvete?

— Você tem assistido a muitos filmes, pelo visto. Mas nossa sociedade é um pouco diferente do que é retratado no cinema. A única parte que é verdade é que nos mantemos com sangue, porém o sangue humano não nos mantém por muito tempo.

— E para nós, da realeza, ainda é mais difícil. Só podemos nos alimentar de pessoas com sangue real. Assim que passamos pela Cerimônia do Livro nos unimos ao nosso par, e somente ele pode nos saciar. Foi uma forma inteligente de manter as uniões entre as famílias reais.

— Isso é tão injusto, ficar sem comer! E, como assim, me ligar com a realeza?

Estávamos sentados em uma mesa de madeira escura, quase vermelha, com doze cadeiras altas e confortáveis. Acho que a sala era usada para as reuniões dos clãs. Um quadro na sombra do dragão me abalou muito. Retratava uma cidade toda branca, um rio, um lugar mágico. Eu conhecia aquele lugar de um sonho, tinha certeza. Eu podia ver exatamente aquela vista da janela em que estava, no sonho. Como era possível? Esqueci de tudo ao meu redor.

— Pai, onde fica esta cidade?

— Essa é a lendária Cidade Branca dos Dragões. Um homem trouxe em minha porta, séculos atrás, dizendo que alguém o havia enviado. O nome dele era Leonardo da Vinci.

— Já sonhei com esta imagem. É da janela do meu quarto, tenho certeza.

— Seu quarto? Você já foi à Cidade Branca?

Todos me olharam como se isso fosse algo pior que os dons de ontem. Acho que, mais uma vez, precisava me explicar.

— Pai, já sonhei com esta imagem mais de uma vez. Sei exatamente como é o quarto; é azul-claro, tem uma penteadeira branca enorme, com perfumes antigos, uma caixa de joias e uma escova de cabelo daquelas antigas, com o cabo em prata. A cama é a maior que já vi na vida, e tem cortinas como as do meu quarto. A vista da varanda é a mesma dessa pintura, eu tenho certeza.

Todos ficaram em silêncio.

— Filha, essa é a Cidade Branca. Ninguém que não seja convidado dos Dragões pode entrar. Como você sonhou com isso?

— Os vestidos, tudo o que tinha dentro do closet... eram vestidos antigos lindos. Havia muitos sapatos e espartilhos, como se eu estivesse na era medieval.

— Meu bom Dragão! Você realmente sabe. Dizem que a cidade ainda vive na era passada, onde os veículos são charretes e carruagens e não há tecnologia.

— Com certeza. Não tinha TV nem telefone. Agora que o senhor falou, era como estar em um castelo antigo, mas eu sentia, no sonho, que era onde eu morava. Isso parece tão estranho.

— O que acha, Sr. Yoran?

Por que o meu pai confiava nesse homem, quer dizer, vampiro? Não sei, algo me dizia que ele escondia alguma coisa.

— Meu rei, nunca escutei um relato como esse, com tantos detalhes. Não sei o que dizer.

Quando ele virou para mim, eu soube que estava mentindo. Ele sabia exatamente o que se passava. Por que ele não queria falar?

— Pai, essa pintura vale milhões. É de Leonardo da Vinci.

— Filha, com certeza vale. Mas nosso guardião a quer aqui. Então é aqui que deve ficar.

Eu estava o mais perto possível do Dragão. Pensar nele me dava forças. Essa questão da Cidade Branca teria de esperar. Pelo visto, nada mais seria dito pelo Sr. Yoran.

Primeira dúvida respondida: sangue. Era assim que eu viveria. Agora, quanto ao Sol, outro problema para os vampiros. Eu esperava que não precisasse ficar escondida dele. Sempre amei o pôr do sol; era romântico e encantador. Não queria perder mais nada da minha vida em troca da imortalidade forçada.

— E quanto ao Sol? Percebi que os vidros das janelas são escuros durante o dia. Eles não deixam passar a luz, não é?

— O Sol não nos faz mal, não como aos vampiros dos filmes. Mas somos herdeiros do Dragão de Fogo, então o Sol nos ajuda a curar e fortalecer. Cada dragão tem sua fraqueza, no entanto, e a nossa é a noite. Isso é ruim, pois os demais sabem que só podemos nos curar se tivermos o calor do Sol. Como vivemos em uma região em que não há Sol durante a maior parte dos meses, isso é uma grande fraqueza. Mas não morremos sem ele.

— Então, se eu quiser sair agora mesmo, nada vai me acontecer?

— Isso. Nada vai acontecer.

Pelo menos um ponto; mas eu ainda preferia a comida ao Sol. Precisarei me acostumar, não é?

Terceiro ponto:

— Pai, como um vampiro pode ser morto?

— O maior problema de um vampiro é o sangue. Sem ele, definhamos, porém, mesmo assim, não morremos. Sofremos, em agonia, até conseguir sangue novamente. Só há duas maneiras de morrer: a decapitação total e a retirada do coração para atear fogo. Se isso acontecer, não há como voltar. Por isso o treino é importante para um vampiro. Temos os guerreiros, que são os vampiros mais poderosos e são treinados. Normalmente eles protegem a nós e à raça de uma maneira geral.

— Como assim, "de maneira geral"?

— Eles são como a polícia, para a raça. Lidam com a lei e ordem que é regida pelo conselho dos vampiros, formado pelos reis. É a política de nossa raça.

Nunca me liguei em política, mas precisava conhecer bem como as coisas funcionavam, e estava entendendo o básico.

— Então eles fazem a justiça, que é sentenciada pelo conselho?

Meu pai estava impressionado pelo meu raciocínio. Acho que as mulheres não se envolviam muito em política na sociedade vampírica.

— Filha, gostei de saber que você está interessada em como agimos contra ameaças e resolvendo problemas. Caso os vampiros queiram que a sociedade humana os perceba, agem rapidamente. Temos informantes e tudo o que você possa associar com a espionagem. A KGB não é nada diante deles.

— Eles têm o Livro a seu favor, já que os dragões se comunicam com o guardião, que consegue informações privilegiadas e evitar sinistros antes que aconteçam.

O Sr. Yohan me encarou e abriu um sorriso que parecia uma ameaça. Fiquei arrepiada, mas fiz de tudo para que ele não percebesse que me afetara. Como se tivesse feito exatamente isso, o sorriso macabro dele aumentou. Eu queria tirar aquele disfarce de qualquer maneira.

Ele me encarou e ficou bem sério.

— Minha pequena princesa, um Dragão complementa o outro. Por isso, temos de viver em comunhão. Mas é inevitável que haja um clã que busca por mais poder, e isso pode ser perigoso. Se um dos Dragões for subjugado, não sabemos o que pode acontecer.

Certo, isso estava ficando cada vez mais estranho. Havia muitas informações para processar. Eu teria de descobrir mais sobre a rede de espionagem e os guerreiros. Acho que teria de esperar um pouco mais para perguntar sobre isso.

Muitas dúvidas pairavam em minha mente.

— Se podemos sair ao Sol, por que os vidros são escuros? Aqui dentro é como se fosse noite o tempo inteiro.

— Recebemos membros de outros clãs de dragões em determinadas ocasiões. Então decidimos que todos os castelos deveriam ter vidros que impedem a entrada do Sol. Assim, nenhum deles correria o risco de ficar mais debilitado em campo inimigo.

Ponto quatro, a tal Cerimônia do Livro. Eu não aguentava mais falar sobre cerimônias, mas parecia ser do que eles mais gostavam.

— E o que é essa Cerimônia do Livro?

Minha mãe parecia muito nervosa, suas mãos estavam agitadas e, depois de olhar para o meu pai, fiquei mais preocupada ainda. Não parecia boa coisa, e do jeito que tudo estava indo para o meu lado, só podia ser coisa ruim. Muito ruim, mesmo.

— Aislin, essa cerimônia ocorre quando os príncipes e princesas completam dezoito anos. Essa é a idade para firmar compromissos entre as famílias reais. Todos os primogênitos têm de cumprir com esse pacto, firmado há milênios, e, assim, manter a paz entre os reinos dos vampiros.

Fiquei pensando se eu não poderia ter tido uma irmã gêmea assim como a minha mãe... mas agora era tarde demais.

— Vocês só serão considerados reis quando os pais morrerem. Não fique assim. Nós pretendemos viver muito, minha linda. Vocês se casam e moram no castelo do marido até o momento da morte dos reis, os seus ou os dele. Assim que isso ocorre, a coroação é realizada. Mas isso demora, querida. São muitos séculos para aprender a comandar um reino.

Eu não queria mais perdas, nem ser rainha. Isso estava me atropelando como um rolo compressor.

— A senhora poderia me explicar melhor como isso funciona?

Ela pareceu feliz em relembrar a história. Eu esperava que tivesse um final feliz pelo menos.

— São seis vampiras e seis vampiros que nascem no mesmo dia. No dia em que completam dezoito anos, cada um recebe um convite enviado pelo Livro, que sabe onde estão, em qualquer lugar do mundo. O Livro nos dá três dias para que ocorra a cerimônia de revelação dos dons, tornando, dessa forma, doze vampiros reais. Como você já é uma vampira real, agora, o Livro vai indicar seu noivo, para que você seja considerada adulta.

O quê? Ela devia estar brincando. O pânico estava tomando conta de mim. Aquilo era demais. Casar? Eu precisava manter minha objetividade. Aquilo não podia estar acontecendo, eu era muito nova para isso!

— Mãe, quando vai ser exatamente esta cerimônia?

A minha voz estava um pouco instável. Casar. Isso estava completamente fora de cogitação, pelo menos dentro dos próximos dez ou doze anos.

— Cinco dias depois do seu aniversário é o momento em que acontece a Cerimônia do Livro. Todos os clãs dos Dragões estarão presentes. É quando o Livro escolhe o seu companheiro, que se unirá para sempre a você. O Livro decide com quem nos unimos desde o início dos tempos. Ele é a transcrição do pensamento dos doze Dragões, então não podemos mudar o que o Livro escolhe.

E, ainda por cima, eu não teria poder de decisão sobre quem seria meu futuro marido! Ótimo. Totalmente Idade das Trevas.

— Vocês estão querendo me dizer que vou ficar noiva em menos de dois dias? E que não tenho ideia de com quem?

Encostei-me na cadeira, a tristeza tomando conta de mim.

— Sim. É exatamente isso, filha. Sinto muito por você estar descobrindo essas coisas assim, mas você estava em perigo. Perdoe-me.

Ela parecia que iria mesmo chorar, e eu não podia deixar minha mãe sofrer mais por minha causa – mesmo que eu estivesse sofrendo. Sorri para ela, e percebi que era a coisa certa a fazer, mesmo que por dentro eu estivesse em choque. Afinal, o que eu poderia fazer para mudar o meu destino, se ele não dependia de mim?

— Pode continuar, mãe. Se a tradição é essa, eu aceito, mesmo me achando muito nova para casar.

Fiz um movimento para que ela continuasse.

— O Livro nos dá seis casamentos, e todos os clãs dos Dragões têm de participar. Porém o casamento deve ser realizado em até dois anos após a Cerimônia do Livro, ou o príncipe e a princesa morrem.

Isso era bizarro, mas dois anos era melhor do que de imediato.

— Certo. Resumindo tudo, então: terei um noivo em dois dias e vou ter de me casar até os vinte anos de idade. Mas, se os vampiros vivem muito, por que nos casar tão novos?

Meu pai pegou a mão da minha mãe e a beijou. Eu sabia que era amor verdadeiro.

— É para manter a paz entre os clãs. Se isso não acontecer, haverá uma guerra. Para os humanos, seria um massacre, como já ocorreu no passado. Buscamos sempre nos guiar pela sabedoria dos Dragões. Eles sempre escolhem o que é melhor para nós. Você vai entender quando o momento chegar.

Minha mãe, tão doce, me olhou com a compreensão do que eu estava sentindo, e isso me ajudou a saber que eu não era a única a ter medo do que seria escolhido para mim.

— Minha filha, sei o que você está pensando. Mas os dragões escolhem nossos companheiros e nunca houve engano, você saberá disso. Quando tocamos nossas mãos acima do Livro, sentimos a conexão imediatamente. Foi assim com seu pai e eu.

A única coisa que eu queria há quarenta e oito horas era um par para o baile. Agora, teria um noivo.

— Mãe, nunca imaginei isso para mim.

Meus amigos me deram as mãos, tentando me confortar. Eu sabia que eles se amavam, e então entendi o porquê de eles nunca tentarem ficar juntos.

— Sua herança vai pesar, filha. Mas você será feliz, como seu pai e eu. Sinto que sua felicidade será enorme.

— E acontece algo mais que eu deva saber?

Minha mãe estava tomando a frente. Acho que pai nenhum gosta de entregar a sua filha a outra pessoa. Ele estava sério, e ficou calado enquanto minha mãe falava.

— Quando o Livro escolhe seu companheiro, você vai para uma sala especial com ele. Vocês terão de beber o sangue um do outro para selar o compromisso. Desse momento em diante, você só se alimentará do seu companheiro, e de mais ninguém. Esse vínculo só é perdido com a morte.

Por favor, que seja o Alex. Não quero ser dependente de um desconhecido.

— A partir de então terei de beber o sangue do meu noivo para sempre?

Ela fez que sim, feliz. Eu sabia que os meus pais eram felizes, ainda mais com a minha volta. O sorriso que minha mãe deu fez meu pai ficar constrangido, e isso me fez rir. Eu queria isso também, mas preferiria encontrar o amor por conta própria.

— É, querida. Sem o sangue do escolhido, ficamos fracos e o nosso corpo vai se corroendo de dentro para fora. Não morremos, mas ficamos como que mumificados até conseguir o sangue do nosso companheiro novamente.

Essa história de mumificar não parecia legal.

— Tudo bem. Vamos recapitular, então. Tenho de participar da Cerimônia do Livro, encontrar meu noivo, beber o sangue dele e ele o meu.

Levantei, segurei no encosto da cadeira e encarei meus pais.

— Ah, estou com muito, muito medo, agora.

Minha mãe e meu pai pareciam muito confiantes. Eu queria me sentir assim, só que... não conseguia retribuir o sorriso deles. Por sorte, meus amigos estavam ao meu lado. Porém, sem palavras, como eu.

— Quando seu nome aparecer no Livro, não me olhe assim, por favor, filha. Não é fácil para você aceitar, porém são as nossas leis.

Eu estava chateada. Essas leis eram um saco.

— Mãe, pai, sei que não podemos mudar nada disso. Mas é muito complicado falar o que eu estou sentindo.

— Aislin, sabemos de tudo isso. Ainda assim, temos de lhe explicar tudo o que pudermos para que possamos passar por tudo isso juntos.

Ela estava certa. Eu precisava deixar o medo de lado e ser objetiva. Não consegui nem festejar o fato de estar viva, e já vinha outra bomba na minha cabeça. Sinceramente, não parecia ser fácil viver como vampira.

— Tudo bem, mãe. Desculpe-me. Pode continuar, por favor.

Ela estava mais feliz. Esperança: era essa a sensação que ela me transmitia.

— O Livro é mágico. Ninguém escreve nele. As palavras aparecem por magia. Seus dons são revelados para todos os clãs verem o quanto de poder está sendo reunido segundo as escolhas do Livro. É com esse momento que estamos preocupados. Acho que todos terão uma reação semelhante à nossa com relação a seus dons, querida.

Eu precisava falar a minha parte, agora. E isso seria bem difícil.

— Não, mãe. Será pior. Depois que vocês saíram do meu quarto, eu manifestei mais alguns dons, como o de andar nas sombras. Acho que é assim que se chama — eu não queria que eles desconfiassem que eu tivera ajuda. — Eu me teletransportei para o jardim. Foi muito louco. E o mais complicado de todos para mim: eu posso... sei lá, acho que posso voar.

Eles ficaram me olhando como se eu tivesse dito que a Terra era quadrada. Ninguém falou nada. Preferi continuar:

— Tenho os seis dons dos seis Dragões mais poderosos, pelo que eu pude perceber. Tenho de mostrar meus dons, mas não sei como fazer isso direito. E sei que teremos problemas. Agora, um pouco maiores.

O Sr. Yoran estava totalmente em pânico, e foi até engraçado ver o cara de fuinha ficar com medo. Acho que não era bem da reação dos outros que ele estava com medo; era de mim.

— Princesa, agora que você expôs dessa forma, já estou assustado. Imagino a reação dos clãs ao saber que Vossa Majestade é tão poderosa. Ou vão querer atentar contra sua vida, mas acho que é pouco provável, já que possui muitos dons, ou vão buscar algo como a guerra e a mudança de poder.

Eu queria interrogá-lo até que ele falasse toda a verdade, pois sabia que escondia algo.

— Por que o senhor acha isso?

Ele pareceu perceber minha intenção.

— Bem, nunca houve alguém como Vossa Majestade. Há pergaminhos antigos que podem ser estudados. Mas o vampiro que guarda esses pergaminhos está em um lugar não revelado. Só sabemos que ele deixa entrar em seu castelo quem é enviado pelos Dragões.

Parecia que a lenda era verdade, e os pergaminhos existiam mesmo. Então ainda tínhamos uma chance, e eu me agarraria a ela.

— Temos uma chance de evitar a guerra?

Ele parecia mais tranquilo, mas, no fundo, o medo persistia.

— Não tenho certeza, mas creio que sim. Há mais alguma coisa que devemos saber, Majestade?

Percebi que ele desconfiava haver mais, porém eu não diria mais nada. Eu não confiava nele. Parecia esconder algo. Achei melhor falar parcialmente a verdade; já tinha zilhões de problemas e não queria arrumar mais alguns.

— Você quer mais do que isso? Já estou bem confusa e assustada.

Ele virou para o meu pai, e pude sentir algo fluindo naquelas palavras. Ele com certeza era muito suspeito. Eu esperava que ele não quisesse fazer mal à minha família e amigos, ou iria se arrepender. Ele me olhou, meio amedrontado, mas foi por um segundo. Depois, voltou a ficar imparcial, e parecia maquinar algo maquiavélico (eu sempre quis falar isso!).

— Senhor meu rei, acho que ela deve ser treinada para os dons que temos aqui. E, para os demais, devemos esperar a cerimônia, pois saberemos qual será o clã do seu companheiro, e ele então poderá treiná-la. Quanto aos demais, teremos de pedir permissão para alguém indicado do clã específico treiná-la, o que será mais difícil.

Meu pai me olhou sério, como se achasse certo, mas não aceitasse que eu precisava de treino. Coisas de pai, sempre superprotetores.

— Você está certo, Yoran. Faremos dessa forma.

Achei que o Sr. Yoran me olhava de um modo muito estranho. Eu não conseguia confiar nele. Parecia que a minha mãe e o Alex tinham a mesma impressão, por isso ele pedira para que eu não revelasse sobre a conversa com o Dragão de Fogo. Achei melhor trabalhar nos meus dons mais tarde.

— Pai, será que posso conhecer o castelo? Quero distrair a mente nesse momento.

Ele pareceu até aliviado.

— Claro, filha. Vá com os seus amigos. Mais tarde nos veremos.

Nem pensei duas vezes. Saímos da sala e, quando fechamos as portas, me apoiei nelas. Era muita coisa em que pensar. Só queria deixar as más notícias longe, por enquanto.

— Não gosto desse vampiro, esse Sr. Yoran. Ele me olha de uma forma estranha, parece querer incentivar a guerra. A vontade que tenho é de ir até lá e arrancar as respostas que eu sei que ele tem, mas meu pai acharia que surtei completamente.

— Grady, Aislin, vamos para os jardins para conversar sem que ninguém nos ouça — sugeriu Beta.

Quando já estávamos distantes, Grady nos puxou para uma porta e chegamos aos jardins. Corremos até uma parte com bancos que ficava em um local lindo, com fonte e tudo, daqueles que pareciam com os de filmes em castelos medievais. Grady ficou de pé, andando de um lado para o outro, enquanto eu e Beta sentamos. Óbvio que não usei a minha velocidade real para andar em nenhum momento, eu não queria afastar meus amigos. Para eles eu ainda era a antiga Aislin.

— Vamos, Aislin, se anime. Acho que podemos buscar alternativas. Eu sabia que existiam os pergaminhos antigos, e espero que possamos encontrá-los.

A única pessoa que poderia realmente me ajudar naquele momento era o príncipe Alexander.

— Vou falar com Alex, hoje à noite, e pedir para ele nos ajudar. Pode parecer estranho, mas tenho certeza de que ele vai concordar.

Eles assentiram. Grady nem tanto, mas qualquer ajuda seria bem-vinda naquela situação. Eu não queria uma guerra, mas, pelo olhar do meu pai, acho que a minha aparição seria bombástica.

— Tudo bem. Mas o que faremos até lá? Não podemos ficar de braços cruzados.

Pensei no que a Beta falou. Ela tinha razão; teríamos de fazer algo a mais.

— Grady, será que você poderia marcar um encontro com sua tia Henrieta? Precisaremos de toda a ajuda possível. Talvez se fizéssemos uma aliança com os magos...

Ele pensou um pouco, e acho que entendeu o que eu queria fazer. Balancei a cabeça em afirmativa. Eu queria a união das raças, e tentaria isso.

— Ela receberia a mim e a Beta, mas não uma vampira. Não me leve a mal, mas não somos raças unidas, e os vampiros nos subjugam há milênios. Somos úteis para eles com feitiços e magias, nada mais. Ainda existem escravos e filhos de escravos mantidos pelas famílias vampíricas.

Eu esperava que a minha família não fosse uma delas. Grady percebeu a preocupação em meu olhar.

— Não se preocupe, ninguém dos seus antepassados, nem seus pais, jamais teve um escravo. Eles sempre foram os mais íntegros com relação à nossa situação.

Fiquei claramente aliviada.

— Peça a ela para me receber hoje à noite, assim que todos saírem do meu quarto. Podemos nos encontrar próximo ao muro, em frente à minha sacada, à meia-noite. Assim ela saberá que estou mais fraca, e talvez aceite.

Ele ainda parecia meio indeciso, mas eu era boa em convencer as pessoas.

— Temos de buscar outra saída, que não seja a guerra. Se não acharmos esses pergaminhos, sei que será apenas uma questão de tempo para começarem as batalhas. Primeiro, precisamos pedir ajuda. Depois, tentaremos as fadas, e o que mais existir. Sei que nenhuma raça vai querer a guerra, e precisamos tentar uma aliança.

Ele sorriu, e vi que Beta parecia ainda mais encantada por ele, que piscou e a fez corar. Ela era apaixonada por ele, e acho que essa aliança traria esperança aos dois. Beta me abraçou, e seu sorriso era semelhante ao dele – mas parecia estar escondendo algo.

— Você está falando como uma verdadeira rainha. Sinto orgulho de ser sua melhor amiga. Agora me conte tudo sobre Alexander Ivanov.

Grady se virou.

— Eu me nego a participar dessa conversa. Vou enviar um feitiço pedindo um encontro com a minha tia para hoje à meia-noite. Não se atrase.

Quando ele foi embora, contei tudo para a Beta, nos mínimos detalhes. Era bom ter uma amiga em quem confiar.

— Aislin, estaremos sempre juntas, e sei que o Dragão vai escolher alguém certo para você. Poderia ser o Alexander, não?

— Ele parece não gostar da ideia. Acho que tem outra pessoa em mente.

Ela estava bem decidida a saber mais sobre o nosso encontro – se é que eu posso chamar assim.

— Pergunte a ele quando chegar. Perguntar não ofende.

Realmente, perguntar não ofende. Mas eu tinha receio de qual seria a resposta.

— Tem razão. Acho que ele virá me ver hoje à noite.

Assim eu esperava. Ele era minha única chance para esse encontro, já que eu não sabia como usar os meus dons, ainda. Sem ele, não conseguiria.

Passei o dia inquieto. Eu sabia que precisava manter distância da princesa, mas sentia uma força enorme me puxando na direção dela. Quando o Poderoso Dragão revelasse minha noiva, seria complicado. Eu só conseguia pensar em Aislin.

Em breve, meu pai viria à minha procura para mais uma missão. Como eu sabia usar várias armas e conhecia inúmeras modalidades de lutas, ele me considerava sua melhor arma. A maioria dos vampiros tinha medo do poder e do conhecimento que possuo, e isso era muito bom.

Eu sabia que era uma máquina de matar. Ser um vampiro de confiança do rei do Dragão das Trevas era sinônimo de *assassino.* Foi para isso que fui treinado, não para prender. Para dar o golpe fatal.

Ao me olhar no espelho, eu via um assassino. Sabia que o Livro escolheria alguém como eu. A princesa Natasha era a única que havia sido treinada da mesma maneira, apesar de poucos saberem disso. Ela era linda, perigosa, e seria a companheira perfeita para mim. Seríamos dois assassinos.

Mas pensar em companheira me fazia pensar em outra pessoa, fora do meu alcance. Ela era o meu oposto: sempre sincera e com pensamentos puros.

Nada mais poderia haver entre nós além de encontros nas sombras.

Eu não queria mais pensar a respeito, então fui para o treino, esperar pelas ordens do rei para ir atrás dela. Eu sabia que uma luta corpo a corpo com muita brutalidade me ajudaria a tirá-la da mente. Nunca desejara tanto uma missão bem agressiva quanto naquele momento.

CAPÍTULO 5

A REUNIÃO

DEIXEI TUDO DE LADO POR ALGUMAS HORAS E FUI conhecer o castelo. Era mágico, e descobri que fora construído antes do período medieval. O estilo era gótico, e a fortificação tinha vitrais e duas torres laterais e uma central, maior – onde ficava a entrada –, além de três salões enormes repletos de tapeçarias. Mas meu pai transformou um deles em sala de TV, e outro em sala de jogos. Ele queria me agradar. Meus amigos estavam muito empolgados também.

Um dos salões era de baile, em formato oval, com palco para uma banda e as paredes cobertas de espelhos, de cima a baixo, com contornos dourados. Três candelabros em cristal pendiam do teto. Tudo era perfeitamente limpo. Todas as salas eram luxuosas. Os corredores tinham estátuas, quadros e armaduras. Era lindo.

Não consegui ir a todos os locais do castelo, mas conheci uma biblioteca com três andares, e estantes com aquelas escadas de correr douradas. Havia uma área para leitura, com duas cadeiras de couro pretas reclináveis e luminárias em cima. Um cheiro delicioso de couro e livros antigos tomava o ar, e eu poderia passar o dia todo ali sem reclamar.

Descobrimos a ala Sul, dos servos; a Leste, para os guerreiros; e a Central, para mim, meus pais e meus amigos. Soube pela Beta que existiam cinquenta quartos ao todo, e que cada um deles tinha uma história.

O quarto dela era todo trabalhado em tons de verde-oliva e dourado. A cama era um pouco menor do que a minha, mas enorme, e toda em metal fundido, muito romântica. Tinha um closet e um banheiro todo branco e verde. Para mim, cheirava a mar. Beta amava o mar, e eu imaginava que algum bruxo tinha feito isso para fazê-la se sentir mais em casa.

Depois fomos ao quarto de Grady. Era mais sóbrio, todo em cor de tabaco, e tinha móveis simples e uma cama preta com uma colcha bege. Tinha todos os eletroeletrônicos de que um jovem gostaria, o closet e o banheiro eram simples e masculinos, com detalhes em azul escuro.

Beta estava mais do que feliz. Ela deitou na cama de Grady e vi quando ela cheirou o travesseiro. Era algo tão brega; mas, se eu estivesse apaixonada pelo cara, faria o mesmo. Acho que os homens são como nós, mulheres apaixonadas, mas jamais admitiriam.

Depois fomos para o meu quarto. Os dois se despediram e fui tomar banho. Eu me arrumei e fiquei à espera dos meus pais para as aulas sobre meus dons. Percebi que haviam persianas automáticas – pelo visto, meu pai não era contrário às comodidades do mundo moderno. Descobri que tinha uma televisão gigante atrás de um quadro, dispondo de inúmeros canais.

Havia um frigobar com vinho tinto, frutas, doces, chocolates e duas bolsas de sangue O+. Acho que era para alguma emergência.

Meus pais entraram no meu quarto e viram que eu estava assistindo TV jogada na cama. Eles pareceram satisfeitos que eu tivesse aprovado as mudanças no quarto.

— Filha, você está em condições de iniciar seu treinamento?

Eu estava muito bem, ainda mais que, quanto mais rápido o tempo passasse, mais rápido Alex chegaria.

— É claro, pai. Estou ansiosa para começar.

Quando anoiteceu, eu já conseguia controlar minha força e velocidade. Acho que estes eram os mais fáceis.

À noite, senti muito sono. Eu achava que meu corpo ainda não estava totalmente acostumado às mudanças pelas quais vinha passando.

— Pai, estou cansada. Podemos continuar amanhã?

Ele parecia satisfeito com o treino.

— Claro, filha. Boa noite. Tente descansar.

— Boa noite, mãe. Boa noite, pai.

Tínhamos uma rotina normal, eu não teria dificuldades em me adaptar. Apesar do dia de treino, ainda tinha energia.

Meus pais me abraçaram e foram embora. Esbocei movimento para tomar banho, mas senti a presença de Alex. Ele estava longe, como se estivesse do lado de fora do palácio. Tomei uma rápida chuveirada, vesti uma calça de moletom preta, camiseta rosa e tênis Converse preto. Desarrumei a cama, como se tivesse acabado de levantar, deixei a luz do banheiro ligada e fechei a porta.

Fui andando devagar até a porta do quarto. Não ouvi passos. Fui devagar para a sacada e levei um susto enorme quando Alex falou na minha mente. Mesmo sabendo que ele estava do lado de fora do castelo, meu coração ficou aos saltos. Droga!

Aonde você pensa que vai?

Cheio de autoridade. Não gosto nada de ameaças; isso faz com que eu mostre o pior de mim.

Você vai ver.

Ele sabia que eu estava fugindo para fazer alguma coisa e com certeza havia vários vampiros à espreita, já que o pai dele devia saber sobre meus dons.

Achei que ela tinha enlouquecido. Mais de cinquenta vampiros assassinos estavam atrás dela, logo atrás dos muros do castelo, e ela queria sair. Isso não iria acontecer mesmo.

O que você pensa que vai fazer?

Ela não conseguiria usar os dons sem treino e acabaria se machucando.

Observe.

Eu precisava demonstrar confiança. Fui para a sacada e me concentrei na árvore onde o estava sentindo. Quando abri os olhos, estava ao lado da árvore em que eu o tinha percebido. Isso era legal demais.

Resolvi pedir a ele que me ajudasse. Tinha até a meia-noite para aprender a me deslocar pelas sombras junto com os meus amigos. Meu celular estava no bolso. Ele vibrou, e eu atendi.

— E aí, Grady, ela aceitou?

Graças aos Dragões estava tudo indo bem. Só faltava o metidinho do príncipe das trevas nos ajudar, e essa parte dependia de mim.

— Ótimo. Então me esperem no local combinado. Eu estarei lá.

Desliguei. Eu sabia que Alexander estava perto. Fiquei subitamente nervosa, mas era tarde demais para voltar atrás.

Alex, preciso aprender a me deslocar pelas sombras antes da meia-noite. Preciso que você me ajude.

O que você pretende fazer? Não minta!

Ele estava sendo mandão de novo, mas eu precisava dele. Discutir sobre seus modos não adiantaria muita coisa. Precisava convencê-lo a me ajudar, e não seria nada fácil.

Eu não mentiria para você. Quero que você me ensine, pois você pode imaginar como será a reação dos vampiros, amanhã. Percebi que o Sr. Yoran está tramando alguma coisa. Não sei bem o que pensar a respeito do que ele falou hoje. Alex, por favor, não posso ficar de braços cruzados e não fazer nada a respeito, sabendo que serei o estopim de uma guerra.

Ele continuava calado. Convencê-lo seria muito difícil, pelo visto.

Não gosto da forma como ele me olha. Então falei com meus amigos e vamos nos reunir com uma bruxa, para tentar uma aliança. Depois, tentarei encontrar com outras raças. Sei que será difícil, mas não vou permitir que uma guerra comece por que sou poderosa, ou por que serei a desculpa perfeita para isso.

Ele estava perto de mim, mas completamente calado. Eu precisava que ele me ajudasse. O que mais poderia falar? O tempo estava correndo contra nós.

Alex, sei que você pertence a outro clã, mas me ajude. Tenho de fazer algo. Não vou me esconder, e não pretendo iniciar uma guerra. Você sabe que tenho razão. Preciso da sua ajuda. Você e minha mãe são os únicos que sabem toda verdade sobre mim.

Ele resmungou algo em russo. Com certeza era algo impróprio; parecia mais uma praga.

Não quero que você vá. É muito arriscado, eu já senti outros vampiros lá fora. Estão caçando você, sabia? Já deve ter vazado alguma informação pelo meu pai ou por alguém do seu clã. Sinto algo se movimentando, e não parece coisa boa.

Não sabia que havia outros me caçando, mas não podia ter medo naquele momento. Se eu falhasse, muitas pessoas pagariam por isso. Eu estava disposta a mudar a situação e garantir minha liberdade de escolha.

Eu entendo, mas, se não for, estarei provando que não podem confiar em mim, e que tenho medo de enfrentar o que está me esperando do lado de fora desses muros.

Ele tinha certeza de que eu sabia que a fraqueza era a pior coisa que se poderia ter na sociedade. Mas teríamos de ser rápidos e permanecer ocultos.

Se eu me teletransportar com os meus amigos, fico imperceptível até para você. Então, quando chegarmos ao local de nosso encontro com a bruxa, preciso erguer uma barreira para nos proteger, disse Aislin.

É muito perigoso levar pessoas conosco. E, para andar nas sombras, temos de saber a que sombra estamos nos dirigindo especificamente. Se for distante, quanto ao teletransporte eu não sei, mas acho arriscado demais. E você não conhece para onde você está indo, ou conhece?

Eu sei onde fica. Posso lembrar do jardim, e assim estarei lá rapidamente. Meu pai já me explicou o básico.

Eu não aprovo isso.

Eu estava perdendo a paciência. Ele queria que eu ficasse de braços cruzados, vendo o mundo ser destruído?

O que você sugere que eu faça, então?

Vou com você. É o único modo de eu ajudar. Levo o bruxo, e você leva a fada, pois ela é mais leve e fácil de ser conduzida pelas sombras. Vou na frente, e você me segue. Só se teletransporte em último caso, está bem?

Mas ele sabia para onde ir?

Você não sabe para onde estamos indo. Como vai na frente?

Minha cara princesa, seu amigo vai me guiar e estaremos juntos, já que o melhor é irmos pelas sombras. Nossos dons precisam de energia, e é aí que está o perigo.

Tudo bem. São onze da noite, e marcamos de nos encontrar à meia-noite, próximo ao muro. Vamos fazer isso juntos.

Enquanto esperávamos, eu estava com medo até de falar em voz alta, pois os vampiros tinham uma audição excepcional e poderíamos ser pegos. Seria melhor me comunicar com ele desse jeito mesmo.

Alex, por que você não aparece para mim?

Ele riu. Droga, ele devia ser realmente lindo.

Apareci, ontem.

Isso não valia; eu estava sem condições, totalmente em pânico. Não deve ter sido nada bonito.

Mas eu estava chorando e não o vi, só o senti. E não é justo, já que você me viu até sem roupa.

Você que me chamou. Eu não queria entrar.

Tudo bem, ele tinha razão. Mas, depois, ficou lá, me fazendo morrer de vergonha. Ele tinha me visto sem nada – zero roupa. Isso sim é constrangedor.

Está bem. Mas você poderia aparecer, agora que estamos sozinhos.

Por que ele não aparecia? Isso já estava me dando nos nervos.

Acho melhor ficar nas sombras. Senão, posso chamar a atenção dos guerreiros do castelo.

Aquela voz, o inglês com sotaque russo, era como música para meus ouvidos. Era tão gostoso que chegava a doer. Queria tanto vê-lo, mas, se ele não queria aparecer, tinha de ter algum motivo.

Não precisa mentir, tá? O que importa é que estamos juntos para salvar nossa raça e que, aconteça o que acontecer amanhã, estamos fazendo a coisa certa.

Seus amigos se aproximam.

Ele sentia coisas que eu nem sonhava em sentir. Mas sabia que um dia eu conseguiria – só tinha de praticar.

— Grady, eu já estava ficando preocupada. Beta, você está bem? Você parece estar congelando.

— Estou, mas na verdade estou louca de medo, isso sim.

— Aislin, estou sentindo uma vibração por aqui.

— É Alex. Ele vai levar você com ele enquanto eu levo a Beta pelas sombras. Grady, fale a ele aonde estamos indo, e ele vai nos guiar.

— Não vou com ele. Como você pode fazer isso? Ele deve estar te enganando para saber dos nossos planos.

Era só o que faltava. Depois de tanto tempo tentando convencê-lo, Grady vinha com essa história.

— Não fale assim do Alex. Vamos deixar de chatice e diga em voz alta para onde vamos. Ele vai levá-lo. É a única maneira de chegarmos a tempo para a reunião. Agora relaxe, por favor.

Ele percebeu que eu estava certa. Estávamos a poucos minutos do horário marcado.

Ele não precisa falar. Só tem de pensar no local, que eu consigo chegar lá.

Sério? Isso parece bem interessante.

— Grady, é só pensar no local, por favor.

Ficava fora da cidade, no quilômetro 150 da rodovia que levava até Moscou. Lá eles teriam de entrar no terceiro desvio à esquerda. A casa era toda branca com cerca azul; a casa de Merlin.

Quem esse bruxo pensa que é? Um bruxinho de merda e você se rebaixando, pedindo "por favor". Isso é novo pra mim.

Ele é meu amigo e está preocupado comigo, por isso agiu desta maneira. Peço por favor porque, além de ser educada, com certeza o meu amigo vai me entender. Nós nos conhecemos desde sempre.

Certo. Se você diz... mas não tenho a sua paciência com esse tipo de gente.

Homens... tão complicados.

Alex, por favor, ele não o conhece. Não o leve a mal. Ele só quer que tudo dê certo, e está com medo de que você seja um impostor.

Ele era tão irritante que me tirava do sério, mas eu precisava de ajuda, e ele era o único que podia nos ajudar.

Por favor, nos ajude. Não fique chateado. Sem você, não vamos conseguir. Eu ainda não tenho prática com meus dons, e precisamos de toda a ajuda possível.

Ele achava que eu tinha perdido a noção do que estava fazendo, mas eu percebia sua vontade de ajudar.

Certo, diga ao seu amigo para ficar quieto. Não quero ninguém gritando nos meus ouvidos.

Depois de falar assim, tive certeza de que Alex estava chateado. Mas não tínhamos mais tempo para acalmá-lo.

— Grady, Alex pediu para você ficar em silêncio, para que ele possa se concentrar melhor. Eu o seguirei, tudo bem?

Grady acenou.

Não foi bem isso que eu disse.

Eu sei.

— Todos prontos, Alex. Pode nos levar.

Senti quando ele se deslocou na sombra. Consegui segui-lo, pois ele segurou minha mão e fomos juntos. A mão dele era três vezes maior do que a minha, e a sensação do toque dele era maravilhosa.

Droga, Aislin Haigi, concentre-se em seu objetivo! Mas não resisti, fiz carinho com o polegar na mão dele. Senti que ele riu. Estávamos mesmo flertando.

Quando ele fez menção de soltar minha mão, segurei firme. Eu sabia que a partir do dia seguinte tudo mudaria. Ele teria uma noiva e, eu, um noivo. Será que eu me sentiria assim com outra pessoa?

Ela só podia estar de brincadeira. Sair do castelo sem proteção? Eu não a deixaria cair nas mãos do inimigo, não mesmo. E ainda teria de investigar o Sr. Yoran e descobrir para quem ele estava trabalhando. Droga de princesa atrevida... mas inteligente. Agora, eu tinha me tornado o seu guarda-costas. O que meu pai faria se soubesse disso? Com certeza me mataria. Mas, sozinha, ela não iria.

Eu precisava levá-la comigo, ou a princesa poderia se perder em meio às sombras. Não quis dizer a ela que nunca havia levado alguém comigo, já que meu dom só fora revelado poucos dias antes, mas era uma emergência. Achei melhor tentar.

Segurei a mão dela, com medo de que não conseguisse me seguir. Quando percebi que ela acariciou minha mão, tive de rir. Um dia antes eu estava a perseguindo; agora, a ajudava. Como racionalizar isso?

Aislin parecia aprender rápido e poderia até mesmo ir sozinha atrás de mim. Decidi soltar a mão dela, mas ela me segurou com firmeza. Apertei-a de volta e me concentrei. Já que estávamos chegando e, por ser um lugar aberto, seria difícil proteger a todos.

Princesa, avise a seus amigos que estamos chegando. Quando eu contar até três, erga a barreira. Entendeu?

Sim. Obrigada por me acompanhar.

Você não conseguiria levar todos, só isso.

Aislin parecia não confiar em mim. Claro, eu era o inimigo. Em alguns momentos, eu mesmo me odiava.

Olhando para ela, tudo que eu queria era enfiar minhas presas naquele pescoço e provar o doce sangue da bela princesa, mas não podia sucumbir ao desejo. Eu adoraria beijá-la dia e noite – sabia que jamais me cansaria.

Eu me sentia assustado em saber que ela entraria num lugar enfeitiçado e que eu não poderia acompanhá-la. Eu não podia ter acesso à moradia de nenhum bruxo, pois fui amaldiçoado por uma bruxa meses antes por tirar proveito de uma donzela – não tão donzela assim. Mas, como ela era bruxa, fui considerado culpado.

Ela tinha procurado por mim, e eu não era o tipo de cara que negava uma bela mulher. Estávamos em um baile, e o pai dela nos pegou num armário. Mesmo tendo dezoito anos, ela se fez de vítima. Outro amigo já havia passado pela mesma situação com ela, sendo amaldiçoado de forma ainda pior. Ele teria de se manter celibatário até encontrar sua companheira. E, sendo o vampiro mais paquerador de todo o clã do Dragão das Trevas, ele estava passando por maus momentos. A vida era complicada.

É mais seguro que você fique aqui fora, esperando. E, Alex... tome cuidado.

Ela ficava tão linda quando demonstrava preocupação... droga! Eu precisava esquecer isso.

Não se preocupe comigo, princesa. Eu sempre tomo cuidado. Fique atenta lá dentro.

Ela sorriu. Eu adorava o sorriso de Aislin. Não queria flertar com ela, mas não conseguia resistir quando ela sorria daquele jeito.

Eu sabia que ele estava mentindo.

Grady e Beta estavam mudos até aquele momento. Eu tinha certeza de que minha amiga estaria de olhos fechados e Grady com os olhos abertos, mesmo não conseguindo ver nada.

Acho que eu já estava me acostumando com as sombras; já conseguia até ver para onde estávamos indo. Sabia que precisava mentalizar para onde ir, seguindo pelas sombras do caminho.

— Quando eu disser, se preparem para sair das sombras, certo?

— Certo — Grady e Beta falaram, ao mesmo tempo.

Apertei a mão de Alex e percebi que ele rira de leve de novo. Queria tanto ver seu sorriso. Quem sabe, agora, ele se revelasse.

Um, dois, três.

— Chegamos, pessoal.

Quando saímos das sombras, vi meus amigos e ergui uma barreira imediatamente. Não senti Alex, mas vi uma forma enorme no escuro.

— Alex, é você? Com a barreira não posso senti-lo.

Ele não podia ficar visível. A bruxa que morava naquela casa o conhecia, e saberia que ele estava ajudando o Dragão de Fogo, o que não seria bom para ele.

— Entrem, vou esperar aqui fora — disse Alexander.

Ele não queria mesmo se mostrar, o que me desanimou um pouco.

— Tudo bem, não vamos demorar. Não vá embora.

Eu estava com medo de que ele desaparecesse a qualquer momento.

— Já falei que estarei aqui.

— Certo, não precisa se irritar — ela falou, e entrou rapidamente pelo portão com os outros dois.

Princesa, me avise mentalmente e entrarei se houver qualquer problema.

Grady e Beta estavam na minha frente quando entramos na casa de Merlin. O poder que emanava da casa era muito forte, e meus dons não podiam se manifestar, o que me machucava um pouco. Resolvi começar logo, assim que avistei a bruxa Henrieta.

A casa de Merlin era engraçada. Pequena, com uma lareira branquinha. Havia várias fotos nas paredes, e era bem parecida com as casas de *Harry Potter...*

— Obrigada por nos receber em sua casa, Sra. Henrieta.

Ela parecia contrariada. Provavelmente só aceitou o encontro pelo Grady. Os pais dele eram muito influentes na sociedade dos bruxos.

— Então, a que devo a honra dessa visita? O pequeno Grady não quis adiantar o assunto desse encontro.

Percebi o tom de ironia, mas muitas coisas estavam em jogo para perder tempo.

— Meus dons foram revelados ontem. Mas não foram um ou dois. Foram seis — Henrieta arregalou os olhos. — Pela sua expressão, sei que você imagina o que a revelação dos meus dons vai causar amanhã, na Cerimônia do Livro.

Ao perceber que ela se manteve imóvel, continuei.

— Por estarmos conscientes de que possivelmente serei a melhor desculpa em séculos para a eclosão de uma guerra, estou aqui antes de mostrar a eles os meus dons. Quero formar uma aliança com os bruxos.

Ela me olhava muito desconfiada, mas, como não disse nada, continuei a falar.

— Sei que não é vantajoso para ninguém entrarmos em guerra. Por isso, quero fazer uma aliança com as demais raças para tentar evitar algo que poderá influenciar a todos. Pretendo mudar a forma de agir entre raças.

Será que eu tinha ido até lá à toa?

— Os vampiros nos subjugam há séculos. Você acha que isso vai mudar só porque você quer?

Claro que não, mas eu tentaria. Não só por mim, mas porque essa era a coisa certa a se fazer para todos.

— Você acha que os vampiros que querem o poder vão simplesmente nos prender ou subjugar? Não, eles vão nos matar.

Eu tinha de convencê-la.

— Como você sabe?

Ela desconfiava de minhas palavras, imaginando ser uma armadilha. Eu não podia culpá-la. Se estivesse em seu lugar, pensaria da mesma forma.

— Serei apenas a desculpa. Não desejo uma guerra. Só descobri que sou vampira há poucos dias, e meus melhores amigos são um bruxo e uma fada. Eu os amo, e não aceitarei que ninguém faça mal a eles.

Ela parecia irredutível.

— Não quero viver numa sociedade injusta — insisti. — Quero ser uma princesa que tem amigos, não súditos. Pela forma como está me olhando, parece não acreditar no que estou dizendo, mas falo de coração.

— Tia, a princesa Aislin está falando a verdade. A partir de amanhã, tudo vai mudar, e espero que você fique do lado certo. Queremos paz e união, não submissão. Acredite em nós e reúna os bruxos — Grady falou. — Mas escolha com cuidado quem estará do nosso lado. A senhora, mais do que ninguém, sabe que existem traidores em todos os clãs e castas.

Eu teria de perguntar a Grady sobre o que ele queria dizer, depois.

— Lancei um feitiço da verdade no ar e em nenhum momento você mentiu — disse a Sra. Henrieta. — Por isso, assim que vocês estiverem a salvo no castelo, falarei com o conselho dos bruxos e transmitirei a resposta.

Ela foi até Grady e o abraçou.

— Meu querido, sei que a sua mãe se orgulha do bruxo que você se tornou, e prevejo que fará grandes coisas para ajudar nossa raça.

— Tia, eu agradeço a você pela confiança. Temos de ir, não podemos levantar suspeitas.

— Certo. Que a magia de Merlin os proteja.

Nós nos despedimos e, enquanto saíamos, senti que algo estava errado.

Alex, rápido! Algo está acontecendo no castelo. Não podemos ser descobertos.

Sentia como se alguém estivesse me alertando sobre o perigo; era uma sensação de urgência.

Venha e me dê a mão.

— Vou tentar nos teletransportar para o meu quarto. Quando chegarmos lá, se joguem na minha cama, e eu vou para o banheiro. Acho que estamos sendo procurados.

Alex, agora.

Mentalizei meu quarto e me concentrei em nos levar para lá. Durou somente um piscar de olhos.

— Consegui!

Alex pareceu surpreso com a agilidade com que eu aprendera a lidar com meus dons, mas não tinha tempo para falar a respeito. Fui correndo para o banheiro, tirei os tênis e as meias. Quando voltava para o quarto, meu pai entrou com dois guerreiros vampiros que pareciam prontos para a luta.

— Pai, o que houve? Já é tarde.

Eu não compreendera a sensação que me tomara, mas a vinda do meu pai ao meu quarto era a prova de que meus instintos estavam certos.

— O que eles fazem aqui?

— Um dos guardas foi ao quarto do bruxo, e não o encontrou. Então foi me chamar. Quando vi que ele e a fada não estavam, imaginei que pudessem ter feito algo com você.

— Pedi a eles que ficassem comigo até eu dormir. Por quê? Tem algum problema?

Droga, meus amigos estavam sendo vigiados. Eu teria de protegê-los, e ainda tínhamos de descobrir com quem estávamos lidando.

— Não estou entendendo por que os guardas iriam checar se eles estavam nos quartos. O que está acontecendo? Eles são meus melhores amigos e meus convidados, não prisioneiros. Não aceito que sejam tratados dessa maneira.

O rei voltou ao normal, sem presas e com os olhos negros novamente. Percebendo ter agido de forma injusta, começou a se desculpar.

— Não sei por que um dos guardas o procurou. E você está certa, querida. Eles são nossos convidados. Mas por que estão aqui, posso saber?

— Pedi que eles ficassem comigo. Eu não sabia que precisava pedir permissão. Amanhã vou conhecer meu noivo, o que é bem estranho, e meus amigos estão aqui para me apoiar.

Com um aceno, ele fez com que os guerreiros fossem embora, e me abraçou. Eu não podia fazer birra. Incerta acerca do que aconteceria, brigar não resolveria nada.

— Perdão, filha. É claro que eles podem ficar. Só fiquei preocupado.

— Pai, eles são meus amigos.

— Tudo bem. Boa noite a todos. Perdoe-me, minha menina.

Ele beijou minha testa e, quando saiu, eu me encostei na parede. Estava me sentindo muito fraca. Acho que ter muitos dons também consome mais energia.

Alex, estou com dor de cabeça, e minhas presas estão doendo muito.

Princesa, você precisa de sangue. Chame seu pai. Ele vai lhe dar mais.

Só posso tomar sangue amanhã, você sabe.

Ai, meu estômago, droga! Era uma dor horrível.

Chame seu pai de novo. Ele e sua mãe podem dar mais sangue a você.

Ele tinha mais experiência do que eu, então abri os olhos e vi que os meus amigos já estavam perto de mim. Fui me sentando no chão. Não tinha forças para ficar em pé.

— Aislin, o que está havendo?

— Grady, chame meu pai. Eu preciso de sangue.

Grady saiu correndo atrás do meu pai, e Beta ficou comigo. Eu queria levantar, mas, a cada respiração, ficava mais cansada.

— Beta, não estou conseguindo ficar acordada. Ajude-me a levantar. Ai, droga. Minha cabeça está doendo muito.

Meu pai entrou praticamente voando, já que ele tinha hipervelocidade.

— Filha, o que houve?

Respirei fundo. Meus sentidos estavam cada vez mais fracos. Alex estava quieto, como se tivesse ido embora. Mas eu o sentia, ainda que fosse fracamente.

— Estou fraca, acho que preciso de sangue. Estou com muita dor de cabeça.

Meu pai me pegou no colo como se eu não pesasse nada, e me colocou na cama. Fez um corte no próprio pulso e colocou na minha boca. No momento em que senti o sangue, eu mordi sua pele, enquanto ele fazia carinho na minha cabeça. Quando minha sede passou, abri os olhos e soltei seu pulso. Ele lambeu e fechou a ferida.

— Você parece melhor. Deve descansar, agora. Fico feliz por seus amigos estarem aqui para ajudá-la, principalmente porque você não conseguiria chegar a mim de outra forma.

Vi que algo tinha mudado no tom de voz dele.

— Obrigada, pai.

Ele me abraçou por mais alguns instantes, acenou para os dois e foi embora. Os meus amigos voaram para cima de mim.

— Pessoal, estou bem, podem ir agora. Vou dormir, estou muito cansada.

— Vamos ficar até você dormir.

— Sério, não precisa. Já estou quase desabando. Vão. Amanhã podem vir me acordar. Boa noite.

Fechei os olhos, mas queria ficar sozinha com Alex. Quando fecharam a porta, eu o chamei.

Alex, estou bem agora. Obrigada por tudo.

VOCÊ PODERIA TER MORRIDO! DROGA, FOI LOUCURA USAR SEU DOM ASSIM. NUNCA MAIS FAÇA ISSO, VOCÊ ESTÁ ME OUVINDO?

Achei que ele estava com raiva, mas a palavra certa era "possesso". Fiquei feliz, mesmo que ele estivesse gritando em minha cabeça. Apesar de Alex estar furioso, os riscos haviam valido a pena, e eu não tinha medo.

Estou ouvindo perfeitamente. Mas, se for preciso, farei de novo. Não se trata apenas de mim, mas de evitar uma guerra. Se fosse você, sei que faria o mesmo.

Não quero que você se arrisque.

Não adianta brigar comigo, estou decidida. Só me preocupo se meu noivo vai me deixar beber tanto sangue, já que não sou normal.

Você realmente é diferente das demais vampiras. Mas garanto que seu noivo vai lhe proporcionar tudo de que você precisar.

Mas você já me conhece. Acho que outro vampiro vai ter medo de mim. Agora que sei que preciso de mais sangue, não sei se o escolhido estará disposto a pagar o preço de estar ao meu lado.

Vá descansar agora, princesa.

Não vá embora. Fique comigo.

Eu só queria um pouco mais da companhia dele. Estava tão cansada que não conseguia manter os olhos abertos. Ele riu, mas eu sabia que o príncipe tinha ficado surpreso.

Se você diz, princesa, devo acreditar.

Eu sabia quem ele era, e adorava tudo nele. Até a chatice.

Deve, mesmo. Agora me abrace. Estou cansada, e quero você perto de mim.

Eu peguei o celular e o fone de ouvido que estava no criado-mudo. Precisava escutar um pouco de música para relaxar e dormir.

Vai ouvir música?

Sim. Preciso relaxar. Apesar de saber que não estou sozinha, tudo isso pode ser um pouco demais.

Ele riu.

Pode colocar alto, para eu escutar também?

Claro.

Eu sabia que ela estava certa. Muitos príncipes não teriam condições de proporcionar o que ela precisava. Mas eu faria o que fosse necessário para que ela tivesse tudo de que precisasse. Ela não sofreria, se eu pudesse evitar.

Vou esperar você dormir, certo?

Me abrace.

Acho que não é uma boa ideia.

Por favor.

Tá, mas não abra os olhos. Não quero que você me veja.

Não quero ver você. Já conheço o principal.

E o que seria?

Eu estava curioso. O que ela conhecia de mim?

Conheço o seu coração. Você diz ser um assassino, e eu acredito. Mas sei que tem um coração bom e honesto, apesar de você não querer acreditar. Mas, um dia, vai perceber que estou falando a verdade.

Ela colocou uma música, e achei perfeita. Mas eu sabia que o Livro não permitiria que ficássemos juntos. Nossas famílias eram rivais, e haveria um desequilíbrio de poder muito grande entre os reinos, caso fôssemos designados um ao outro.

Fiquei com ela até as cinco da manhã. Não queria deixá-la, mas as sombras estavam sumindo, e eu ficaria mais fraco durante o dia. Tinha de partir. Mas, por um momento, desejei que ela pudesse ser minha.

Princesa, tenho de ir. Fique com a bênção do meu Dragão. Mais tarde nos encontraremos outra vez.

Cobri Aislin e, quando estava indo embora, ouvi baixinho:

Quero você.

Não era possível. Ela me queria. Fui embora sem responder, sabendo que aquilo era impossível. A noite que se passara seria a nossa última juntos. Ela se comprometeria com outro vampiro, algo que me deixava louco.

Voltei para casa pensando que ainda teria de enfrentar meu pai ao chegar no castelo.

— Alexander... eu estava me perguntando onde você estava.

Lógico que ele estaria à espreita. Eu estava irado. Pensar em perdê-la me deixava com raiva. Droga, ela nunca seria minha...

— Senhor meu pai, fiquei observando o que se passava no castelo Haigi. Vi a princesa treinar o dom da velocidade e, devo acrescentar, ela evoluiu muito rápido.

— Isso é tudo?

— Eles se reuniram para falar sobre a Cerimônia e a preocupação em mostrar o quanto ela é forte. Achei melhor ficar por mais tempo, para saber se falariam sobre algo mais. Eles decidiram esperar para ver o que o Livro decidirá.

Era hora de investigar um pouco. Eu não tinha esquecido o que a Aislin falara a respeito do Sr. Yoran.

— O senhor tem algum espião dentro do castelo, além de mim?

— Claro que não. Eu não me arriscaria dessa maneira. Por que a pergunta?

— Senti olhares estranhos direcionados às sombras. Vou investigar.

— Quero ver com meus próprios olhos a princesa Aislin. Escutei comentários de que ela é muito bonita e, com seus vários dons, o Livro deve escolher um dos menores para estar com ela. Teremos de pensar no que fazer.

O rei me olhou, parecendo perceber que eu estava cansado. Mas eu fora treinado para nunca me render à exaustão. Ele não me ofereceu sangue, mesmo sabendo que eu precisava. E eu não pediria. Não mesmo.

— Percebo que está cansado. Vou deixá-lo. Mais tarde, Natasha pode lhe dar sangue. Sei que sempre a achou atraente e, como sua companheira, poderá ter o que quiser dela.

— O senhor está certo, meu pai. Ela me servirá de muitas formas.

— Descanse agora.

Com isso, meu pai saiu. Não consegui sequer tomar banho. Estava exausto, e fui dormir. Precisava tomar cuidado com meus pensamentos perto da princesa. Quando ela dominasse seus dons perfeitamente, conseguiria ouvir e sentir tudo o que se passava em minha mente, e isso seria muito constrangedor. Fechei os olhos para dormir, tentando não pensar que, em breve, ela seria de outro vampiro.

Tive um sono tranquilo. Ainda estava com o fone de ouvido quando acordei e entrei no clima da música que tocava. Estava feliz. Sentia que algo de bom aconteceria. Algo que realmente mudaria a minha vida.

Apesar da animação, meu pensamento vagou até o príncipe Alexander. Por que ele não queria aparecer para mim? Será que se achava feio? A mãe da Beta havia dito que ele era lindo. Mas eu conhecia o seu interior. Era isso que importava.

Eu sabia que não podia me apaixonar por ele, mas era tarde demais. Sentia uma ligação tão forte com Alex que não sabia se conseguiria ficar com outro vampiro. Era fácil tê-lo por perto. Ele era tudo o que eu já desejara para mim.

Tentando afastar os pensamentos dele, tomei banho e saí à procura de Beta. Queria contar a respeito da minha noite com o príncipe Alexander. Ela estava em seu quarto, lendo um livro.

Comecei a rir. Ela odiava ler livros gigantes!

— Está doente ou o quê? Espere um pouco. Já sei! Esse livro tem muitas figuras, só pode! Ou tem uma revista aí no meio?

Eu me joguei na cama ao lado dela, e ficamos rindo. Ela revirou os olhos e fez uma careta.

— Por que está lendo esse livro, de verdade?

— Fui à biblioteca hoje cedo. Algo me levou até lá, não sei o quê. Sua mãe disse que podíamos pegar qualquer livro, então fiquei bisbilhotando. Atrás da última estante tinha uma área privada. Olhando os títulos, vi que esse era sobre raças sobrenaturais, mas está em alemão. Então estava mesmo só vendo as figuras.

E agora? Eu nunca tinha lido nada em alemão! Estávamos perdidos.

— Fiquei pensando se o Grady podia lançar um feitiço para lermos, ou, ainda, se o seu Alexander poderia traduzir. Talvez até podíamos pedir à sua mãe. Acho que ela deve saber muitas línguas.

— Por falar no misterioso príncipe Alexander... Depois que vocês saíram, conversamos um pouco e ouvimos música juntos.

Os olhos de Beta brilharam com curiosidade, e eu sabia que teria de responder a muitas perguntas. Isso, pelo menos, afastaria minha mente dos problemas.

— Ele apareceu para você? Isso é demais! Me conta, ele é gato? Vocês se beijaram?

Claro que não. Mal nos conhecemos. Tudo bem que eu queria, mas não rolou.

— Não, ele não quer que eu o veja. Acho que deve ser por já ter uma escolhida para ser sua noiva.

— Espere aí. Não são os Dragões que escolhem? Amiga, tenho certeza de que será você. Tá na cara que a minha melhor amiga está caidinha pelo príncipe malvado e altamente misterioso, e ele por você. Se não, por que estaria nos ajudando?

Será? É um saco não ter certeza sobre as coisas.

— Não temos nada... não que eu não queira.

Eu ri. Será que estava apaixonada mesmo?

— Que fofo.

— Não sei o que pensar. Vamos procurar Grady para saber se houve uma resposta da tia dele. Talvez ele possa fazer um feitiço para lermos esse livro. Deixe escondido aqui. Não quero que nos vejam com algo suspeito.

— Certo, vamos. Você tem toda razão. Depois da noite passada, tudo pode acontecer.

Batemos na porta do quarto de Grady e entramos. Beta parou no meio do caminho. Ele estava sem camisa, usando apenas um short, expondo seu corpo que estava ficando musculoso.

Em breve eu teria de dar um jeito para juntar aqueles dois.

— Grady, você recebeu alguma mensagem?

Ele foi para o banheiro e voltou usando calça e blusa, e parecendo menos envergonhado.

— Sim. Eles irão se reunir ao meio-dia de hoje e, assim que tiverem uma resposta, teremos de ir até a casa de Merlin para confirmar a aliança.

— E como vamos fazer isso? Se usar meus dons de novo, vou precisar de mais sangue. Como vou convencer meu futuro noivo a me alimentar desse jeito?

— Tenho uma ideia. Não que eu goste, mas acho que terá de beber um pouco do meu sangue e do de Beta.

Eles piraram. A situação só estava piorando.

— Mas vocês não são vampiros. Não escutou o que o meu pai disse?

— Sim. Mas nosso sangue tem poder. Talvez não tanto quanto você precise, mas acho que vai te sustentar até a cerimônia. Estou trabalhando em um feitiço para que ele se pareça mais com o sangue de um vampiro.

Pelo visto, eles já haviam pensado sobre isso desde o incidente da noite anterior.

— Então, se vocês estiverem de acordo, também estou. Precisamos formar esta aliança para ir em busca dos outros sobrenaturais. E vou precisar de sangue, de qualquer maneira. Não sei o quanto vou poder tomar do meu futuro noivo hoje à noite.

Eu esperava que desse certo, pois não tinha outra opção. Poderoso Dragão, nos ajude. Que meu noivo possa me suprir e confiar nos meus julgamentos para um futuro melhor. Por favor, me ouça.

— Grady, Beta pegou um livro na biblioteca que fala sobre as raças, mas está em alemão. Queremos saber se você sabe de algum feitiço para podermos lê-lo.

Ele ficou pensativo.

— Aislin, são nove da manhã. Temos três horas para tentar fazer isso. Vamos comer primeiro. Penso melhor de barriga cheia. Vou logo avisando que não sei de nenhum feitiço que nos faça ler em alemão. Queria uns livros de feitiços novos... talvez consiga alguns com a minha tia Henrieta mais tarde.

— Certo. Você tem toda razão. Queria sentir fome, também.

Não ser capaz de desfrutar das coisas a que estava acostumada era bem difícil.

— Quer ir conosco, fazer companhia enquanto comemos, ou prefere se arrumar para mais tarde?

— Vou com vocês. Terei de enfrentar a falta de comida, em algum momento.

Fomos para a sala de jantar. A mesa estava abarrotada de pratos saborosos. Meus amigos iriam se dar bem. Meu subconsciente desejava que eu me juntasse a eles, mas vi meus pais do outro lado do salão. Minha mãe me olhou, e percebi que ela queria que eu fosse até ela. Parecia importante.

Ao entrar no salão, percebi que eles não estavam sozinhos. O Sr. Yoran e um vampiro que eu não conhecia – mas que se parecia muito com o meu pai – estavam lá. Imaginei que aquele deveria ser seu irmão. Achei melhor falar alguma coisa, já que todos estavam me olhando, o que era muito constrangedor.

— Bom dia.

Fui até meu pai e lhe dei um beijo no rosto, fazendo o mesmo com minha mãe. Sentei ao lado dela. Meu pai estava na cabeceira da mesa, nós à sua direita, e o Sr. Yoran e o estranho à esquerda.

— Filha, este é Yan. Ele é meu irmão, logo, seu tio. Ele veio para a Cerimônia.

— Prazer em conhecê-lo, Sr. Yan.

Ele me olhava admirado. Mas eu sabia que admiração nem sempre é algo positivo.

— O prazer é todo meu, princesa Aislin. Seu pai me contou o quanto você é poderosa. Fiquei feliz, mas preocupado.

— Sim, eu imagino.

Ele parecia sincero, mas senti algo estranho enquanto ele me olhava. O Sr. Yoran trocou olhares com ele. Será que estavam juntos?

O Dragão de Fogo disse que eu sempre deveria seguir meu coração, e era o que eu faria. Mas, se Alex estivesse comigo, com certeza saberia distinguir quem era o inimigo.

Senti o cheiro de sangue antes mesmo que uma serva entrasse com as taças de ouro. Segurei-me na cadeira. Eu me sentia dependente; era algo além das minhas forças.

— Mãe, você disse que não podemos beber sangue humano.

— É verdade, mas esse não é humano. Temos um suprimento de sangue que vem da Cidade Branca. Lá existe uma fonte de sangue de que podemos beber e nos fortalecer. Mas não pode ser ingerido por alguém que não passou pela Cerimônia do Livro.

Eu teria de esperar até a noite, então. Minhas presas doíam tanto! Felizmente meus amigos chegaram e pararam na porta. Eu sabia que seria constrangedor para eles, então achei melhor roubar minha mãe por algumas horas e tentar fazer com que ela não desconfiasse de nada.

— Pai, peço permissão para levar minha mãe conosco em um passeio pelo castelo. Se ela quiser, é claro.

Ela pareceu encantada com o convite.

— Claro, filha. Vamos fazer um passeio! Assim, podemos conversar um pouco mais sobre a cerimônia de hoje à noite.

Meu pai me olhou, feliz. Nós duas levantamos e esperamos pela resposta dele.

— Podem ir. Tenho uma reunião, e não sei a que horas ela terminará.

Fui até meu pai e o beijei, sendo seguida pela minha mãe. Quando saímos, Grady e Beta vieram atrás sem dizer nada. Eles sabiam que precisávamos da minha mãe.

Os dois homens pareceram não gostar da presença dos meus amigos, mas meus pais já os aceitavam, o que ajudaria na hora de revelar a aliança.

Fomos para o quarto de Beta. Eu não poderia esperar por Alex, teria de pedir ajuda à minha mãe. Mas não poderia falar tudo, pois não queria que ela escondesse mais segredos do meu pai.

Quando entramos, tranquei a porta e me virei para encará-los. Minha mãe não estava entendendo, e parecia não estar muito feliz com a situação.

— Aislin, o que está acontecendo?

— Precisamos da sua ajuda para ler um livro que está em alemão.

Ela pareceu aliviada, mas olhou novamente para a porta trancada.

— Ah, querida, é só isso? Falo russo, inglês e alemão fluentemente. Não tem problema nenhum. Qual é o livro?

Beta riu e fez uma cara de "não te falei?", então tirou o livro do guarda-roupa. Quando minha mãe o viu, fez uma expressão de desconfiança.

— Por que vocês querem ler sobre as raças sobrenaturais? E por que você trancou a porta? Fale a verdade, Aislin.

— Mãe, apesar de eles serem um mago e uma fada, não conhecem muita coisa, assim como eu. Achamos que deveríamos saber mais sobre o mundo sobrenatural. E tranquei a porta porque não quero que ninguém saiba que estamos lendo sobre isso. A senhora sabe que há muito preconceito. Já entrei no mundo sobrenatural sem saber nada. Pude aprender só o básico nesses últimos dias.

Ela parecia estar acreditando, então continuei:

— Sempre me disseram que o conhecimento é algo que ninguém tira de você, e ele vai me fazer entender onde estou agora e o que preciso ser para continuar viva.

— Bem, se isso vai ajudá-los a entender melhor tudo o que são, posso ajudar. Sempre estarei aqui para isso, e a vocês, também. Não sei como pagar pelo que estão fazendo, então, para o que precisarem, vou ajudar.

Fiquei aliviada por não precisar entrar em detalhes. Eu tinha medo de me enrolar ainda mais nas mentiras.

Obrigado pela ajuda, meu Dragão. Continue ao nosso lado, por favor.

Principalmente quando precisasse nos teletransportar para a casa de Merlin e no momento de morder meus amigos. Eu sabia que não teria a quem recorrer.

— Vamos começar, então.

Nós nos sentamos ao redor da minha mãe na cama.

— Em primeiro lugar, o mundo sobrenatural deve ser sempre mantido em segredo dos humanos. Assim podemos conviver em paz, sem que haja nenhum tipo de contenda. Existem inúmeras espécies, dentro de cada raça.

"Os vampiros são seres dotados de dons. Sua alimentação consiste no sangue ancestral. Têm incrível força, instintos aguçados e grande velocidade. Estão no topo da cadeia alimentar e social dentro do mundo sobrenatural.

"Os lobisomens são seres influenciados pela Lua cheia. Têm necessidades territoriais, vivem em alcateias e apresentam uma hierarquia poderosa, a que todos do grupo devem se submeter. Transformados ou não, têm grande força e sentidos aguçados. Sua alimentação é como a dos humanos, mas a maldição da Lua cheia os deixa preenchidos de poder e agilidade, e eles podem passar dias e noites acordados sem se cansar.

"Os bruxos são seres dotados de poderes oriundos da natureza ou da própria genética, e a árvore genealógica é de extrema importância para a sua hierarquia e estudos em magia. Sua alimentação é semelhante à dos humanos, realizando mudanças nos dias de poder. Assim, podem aumentar o seu poder para a realização dos feitiços."

O livro era todo escrito à mão, e a caligrafia era linda. Parecia existir uma grande quantidade de seres, pois quando a minha mãe olhou o sumário, existiam tantos nomes que eles não cabiam em uma única página.

— Filha, são esses sobre os quais vocês queriam saber? Passaríamos muito tempo lendo sobre as demais raças. O que você tem de entender é que tudo existe, realmente *tudo*, tanto para o bem quanto para o mal. O que você precisa saber é que cada raça tem suas leis e suas sociedades, mas praticamente não há interação entre elas.

Ficamos escutando, completamente envolvidos pelas histórias.

— Houve uma grande guerra há muito tempo. Foi nela em que houve a submissão das raças à dos vampiros, e essa organização se mantém até os dias de hoje. Antigamente as raças viviam em harmonia e em conjunto; existia amizade e companheirismo entre elas. Inclusive poderia haver casamentos entre as raças, o que não é possível, nos dias atuais.

Ela olhou bem para os meus amigos. Ela sabia o que eles sentiam um pelo outro, e que isto era proibido. Talvez fosse o motivo por que eles não namoravam.

Isso me revoltou. Eles se amavam. Mas agora entendia a razão de estarem separados.

— Se alguém descumprir a lei, a pena é a morte.

Droga! Tudo era punido com a morte, que sociedade mais opressora!

— Com o passar do tempo, os vampiros foram subjugando algumas raças, como os bruxos, algumas fadas e lobisomens, para a segurança. As demais foram se espalhando e evitando o contato, em busca de liberdade. Foi um tempo difícil, de acordo com o relato dos seus bisavôs. Os meus pais ainda participaram do final da guerra. O perigo estava em todos os lugares; os castelos eram deixados para trás, e a vida era tudo o que importava. Onde eu nasci era em uma casa de campo por fora, mas, por dentro, semelhante a um palácio. Fica no interior da Rússia.

Queria saber um pouco mais sobre isso. Se não conseguisse impedir a guerra, pelo menos saberia aonde a família costumava ir para se proteger.

— Mãe, pode falar mais do lugar onde você nasceu?

Ela riu. Estava feliz em compartilhar conosco um pouco do nosso passado. Sei que eu tinha segundas intenções, mas realmente queria saber sobre o passado da família.

— Querida, eu e sua tia nascemos em uma cidadezinha chamada Perm, à margem do rio Kama, sobre um terreno montanhoso. É um lugar lindo e isolado, no meio das montanhas. O rio Kama é o principal afluente do rio Volga, e um dos mais profundos e lindos da Rússia. Conhecíamos tudo nas proximidades. Eu e sua tia nos divertíamos muito em tempos de trégua, mas havia momentos em que chegávamos a nos mudar para mais duas cabanas; uma ficava às margens do Mar Negro, próximo a uma gruta, e podíamos fazer fogo nos dias frios; a outra ficava em uma montanha, de onde podíamos ver todo o vale, mas também não podíamos usar nada para nos aquecer que não fosse os nossos corpos, pois os inimigos poderiam nos encontrar. Ficamos assim por uns cinquenta anos até que veio a paz.

Ficamos todos em silêncio, pois sabíamos que as coisas estavam voltando com força total, e a minha mãe já tinha sofrido antes. Não queria que isso acontecesse novamente. Faria tudo o que pudesse para evitar a guerra.

— Em Perm, há uma grande quantidade de pequenos rios e riachos. Os verões são quentes, porém o inverno é longo e frio. Sofremos por algum tempo, mas, em geral, estava a salvo, e feliz por estarmos juntos. Um dia, vou levá-la a todos estes lugares. E espero que possamos estar com a sua tia Amanda também. Eu a amo. Nós nunca havíamos nos separado, nem depois de nossos casamentos. Ela fez um grande sacrifício para protegê-la.

Ficamos abraçadas, e eu sabia que ela sentia falta da irmã, e eu da minha mãe. O afastamento de alguém que amamos é algo que eu nunca havia enfrentado, mas a minha mãe sabia o que era esse sentimento, e não gostava de saber que ela ainda sofria.

— Mãe, sei que um dia estaremos todos juntos. Esse dia vai chegar. Quero que a senhora confie no que estou dizendo.

Ela me olhou e abraçou novamente. Quando percebemos a hora, já era quase meio-dia, e minha mãe não poderia estar no quarto quando Grady recebesse a resposta. E, se tudo desse certo, teríamos de partir para realizar a aliança com os magos. Então tive uma ideia.

— Mãe, o que você está nos explicando com certeza ajuda a entender um pouco mais de tudo o que estamos enfrentando.

— Que bom poder ajudar, querida.

— Será que a senhora poderia ver se os meus amigos podem almoçar uma comida americana hoje? Sei que está tarde, mas eles sentem falta de casa.

Ela sorriu e se levantou. Eu sabia que ela estava a ponto de chorar, só que ela evitaria me deixar triste.

— Não se preocupe, filha. Vou providenciar uma comida americana para os seus amigos. Só que vai demorar um pouquinho.

— Ah, eles ainda estão empanturrados do café. Vamos deixar para servir o almoço pelas duas da tarde.

Quando ela riu, percebi que estava tudo bem. Ela saiu e suspirei, aliviada. Grady foi para o banheiro, esperar a resposta, pois disse que tinha de estar sozinho.

— Beta, você acha que eles aceitarão nos receber?

Ela me olhou por um tempo, depois riu.

— Sim, acho. Pelo menos agora temos uma base para questioná-los, já que, no passado, vivíamos todos em comunhão. Poderia voltar a acontecer, não é?

— Seria maravilhoso se conseguíssemos.

Era nítido que ela pensava que isso a ajudaria a ficar com Grady.

— Sei que vocês se amam, Beta. Dá para ver. Vamos conseguir mudar essa situação, você verá. Não sei se será rápido, mas, se estivermos juntos, seremos mais fortes.

— Sei que não podemos esconder nada de você... ainda mais agora, sendo vampira. Como você está se sentindo a respeito de ter um noivo? Diga a verdade.

Suspirei. Aquilo me aterrorizava. Eu tentava não pensar no assunto, mas seria naquela mesma noite, e nada poderia impedir que a Cerimônia acontecesse.

— Não tenho escolha. Então só espero que seja alguém em quem eu possa confiar, que tenha ideais e pensamentos de união, não de guerra.

— Você parece ter amadurecido séculos em cinco dias.

— E é como eu me sinto.

Eu sabia que tudo havia mudado na minha vida – não somente no exterior, mas, principalmente, nos meus pensamentos a respeito da vida e morte. Não sei bem definir o que sou, e saber que eu poderia fazer alguma coisa para ajudar muitas pessoas me impelia a seguir em frente.

Meu Dragão, esteja sempre conosco. Muitas pessoas precisam de ajuda, e não sei bem como agir.

Aislin, você tem um coração puro. E isso já é parte do caminho para a liberdade.

Poder falar, mesmo que mentalmente, com o meu Dragão, era o melhor dom de todos. Aliviava meus medos e me ajudava a superar os desafios que, pelo visto, seriam muitos. Não queria ficar pedindo o tempo todo, mas ter um noivo pré-escolhido era algo que não me agradava nem um pouco.

CAPÍTULO 6

OS MAGOS

GRADY ENTROU NO QUARTO COM UMA CARTA. MEU coração acelerou. Era a resposta. Eu esperava que fosse um sim.

— Eles querem uma reunião ao meio-dia de hoje. Acho que quando falei "urgente", eles levaram ao pé da letra.

Olhei para o relógio do celular. Faltavam dois minutos para o meio-dia. Parecia que estavam me testando. Segurei as mãos de Beta e Grady, fechei os olhos e me concentrei na casa de Merlin. Quando abri os olhos, estávamos na sala. Cerca de vinte pessoas encapuzadas estavam sentadas em cadeiras, formando um círculo, e nós estávamos bem no centro.

Um deles se levantou e puxou o capuz para trás. Era um bruxo alto, que se parecia mais com um advogado chique do que um feiticeiro. Seus cabelos eram negros, lisos e curtos. Os olhos eram de um cinza hipnotizante, e ele parecia nos avaliar.

— Princesa Aislin Haigi, como você pediu uma reunião com os bruxos, aqui estamos. Todos estão curiosos para saber o porquê de seu pedido.

Era hora de falar. Eu esperava convencê-los a nos ajudar.

— Pedi esta reunião para propor uma aliança.

Um dos bruxos se levantou, horrorizado com a ideia. Eu precisava controlar a situação, pois não poderíamos nos demorar. O homem era pequeno, usava o cabelo preso num rabo de cavalo, tinha a pele branca, tinha descendência oriental, e estava muito bravo.

— Peço que me escutem. Após a Cerimônia de Transição, meus dons se revelaram, e eu tenho os seis dons dos principais Dragões Guardiões. Se me perguntarem o porquê, não saberei responder. O que sei é que os possuo, e hoje à noite acontecerá a Cerimônia do Livro. Todos devem saber que o Livro mostra os dons de cada vampiro. Imaginem o que irá acontecer!

Como eles não falaram nada, continuei. Se não falasse, começaria a tremer, apavorada.

— Serei a desculpa perfeita para vampiros gananciosos buscarem por mais poder através de mudanças e esse poderá ser o estopim de uma nova guerra. As raças subjugadas serão perseguidas e eliminadas, pois, pelo que pude ver de alguns vampiros, eles não querem justiça para as demais raças. Peço que me apoiem e não deixem que esse embate aconteça.

Eles me olhavam sem dizer nada, ainda com os capuzes abaixados, como se estivessem me analisando.

— Meus melhores amigos são um bruxo e uma fada. Por eles eu faria qualquer coisa. Sei que no passado já foi desta forma, com a cooperação e convivência pacífica entre as raças sobrenaturais. Devemos lutar por liberdade e igualdade. É isso que proponho. Não quero mais sangue derramado. Creio que, se nos unirmos, os vampiros que querem o poder não terão outra escolha senão desistir.

Falei tudo o que pensava. Mas precisava da decisão deles.

— Menina, você acha que pode deter um bando de vampiros sedentos de poder e morte?

Sinceramente, eu não tinha nenhuma ideia do que aconteceria, mas não cruzaria os braços. Chegara até aquele ponto, e não pensava em desistir.

— Não sei. Mas estou colocando a mim e os meus dons à disposição para que, um dia, as raças sejam livres e possam viver em igualdade. Com os meus amigos, buscarei esse ideal.

O bruxo me olhava, sério.

— Você sabe como defender seus pensamentos, princesa Aislin. Espero que esteja pronta para as consequências, pois seus iguais não gostariam de saber dessa nossa reunião.

Eu tinha de enfrentar a situação.

— Se é para viver com medo do que os demais irão pensar, isso quer dizer que não sou livre, também. Por isso lutaremos, se for preciso.

Ele riu e andou à frente dos bruxos sentados, encarando-os.

— Creio que seu pai deva estar orgulhoso de ter uma futura rainha com um poder tão grande. Não digo pelos dons, mas por sua força em defender pensamentos e ideais. Só por isso vamos discutir sua proposta, e você receberá uma resposta.

— Aguardaremos.

Com isso, na frente de todos, peguei a mão de meus amigos e me concentrei no meu quarto. Ao abrir os olhos, estávamos lá. Exausta, fui me deitar na cama.

— Agora posso me acalmar.

Eles estavam eufóricos, e eu, sem conseguir pensar direito. Eu tinha feito aquilo, e parecia estar dando certo. Grady estava muito empolgado:

— Você pareceu tão segura, não demonstrou nervosismo nenhum! Eu, por outro lado, não conseguia falar nada. O chefe do conselho é Jordan Luter. Ele gostou de você. É um bruxo muito poderoso e justo. Acho que agora devemos esperar, mas, depois do seu discurso, até eu votaria em você.

Eu ri. Ele falava com adoração do chefe do conselho. Eu esperava que ele fosse justo de verdade.

— Muito engraçado, seu palhaço.

Beta sentou-se ao meu lado na cama e pegou a minha mão. Eu estava me sentindo fria, e ela devia ter percebido. Em pouco tempo, a abstinência de sangue começaria a me afetar. Era como um vício que precisava ser saciado para que a crise passasse.

— Certo. Agora temos de pensar no sangue que você vai tomar. Daqui a pouco você vai começar a sofrer, e não queremos isso. Grady o que faremos?

— Vou fazer o feitiço.

Ele começou a recitar palavras em latim. Eu não as entendia, mas eram melódicas e lindas. Beta estava completamente encantada e eu, feliz pelo meu amigo. Quando ele parou, estava começando a ficar tonta pela falta de sangue.

— Aislin, me escute. Concentre-se em sangue. Acho que, assim, suas presas vão aparecer.

Eu me concentrei, e elas apareceram. Eu sabia que meus olhos estariam dourados e meu cabelo, flutuando. Beta estendeu o pulso. Esperei e, pensando que não tinha outro jeito, a mordi. Quando suguei, seu sangue era doce, mas parecia não me saciar. Forcei-me a soltar seu pulso mesmo estando com muita sede. Lambi a ferida como meu pai fizera, e ela cicatrizou de imediato. Olhei para ela e sorri.

Grady sentou do outro lado, estendeu o pulso e eu o mordi. O sangue dele era igual, mas percebi quando começou a me saciar. Quando estava satisfeita, afastei-me e lambi a ferida. Acho que uma quantidade maior de sangue fazia com que o feitiço funcionasse.

Eu os abracei e ficamos assim por um tempo. Senti minhas presas se retraindo.

— Como você aprendeu a fazer isso?

— Eu meio que estava tentando fazer isso há alguns anos. Foi ideia do meu pai, para o caso de você precisar de sangue e não ter nenhum vampiro por perto. Sabe, prefiro que me chame de mago, pois sou um usuário da magia. Os bruxos me fazem lembrar de vassouras, e eu odeio tarefas domésticas.

Quando era mais novo, sabia que o feitiço de trabalhar com objetos inanimados seria útil para fazer as minhas tarefas em casa. Quando a minha mãe descobriu, fiquei um mês lavando toda a roupa da casa com ela me vigiando. Nunca mais gastei minha magia à toa.

Ficamos rindo, pois Grady sempre me parecera todo certinho. Ele estava nos surpreendendo, com certeza. Pelo menos ele sabia se livrar das tarefas, coisa que eu nunca conseguira, porque não nasci bruxa.

— Droga, sou uma guardiã de merda. Não sei fazer nada para ajudar — resmungou Beta.

Ela só podia estar brincando. Ela era a melhor amiga e companheira de todo o mundo.

— Você é uma amiga perfeita, que me deixa feliz só de estar ao meu lado. Pare com isso, sim? Temos de procurar pela minha mãe, e vocês devem almoçar. Grady, assim que souber da resposta, chame Beta. Depois, podem ir para o meu quarto. Sei que terei de tomar algum banho especial e colocar uma roupa específica, mas, assim que descobrir, faça o nosso código das provas: orelha direita para "sim" e esquerda para "não", certo? Beta, enquanto me arrumo, quero que você tente procurar pelo conselho das fadas. Grady, se puder perguntar para a sua tia se ela conseguiria entrar em contato com o conselho das fadas, seria bom, mas não quero arriscar. Pergunte e, se ela não quiser, diga que é para evitar a guerra e pela liberdade das raças. Sei lá, tente o que puder.

— Já disse que eu votaria em você!

Ele disse isso rindo. Grady fazia graça de tudo.

— Agora que sou forte, você deveria ter medo de mim, não?

— Como você mesma disse, hoje, você não deixaria nada nos acontecer.

Ele estava completamente certo.

— Palhaço! Mas você tem razão. Eu amo vocês demais.

— Nós também a amamos muito.

Nós nos abraçamos, e eles foram atrás de seu almoço enquanto fui para o meu quarto.

Eu não conseguia me concentrar em nada. Apenas pensava em como seria minha vida a partir da Cerimônia. Só o Livro sabia, e ainda faltavam seis horas. O que eu poderia fazer para passar o tempo?

Resolvi me exercitar para gastar um pouco da energia. Quando estava saindo do quarto, o rei apareceu, seguido de Hans, um guerreiro que defendia o nosso castelo. Era o segundo guerreiro do Livro, porém o rei e ele sempre estavam juntos.

Hans me ensinara muitas artes marciais, porém da pior maneira possível. Ele lutava sujo. Sempre. Era forte, tinha os cabelos longos e negros presos em uma trança que chegava até a cintura. Sua altura e força o deixavam em grande vantagem, normalmente. Como os guerreiros se vestiam de preto por completo. Ele era uma figura ameaçadora, menos para o rei Vicktor Ivanov, para mim e para o Guerreiro do Livro. Sabia que jamais seria capaz de ameaçar nós três.

— Entre, Alexander. Precisamos conversar.

O rei estava sério. O outro parecia preocupado.

— O que aconteceu, meu pai?

— Tenho novidades sobre nossa princesa. Eu soube, por fontes seguras, que ela foi a uma reunião com os bruxos hoje. Minha fonte disse que ela solicitou uma aliança com o amigo bruxo, mas acho que tem mais coisa nessa história.

Ela foi sem mim? Ela tinha enlouquecido?

— Você acredita que eles disseram que ela será a melhor rainha que já houve e que, além do poder, ela tem coragem e força? Então, recebendo tantos elogios, não imagino que seja só por causa de um reles bruxo como amigo. Isso é pura loucura. A mera possibilidade de manter uma amizade com um desses seres me enoja por completo.

Meu pai parecia preocupado e ansiando por algo mais, o que me preocupava. O rei era conhecido por desejar coisas alheias, e isso era um problema, em se tratando da Aislin.

— Quero que, depois da cerimônia, você continue a observá-la e descubra o que pretende. Ela é esperta; nem você conseguiu detê-la. Hoje verei com meus próprios olhos esta beldade. Acho que podemos ver o que posso fazer com ela.

Eu não permitiria que meu pai encostasse um dedo na princesa.

— Como assim?

— Estou pensando em algumas coisas. Primeiro precisamos ver o que será definido pelo Livro.

— Certamente, meu pai.

Com isso, ele saiu. Como ela podia ter feito isso? Ela teria de ter se teletransportado, pois não poderia andar pelas sombras ao meio-dia, e isso a deixaria esgotada. Como iria aguentar até a noite sem pedir sangue aos pais?

Além do mais, ela não podia ter tomado sangue de outro. Eu não poderia aceitar isso. Queria quebrar tudo no quarto. Droga! Estava apaixonado por ela, e com sentimento de posse.

Eu precisaria ter uma conversa com ela, depois da Cerimônia. Ela teria de explicar o que tinha feito. Isso não iria ficar assim, não mesmo. Fui para a academia. Precisava despejar minha fúria em alguma coisa.

Enquanto meus amigos foram cumprir com nosso combinado, já que não poderiam ir para a cerimônia, não vi mais meu pai, meu tio e muito menos o Sr. Yoran. O que eles estariam fazendo? Eu continuava achando que um dos dois, ou mesmo ambos, estavam escondendo algo. Mas o quê?

Fui para o meu quarto. Não queria pensar em um noivo que não fosse o Alex. Definitivamente precisava arejar a mente. No caminho, vi uma foto do meu pai, creio que do início de seu reinado. Eu deveria ter perguntado a ele sobre os meus avós. Queria saber mais sobre a minha família, mas sempre havia algo mais importante para resolver. Talvez um dia teria o tempo e a tranquilidade necessários para saber mais sobre meus antepassados.

Eu era imortal. Mas, às vezes, ainda me sentia tão humana... imaginar que nunca morreria era estranho. Parecia que eu estava falando de outra pessoa. Isso era terrivelmente estranho.

CAPÍTULO 7

A CERIMÔNA DO LIVRO

MINHA MÃE PREPAROU UM BANHO DE LÍRIOS COM pétalas de rosas vermelhas que foi uma delícia. Ela trouxera um vestido de cetim vermelho que deixava as costas nuas, para que a marca do dragão dourado aparecesse. Coloquei o vestido, além da calcinha de seda vermelha, meias que chegavam até a metade das coxas e sapatos de salto agulha da mesma cor.

Ela prendeu um cinto dourado em minha cintura. Ele era feito de muitos fios que desciam, como se fosse uma saia muito fina por cima do vestido. Ela penteou meu cabelo para trás e pôs uma tiara de ouro com várias flores de rubis em meio às mechas. Coloquei os brincos, também de flores vermelhas, além do anel – que nunca saía do meu dedo. Ele era minha conexão com meu Dragão. Era o que me ajudaria em momentos difíceis.

— Todas as princesas estarão vestidas com roupas iguais, o que simboliza que o sangue de todas as famílias é igual. Os príncipes estarão de preto, para mostrar que será realizado um compromisso sério e que este será honrado pelos que estiverem presentes.

Achei todo o ritual bastante poético, só lamentei o fato de que me prenderia a alguém sem meu consentimento total.

Quando estava vestida, uma vampira chamada Marie me maquiou. Quando ela me virou de frente para o espelho, fiquei surpresa por parecer uma princesa de verdade. O contraste do vestido, lábios e a cor da pele era impressionante.

Coloquei uma capa de cetim vermelho com capuz por cima dos ombros, o que me deixou parecida com a Chapeuzinho Vermelho. Achei hilário.

— Obrigada, Marie. Você fez um trabalho incrível.

Ela ficou tímida com o elogio. Os servos não costumavam ser elogiados – nem minha família os tratava assim.

— Eu é que agradeço pela oportunidade de participar desse momento, princesa. Minha rainha, posso me retirar?

— Claro, Marie. Contamos com a sua discrição.

Ela fez uma reverência.

— Não se preocupe, Majestade. Essa tatuagem só demonstra a força do nosso Dragão. Eu nunca trairia algo tão abençoado.

Ela se ajoelhou à minha frente e segurou minhas mãos.

— Obrigada mais uma vez, e que o nosso Dragão a acompanhe.

Fiquei surpresa. Jamais imaginei que os demais vampiros me vissem como algo sagrado, o que me deixou desconcertada.

Quando ela saiu, minha mãe voltou a falar sobre a cerimônia.

— Cada uma das cinco princesas que você conhecer hoje estará usando a cor do seu Dragão. Como o seu só será mostrado na Cerimônia, deixaremos vermelho mesmo. Mas, no seu casamento, terá de usar dourado.

Eu estava me sentindo muito nervosa.

— Você vai nos esperar no salão do Dragão. Trata-se de um local puro. De lá, seguiremos para o grande salão.

Enquanto minha mãe foi se arrumar, fui para o salão do Dragão. Grady e Beta estavam me esperando na porta e, quando me viram, ficaram de boca aberta.

— Dá para me olharem como se eu estivesse normal, por favor?

— Pelo Dragão Vermelho, você está linda! Acho que um certo vampiro vai pirar quando te encontrar — disse Grady.

Eu sabia que ele tinha alguém em mente.

— Acho que não. Ele deve ter uma pretendente que vai deixá-lo bem mais feliz do que eu poderia.

— Aislin, você está incrível. E, pelo que percebi, ele tem interesse em você. Mas posso dizer que, se não tiver, ele é louco.

Resolvi mudar de assunto, para não me iludir.

— E a resposta?

Ele pegou na orelha direita, que era o sinal positivo. Eu mal podia acreditar!

Obrigada, Dragão Vermelho, eu estava feliz demais! Um a zero para o lado da paz.

— E a segunda coisa?

— Estou tentando falar com alguém ainda hoje à noite. Como todos estarão na Cerimônia, vamos tentar conseguir um encontro.

— Certo. Contem-me tudo quando eu chegar. Não podemos perder tempo.

Beta me abraçou e me fez dar uma voltinha.

— Certo, Chapeuzinho Vermelho. Boa sorte com seu noivo. Você já sabe para quem eu torço.

— Que seja o que os Dragões quiserem.

Eles foram para o quarto de Grady, e eu entrei no salão. Fiquei feliz, pois estava sozinha com o meu guardião.

> *Grande Dragão, confio em você, e sei que estará comigo em todos os momentos. Queria lhe agradecer por tudo.*
>
> ***Muitos problemas ainda cruzarão seu caminho, mas você tem a força e a verdade a seu favor. Siga seu coração e não tema. Eu estarei sempre com você.***
>
> *Obrigada. Ajude e proteja meus amigos, também. Eles terão uma tarefa difícil a ser cumprida hoje à noite.*
>
> ***Estarei com eles também.***
>
> *Obrigada.*

— Filha, você está bem?

Quando me virei, meu pai se calou. Ele ficou me olhando com aquele olhar de pai babão.

— Minha menina, você está linda! Puxou a sua mãe, na beleza.

Fiquei constrangida.

— Obrigada, pai, só estava agradecendo ao nosso guardião.

— Vamos. Sua mãe e os demais estão à nossa espera, no carro.

Ele me conduziu até a garagem. Quando entrei na limusine, meu tio e o Sr. Yoran pigarrearam.

— Minha princesa, se me permite dizer, está como um botão de flor que acaba de desabrochar.

— Obrigada, Sr. Yoran.

— Está uma rainha — sorriu Yan.

— Só daqui a alguns anos. Mas obrigada mesmo assim, tio.

Eles começaram a conversar em russo e de vez em quando me olhavam.

— Pai, não sei falar russo. Será que vocês poderiam falar em inglês, por favor?

— Claro, minha menina. Perdoe-nos, não percebi que estávamos falando em nossa língua materna.

— Minha princesa, acho que todos os reis vão querer tê-la como sua futura rainha.

— Creio que, quando virem meus dons, isso tudo não vai adiantar de nada. Mas obrigada.

Quando chegamos, percebi que teria de descer em frente a uma escadaria repleta de vampiros com faixas de muitas cores. Havia guerreiros nos separando de uma multidão de vampiros. Quando saímos, meu pai tomou a mão de minha mãe e os dois começaram a subir as escadas.

Era como se estivéssemos numa espécie de entrega do Oscar dos vampiros. Meus pais andavam como se estivessem em casa. Muitos os aclamavam. Depois saíram o Sr. Yoran e meu tio Yan – que me deu a mão para descer – e, quando saí do carro, todos ficaram em silêncio. De repente, começaram a gritar o meu nome. Fiquei vermelha. Não imaginava ser tão popular, e isso só me fez ficar mais nervosa.

— Pelo visto, minha sobrinha, você caiu nas graças do nosso povo.

Eu não sabia como agir.

— Acene. Eles precisam do nosso carinho e atenção.

Quando me voltei e acenei, eles gritaram meu nome tão alto que com certeza lá dentro todos estariam escutando. Meu medo só aumentava.

Eu tinha de enfrentar a situação de cabeça erguida, então me virei e continuamos andando. Fomos anunciados e ficamos no topo da escadaria interna. Foi quando todos os nobres viraram para nos observar. Eu tinha coberto o meu cabelo e rosto com a capa para a entrada. Só poderia me revelar no momento da leitura do Livro. Pelo menos isso me ajudava a encarar tantos vampiros. Parecia que eu estava em um filme de suspense, mas sem a trilha sonora.

O salão era como um teatro, todo em dourado e madeira escura. Lá na frente estava o Livro. Ele era muito grande, como no meu sonho. Ao lado dele estava um vampiro de smoking todo preto. Eu não conseguia tirar os olhos dele. Algo me atraía para ele, ainda que ele não olhasse para mim.

Meu tio me conduziu a uma sala anexa, onde entrei, e foi embora para esperar pela abertura do Livro. Sentei ao lado de duas outras princesas. Todas estavam de vermelho, como eu. Na minha frente havia outra princesa, com cabelos ruivos cacheados, quase da cor do seu vestido. Fiquei quieta, já que havia sido a última a chegar. A sala era minúscula, sem janelas e com apenas duas portas.

Todas tiraram os capuzes, e eu fiz o mesmo. Nós nos olhamos por um instante, e pude perceber que eram lindas, mas a ruiva era *perfeita*. Sua pele era imaculada; o nariz, afilado e, as maçãs do rosto, rosadas. Sua postura era agressiva, e fiquei me perguntando se ela era a garota prometida de Alex.

— Quero avisá-las de que é praticamente certo que Alexander será meu noivo. Não quero nenhuma de vocês se oferecendo para ele. Principalmente você, novata.

— Não sei quem é você, mas me chamo Aislin e não conheço nenhum dos pretendentes. Só sei que um deles será o meu noivo, de acordo com o Livro.

— Sou Natasha Morozov. Você é muito petulante.

Percebi que ela não esperava que alguém respondesse.

— Pelo contrário, só tento usar meu cérebro.

Seus olhos refletiam um desafio. Eu sabia que ela queria Alexander para si e estava certa de que o Livro o daria a ela.

— Acho que você não tem noção de com quem está se metendo, não é?

Todas pareceram se encolher.

— Você também não me conhece. Então é melhor ficar na sua.

Quando ela ia responder, uma vampira apareceu e pediu que cobríssemos o rosto e seguíssemos em fila para o salão. Fui a última. Eu não queria ver Alexander ficar com aquela tal de Natasha. Será que era por isso que ele não queria se revelar para mim?

Ficamos em fila, de frente para a plateia. O público nos observava, querendo descobrir nossos dons. Eu estava apavorada. Só esperava que o Livro escolhesse alguém bom para mim. Droga, a quem eu queria enganar? Estava apaixonada por um príncipe vampiro que provavelmente não seria meu.

Querido Dragão, que eu seja a última a ser escolhida, por favor.

Nada de resposta.

Os príncipes começaram a entrar, e percebi que o terceiro era muito maior que os outros. Só poderia ser Alex. Eu conhecia aquele corpo. Eles ficaram também de frente para a plateia, todos usando capas, porém, pretas. O Livro nos separava. Um vampiro alto e magro subiu, vindo da plateia.

— Saudamos a todos nesta noite cerimonial. Que o Livro nos revele os dons a que temos direito e escolha os companheiros e companheiras da nova geração de reis e rainhas.

Com isso, ele foi para trás do Livro e falou algo em uma língua diferente, mas que entendi:

— *Liberte seu poder e nos mostre a direção* — fiquei pensando que deveria ser a língua dos Dragões, e eu a entendia, o que me deixou aliviada.

— Peço às princesas e aos príncipes que se virem para o Livro, por gentileza.

Percebi que Alex me olhou. Eu conhecia seu olhar. Droga, queria tanto vê-lo, já que não nos encontraríamos mais...

O vampiro estendeu a mão para o Livro e senti um grande poder emanando dele. As palavras iam sendo escritas por magia. Eu estava hipnotizada.

— O Livro revelou que a primeira união é do príncipe Rurik, do Dragão de Terra, com a princesa Kátia, do Dragão de Luz. Aproximem-se. Rurik, mostre seu dom.

Os olhos dele se tornaram verde-fluorescentes e ele podia se teletransportar.

— Agora, princesa, apresente seu dom ao Livro.

Ela tirou a capa e a entregou a uma serva. Os nossos vestidos eram iguais, e o decote mostrava sua marca. Então ela virou de costas e mostrou a marca para todos. Era um dragão branco e violeta, e suas asas pareciam plumas. Seus olhos ficaram vermelhos, e ela se movimentou muito rápido.

— Coloquem as mãos em cima do Livro e repitam comigo: *Agora somos a união de dons e guardiões, e que assim seja feito.*

Os dois repetiram as palavras em uníssono.

— Príncipe Rurik, leve sua noiva para a sala, e realizem a união de sangue. Quero lembrá-los de que o livro modifica as letras de vermelho para preto quando acontecer a finalização da Cerimônia. Podem ir.

Eles entraram na primeira porta e ficamos esperando a próxima união. Eu estava muito nervosa não só por expor os meus dons, mas por pensar em não estar mais com Alexander.

— O segundo nome é o do príncipe Heinz, do Dragão de Bronze, com a princesa Frans, do Dragão de Água. Aproximem-se. Heinz, mostre seu dom.

Ele tinha os olhos verdes e era veloz. Depois, Frans tirou a túnica e mostrou o seu dragão, que parecia uma linda serpente marinha azul e cinza. Ela tinha os olhos vermelhos e sabia flutuar. Em seguida, eles saíram para a segunda sala.

— A primeira união está completa.

Com o passar do tempo, fiquei mais e mais nervosa. Segurei minhas mãos, com medo de que notassem meu nervosismo. Alex não tirava os olhos de mim, e senti como se estivesse ficando hipnotizada. Queria tanto estar em seus braços e me sentir protegida...

— O terceiro nome é do príncipe Andrei, do Dragão da Noite, com a princesa Hanna, do Dragão de Ar. Mostrem seus dons.

O príncipe Andrei tinha olhos azuis fluorescentes e sabia trabalhar a mente, e a princesa Hanna se teletransportou. Ela tinha os olhos verdes. O Dragão de Ar era branco e cinza, parecia que as escamas eram como pequenas nuvens. Eles fizeram seu juramento e foram para a terceira sala.

— A segunda união está selada.

Nossa, isso era muito, muito constrangedor.

— O quarto nome é do príncipe Serguei, do Dragão de Gelo, com a princesa Maya, do Dragão da Floresta. Apresentem seus dons ao Livro.

Serguei tinha os olhos verdes vibrantes e andava nas sombras, e a princesa Maya também tinha os olhos verdes e sabia flutuar. O Dragão da Floresta era verde e cheio de espinhos.

Eles já tinham os mesmos poderes, e isso seria um problema pelo que meu pai havia me falado. Eles foram para a quarta sala. O meu nervosismo estava no limite. A lista estava ficando pequena, e logo chegaria a minha vez.

— A terceira união está selada.

Quando percebi, só faltavam dois vampiros e duas vampiras, eu e a Natasha. Ah, meu Dragão, eu não queria vê-la ficar com ele... Então, o vampiro voltou a falar. Meu coração dava pulos, e eu mal conseguia respirar. Naquele momento, percebi o quanto estava esperando por Alexander.

— O quinto nome é o do príncipe Mikhail, do Dragão das Sombras...

Então ele estacou, como se não estivesse acreditando no que iria dizer.

Não podia sequer imaginar o cretino do Mikhail tocando o corpo dela. Não conseguia aceitar isso. Qualquer um, menos aquele idiota. Na verdade, *eu* a queria. Estava apaixonado por ela.

Poderia ir ao castelo do Dragão das Sombras durante a noite e matar o príncipe sem que ninguém percebesse. Ah, droga. Eu precisava parar de pensar nisso, ou acabaria fazendo isso de verdade.

Mas então... o impossível havia acontecido. Eu não precisaria matar ninguém. Ela seria minha, só minha, para sempre. Eu tinha certeza de que era bom demais para ser verdade. Eu não a merecia, mas não abriria mão dela. De jeito nenhum.

Sorri, enquanto Natasha parecia irada. Ela olhava a todos com ódio. Além disso, teríamos ainda de enfrentar as duas famílias. Não seria nada fácil. Mas, se os Dragões queriam assim...

— O quinto nome é do príncipe Mikhail, do Dragão das Sombras, com a princesa Natasha, do Dragão da Névoa. Aproximem-se e mostrem seus dons.

Houve um tumulto na plateia. Eu não conseguia raciocinar direito. Alex e eu ficaríamos juntos? Isso era perfeito! Eu queria gritar e correr para abraçá-lo.

A princesa Natasha e o príncipe Mikhail estavam petrificados. O burburinho era geral.

— Todos devem atender às ordens do Livro. Se está escrito, assim deve ser feito.

Senti meu coração acelerar. Minhas mãos tremiam tanto que precisei me concentrar para me acalmar um pouco. Eu não queria que ninguém percebesse o estado em que estava, principalmente Alex, já que Natasha era quem ele realmente desejava.

— Revelem seus dons.

O príncipe Mikhail era lindo: loiro, alto, de olhos azuis, e tinha o dom de flutuar. A princesa Natasha jogou sua capa e mostrou sua marca: era um dragão com todas as bordas como se fossem fumaça, era aterrorizante. Quando ela me olhou, vi que seus olhos eram violeta. Ela andou pelas sombras e chegou perto de mim.

— Alex nunca será seu.

Ela reapareceu, e os dois foram para a sala. A voz do vampiro estava trêmula, quando voltou a falar.

— A quarta união está selada.

Ele esperou, e se concentrou para as palavras seguintes saírem coerentes.

— O livro revela que o sexto nome é o do príncipe Alexander, do Dragão das Trevas, e da princesa Aislin, do Dragão de Fogo. Aproximem-se e mostrem seus dons.

Quando ele tirou a capa, pude ver como era maravilhoso. Tinha os cabelos negros na altura dos ombros, o nariz afilado e o rosto forte. Seus olhos se tornaram azuis, e ele mostrou o dom da mente e de andar nas sombras. Houve comentários, e imaginei como seria quando chegasse a minha vez. O corpo dele era perfeito, mas isso eu já sabia. Quando ele sorriu, fiquei sem ar.

Minha princesa, não tenha medo. Estou com você.

Ainda nervosa, tirei a capa e a entreguei à serva. O público ficou assustado ao ver a marca do dragão dourado, e não vermelho, como esperavam. Ele se movia por minhas costas. Tomei coragem e virei para a plateia. A expressão deles era de medo e surpresa.

Meus olhos estavam dourados e meus cabelos flutuavam, emanando tanta energia que criei um campo de força ao meu redor. Eu não sentira isso antes, mas fingi que estava tudo sob controle. Senti minha marca queimar novamente. O Dragão de Fogo aqueceu, e chamas apareceram ao redor do meu corpo. As labaredas vermelhas me deixaram horrorizada. Elas bruxuleavam ao meu redor, mas não me atingiam. Assim como surgiram, desapareceram, e o sentimento que eu tinha era de liberdade. Mostrei o dom da mente, do teletransporte, andei pelas sombras, flutuei e mostrei a velocidade. Ao terminar, a plateia começou a fazer um tumulto. Até mesmo o vampiro que conduzia a cerimônia parecia abalado.

— O que o Livro revela temos de aceitar. Sei que essa união ultrapassa todos os limites de poder já vistos, mas temos de selar o que o Livro ordenou.

Levantei minha mão sobre o Livro, e Alex encostou os dedos nos meus. Ao perceber que eu estava tremendo, seus dedos entrelaçaram os meus, acalmando-me, enquanto recitávamos o juramento.

— Podem ir para a última sala. O conselho dos clãs deve se reunir após serem selados todos os compromissos.

Fomos de mãos dadas para a sala. Quando entramos, ele trancou a porta com a força da mente, me abraçou e me beijou. O beijo me deixou sem fôlego. Perdi a noção de tudo ao meu redor, até que ele afastou os lábios dos meus e encostou sua testa na minha.

— Jurei matar Mikhail só de pensar que ele pudesse tocar você. Se ele encostasse um dedo sequer em você, eu o esmagaria até virar pó.

A voz dele era tão sexy que me dava vontade de nunca parar de escutá-lo.

— Achei que você não me queria. Pensei que tivesse outra pessoa em mente, como a Natasha.

Ele sorriu, e pareceu ainda mais bonito.

— Vejo que você não gostou dela.

Ele riu, mas me abraçou, demonstrando que era a mim que queria.

— Tem razão. Ela me disse que você era dela e de mais ninguém. Depois, me ameaçou. Eu quis dar um soco naquele nariz arrebitado dela.

— Minha princesa guerreira, precisamos selar nossa união para que ninguém possa nos separar.

Então ele me colocou em seu colo e expôs o pescoço. Eu o mordi. Seu sangue me deixou elétrica, e senti o laço entre nós se fortalecer. Ouvi seus pensamentos sobre querer me tocar e beijar por horas. Soltei-o, lambi a ferida e dei um beijo no local. Ele me abraçou.

— Alex, pude ouvir tudo o que você pensou sobre nós dois enquanto tomava seu sangue. Isso é normal?

— Não. Nada com você é normal. Mas tenho pensado em muito mais do que isso.

Ele me beijou de novo. Seu toque era incrível. Sabendo do que ele precisava, afastei os cabelos, expondo meu pescoço. Quando ele me mordeu, escutei seu gemido, mas ele não parou.

— Senti sua marca se mover e tive o dom de flutuar, enquanto tomava seu sangue. Que loucura! Além de delicioso, seu sangue é poderoso demais.

Senti meu rosto corar e minhas bochechas arderem.

— E, na hora da cerimônia, quando você ficou em chamas? Quase não consegui acreditar no que estava acontecendo.

Eu ri.

— Nunca me senti tão livre com o Dragão se manifestando e meu sangue parecendo diferente. Não sei bem como explicar.

— Tenho certeza de que seu Dragão sente orgulho de você. Ficaremos juntos até o amanhecer. Não me canso de estar ao seu lado.

Ele me abraçou e beijou meu pescoço. Quando nos afastamos, segurei seu rosto com carinho.

— Alex, vou agradecer por todos os dias aos nossos Dragões pela nossa união. Não sei o que aconteceria se você não ficasse ao meu lado. Você é o vampiro mais lindo que eu já vi, e, acredite, já vi muitos na TV.

Ele me beijou novamente. Resolvi agradecer aos Dragões, já que eles haviam nos unido para sempre.

Obrigada, meu Dragão! Estou apaixonada por ele, e tão feliz! Agradeço ao Dragão Negro, também, por permitir que ficássemos juntos. Obrigada, com todo o amor que eu possuo.

Aceito seu agradecimento, e sei que o Dragão Negro vai apreciar sua gratidão.

Obrigada por me permitir usar o fogo hoje. Sinto que ele me fortalece. Nunca me senti tão livre.

Seus dons ainda estão começando a se manifestar. Chegará o dia em que você saberá do que é realmente capaz.

Alexander parou de me beijar e me olhou, espantado.

— Ouvi o que você falou com o seu Dragão e escutei a voz dele na minha cabeça. Você está mesmo apaixonada por mim?

Fiquei vermelha de novo.

— O que mais posso dizer? Só penso em você.

Ele beijou a ponta do meu nariz. Seu toque era delicado, e me fazia desejá-lo ainda mais.

— Quando nos beijamos, ficamos mais conectados, permitindo que um ouça o que o outro está pensando.

Alex ficou sério, de repente.

— Nunca fui realmente feliz até agora. Sempre estarei ao seu lado, mas precisamos descobrir o que o conselho decidirá sobre você e nossa união.

Ele me abraçou.

— Você tem razão. Eles devem estar muito preocupados.

— Como você descobriu que podia produzir chamas?

— Não sei. Não faço ideia de como surgiu, nem de como parou. Mas foi incrível.

— Você vai descobrir seu poder, minha princesa. Precisará apenas ser treinada. Acho que deveríamos fazer isso durante algum tempo, em preparação para uma possível guerra.

Alex acariciava meu rosto e me beijava. Eu sentia em meu coração que ele era o vampiro certo para mim.

— Mas não quero guerra, Alex. Só quero ser feliz com você. É pedir muito?

Ele me abraçou forte.

— Em nosso mundo, as coisas não são tão simples assim. Quanto mais dons um vampiro tem, mais poder ele tem. E tudo gira em torno do poder. Tenho certeza de que haverá uma guerra. Não sei quando, mas temos de nos preparar. Sei que seremos o alvo principal.

Ele tinha razão. Pela expressão do público no salão, isso era certo.

— Tem razão. Sei que teremos de descobrir primeiro o que eu sou e por que nossos poderes têm se modificado. Acredito que tenha a ver com a nossa união.

— Aislin, quero saber tudo o que aconteceu na reunião com os magos e, principalmente, de quem você se alimentou depois, já que não senti vestígio de outro vampiro.

Ele parecia aborrecido. Eu o abracei e ficamos bem juntinhos.

— Fique calmo, Alex. Pedi uma aliança, mas não tive resposta ainda, apesar de achar que será positiva. Estamos tentando agendar uma reunião com as fadas, também. E não me alimentei de nenhum vampiro. Suguei o sangue de Beta e Grady. O sangue dos dois era mais fraco, mas Grady fez um feitiço para que ficasse forte como o de um vampiro por um tempo, até que eu viesse para a cerimônia e pudesse me alimentar com o sangue do meu noivo. Se não fosse por isso, estaria em sérios apuros.

Sua expressão era de nojo.

— Você se alimentou de uma fada e um bruxo e não se sentiu mal?

— Não me saciou, mas também não me fez mal. Se eu tomasse um pouco por dia, talvez até conseguisse me acostumar.

— Você tomaria o sangue deles novamente?

Sua expressão continuava enojada.

— Era minha única opção, Alex. Mas agora tenho você, e não preciso do sangue deles.

Ele pareceu se acalmar.

— Meu pai ficou sabendo da reunião, e está desconfiado de que você esteja planejando um golpe contra os reis.

Só de ouvi-lo falar sobre os reis meu sangue gelou, apesar de saber que teria de enfrentá-los.

— O que faremos agora, Alex? Já nos unimos e ninguém veio falar nada.

— Acho que ficaremos aqui por um bom tempo. Eles irão discutir, e devem pedir ajuda ao Livro. Eles devem fazer o que o Livro mandar, mas podem se rebelar. Precisamos esperar aqui. Caso eu pressinta algum perigo, iremos embora.

— Não vou fugir.

— Não vou deixá-la se arriscar, Aislin. Se estiver em perigo, vamos embora, sim.

Seu tom era tão sério que tive de concordar. Eu sabia que ele era mais experiente que eu, e que entendia melhor sobre o que podia acontecer.

— Tudo bem. O que acha de darmos uma olhadinha, só para ver o que está acontecendo?

Ele riu, como se tivesse pensado o mesmo.

— Tudo bem. Se você se sentir fraca, voltamos e você se alimenta de novo.

— Agora que tenho um suprimento de sangue ilimitado, não vou me preocupar mais.

— Pode tomar o quanto quiser, sou todo seu.

Demos as mãos e fomos pelas sombras em direção a uma sala com vários guerreiros na porta. Eles eram enormes, e vestiam preto. Entramos e ficamos escondidos nas sombras.

Havia somente um guerreiro dentro da sala. Ele estava no escuro, em um canto. Apesar de imóvel, parecia estar nos vendo. Ao observá-lo, senti algo dentro de mim se agitar.

Alex não pareceu sentir nada.

Dentro da sala, o caos estava instaurado.

— Eles serão invencíveis! Ela tem seis dons e, ele, dois. Isso não é natural. E a cor dos olhos dela? Nunca vi nada igual. Nicolay, você afirma que ela foi gerada sem nenhum experimento.

Eu não era um experimento. Eles estavam loucos?

— Minha reação foi parecida com a sua, quando vi os dons de Aislin. Eu jamais faria uma experiência com minha única filha. E se ela morresse? Não teríamos outro descendente, e onde nosso Dragão encontraria uma substituta para ela, August?

August era o vampiro da cerimônia. Apesar de estar prestando atenção aos acontecimentos, não conseguia desviar os olhos do guerreiro. Algo me fazia querer encará-lo.

— Então teremos de pedir ao Livro que nos mostre o que fazer. Definitivamente essa união é muito poderosa.

August tentava acalmar a todos, mas era muito difícil.

— Jamais desejei que minha Aislin se unisse ao Dragão das Trevas. Mas, se essa é a vontade do Livro, assim será.

— E quanto a você, Vicktor?

Ele estava sorrindo. Era como se tivesse planejado isso. Vicktor emanava uma energia maligna.

— Eu não esperava por essa união, mas não nego que ter a princesa Aislin unida a meu herdeiro Alexander me agrada. Devo dizer que sua beleza e coragem me fascinaram mais do que seus dons tão peculiares. Desejo esta união, e convido a princesa a conhecer nosso palácio amanhã, com a permissão de seu pai.

Eu não queria ficar perto dele de jeito nenhum.

— Claro. Como os dois são noivos, agora, não posso impedir, se ela assim o desejar. Enviarei um mensageiro mais tarde com a resposta.

August, o vampiro do Livro, estava tentando manter o assunto da reunião, já que meu pai parecia estar prestes a pular no pescoço do de Alex.

— Acho que devemos realizar somente cinco casamentos. Não sabemos a extensão ou evolução dos poderes dessa última união. Creio que o melhor, no momento, é esperar mais um pouco.

Meu pai pareceu aliviado.

— Concordo com você, August. Tentar descobrir o porquê de tantos dons terem sido concedidos à minha filha pode ser um bom começo. Estive pensando em pedir a leitura dos antigos pergaminhos. Imagino que possamos encontrar algumas respostas.

O cerimonialista concordou, e passou a mão por cima de um amuleto que parecia ser uma chave, e algo foi sussurrado no vento. Mas, como estávamos na sombra, não consegui saber o que era.

— Vamos pedir um sinal ao Livro. Nós nos reuniremos em meia hora no grande salão, e veremos a confirmação da união entre o príncipe Alexander e a princesa Aislin. Enquanto isso, sugiro que mandem seus filhos para suas respectivas casas.

— Certo. Vamos, então.

Meu pai parecia ansioso para acabar com aquilo.

Todos se levantaram e saíram da sala de reuniões. Alex e eu voltamos para a sala, e ficamos esperando nossos pais aparecerem.

Eu não conseguia respirar direito. Só de imaginar que o rei Vicktor me queria como uma espécie de arma parecia horrível. Mas Alex estava comigo, e não deixaria ninguém me fazer nenhum mal.

Alex, temos de voltar, para saber o que será decidido.

Ele concordou com um aceno.

Eu voltarei. Você fica em casa e me espera.

De jeito nenhum.

Não. Estamos nisso juntos. Vou voltar, quer você queira ou não.

Você é muito teimosa, sabia? Mas, como sei que está falando sério, prefiro que venha comigo a deixá-la sozinha. Vou para o seu quarto e, de lá, você nos teletransporta para esta sala e vamos ao salão do Livro juntos, pelas sombras. Mas precisamos ter cuidado. Tenho percebido movimentos nas sombras. Pode ser qualquer vampiro que tenha o dom. Por isso não queria que você viesse. Sua energia é forte demais.

Certo, teremos cuidado. Sei que você não deixará nada acontecer a mim.

Eu faria qualquer coisa por você.

Então nos beijamos. Quando sentimos que eles se aproximavam, sentamos de mãos dadas, esperando que viessem nos buscar. Alex destrancou a porta mentalmente, e os dois entraram praticamente ao mesmo tempo.

— Filha, você deve ir para casa imediatamente. Ainda estamos discutindo o que farão a seu respeito e sobre essa união.

Dei um beijo no rosto do Alex, fui até meu pai e também o beijei no rosto.

— Certo, pai. Imagino o que devo ter causado entre os clãs.

O rei Vicktor estava sorrindo sem parar. Ele era repulsivo.

— Princesa, devo dizer que sua união com o meu clã é do meu total agrado. Sua beleza e poder são inigualáveis. Como está noiva de meu Alexander, quero convidá-la a visitar nosso castelo para que possa conhecer melhor o meu herdeiro.

Eu percebia as segundas intenções dele, mas precisava obter o máximo de informações possível.

— Aceito com prazer, Majestade. Aproveito para pedir que o senhor permita que Alexander passe um dia comigo, em nosso castelo.

Ele olhou para o Alex como se dissesse "muito bem filho, você é bom demais".

— Certamente, minha princesa. Quando for melhor para você e sua família — disse. — Então a aguardarei em nosso castelo para o almoço.

— Estarei lá pontualmente.

Fui até ele e fiz uma reverência antes de sair. Ele tocou meu rosto quando levantei.

— Você será uma rainha magnífica. Espero que Alexander esteja à sua altura.

Ele não podia falar assim do próprio filho. Covarde!

Não me virei, mas podia sentir que Alex estava por um fio. Sua raiva emanava através de nossa conexão.

Alex, tenha calma. Encontre-me no meu quarto, não demore.

Se ele encostar de novo em você, não sei do que eu sou capaz de fazer. Droga.

— Majestade, com certeza o príncipe Alexander mostrou que está à minha altura, mas obrigada pelo elogio. Agora, se me der licença...

— Claro, princesa. Até amanhã, então.

Eu estava ficando assustada. O que ele pretendia? A forma como me olhava e falava era como se estivesse querendo que eu fosse *dele*. Eu teria de conversar com Alex a respeito. Sentia que ele estava pensando a mesma coisa. Fui para a limusine, e meu pai ficou para a reunião.

Todos os vampiros do lado de fora do edifício gritavam o meu nome, felizes. Mal sabiam eles o que estava acontecendo. Minha mãe estava quase chorando.

— Ah, minha menina. Nunca imaginei essa união. Minha querida, aquele Dragão é mau, e não sabemos como isso pôde acontecer.

— Não permitirei que ninguém fale mal do Dragão das Trevas, mãe. Ele é um guardião como os demais. Precisamos é saber o porquê dos meus dons serem como são.

Ela balançou a cabeça, concordando comigo e parecendo mais calma.

— Você tem razão, filha. Temos de respeitar nossos guardiões. Vamos aguardar pelo que os reis decidirão depois do que o Livro revelará.

Ela estava triste. Eu acho que esperava outra união – uma que fosse mais tranquila para mim. Porém eu estava feliz demais para pensar em outra coisa que não fosse passar a minha vida toda com Alex.

O Sr. Yoran estava agitado também. Meu pai havia falado com ele antes de sairmos.

— Princesa, acho que Vossa Majestade deve descansar. Amanhã terá de visitar o castelo de seu noivo.

Minha mãe parecia ter visto um fantasma.

— O quê? Não, ela não vai.

— Mãe, acalme-se. Eu irei, não tenho o que temer. Se perceber qualquer problema, posso resolver sozinha. Sei que pareço frágil, mas não sou, e não tenho medo.

Meu tio sorriu pelo modo como falei.

— É assim que fala uma verdadeira rainha. Você tem muita coragem, pequena Aislin. Deveria ter cuidado. Sua mãe só está pensando no seu bem-estar.

Ele parecia bonzinho, mas quando se é muito bonzinho, temos de desconfiar, não é? Eu sentia que ele mentia.

Rapidamente chegamos ao castelo, e fui direto ao quarto de Grady. Meus amigos não estavam lá, nem no quarto de Beta. Encontrei-os no meu quarto.

— Procurei por vocês! Qual foi a resposta dos magos?

Eu não conseguia mais esperar, tinha passado por muita pressão. Grady sorriu. Ele devia estar nas nuvens, atuando como mediador entre os magos e os vampiros. Isso o faria ser respeitado.

— Eles disseram que sim.

Beta deu um pulo da cama. Eu não tinha dúvidas sobre o que ela queria saber.

— Me conta, quem é o seu noivo? Estou sem conseguir fazer mais nada de tanta curiosidade.

— É o Alexander. Eu sei, é perfeito! Ele vai nos ajudar. Daqui a pouco estará aqui, e poderemos conversar melhor.

Ela dava pulos e rodopiava.

— Como ele é? Me diz logo.

— Ele é lindo. E, quando chegar, você vai ver que não estou mentindo. Teremos de voltar ao grande salão, onde os reis decidirão o que acontecerá comigo e com a nossa união.

— Certo e nós fazemos o quê? Esperamos? Isso está me deixando maluca.

Grady estava fazendo careta. Eu sabia que ele ainda desconfiava de Alex.

— Grady, você conseguiu falar com a sua tia?

Ele parecia meio triste. Eu imaginava que a velha bruxa não nos ajudaria a ter um encontro com as fadas.

— Sim, mas ela disse que não vai falar com nenhuma fada. Desculpa, gente.

Eu sabia que ele não tinha culpa de nada e que as coisas entre as raças eram complicadas. Encontraríamos outra maneira de fazer uma aliança com as fadas.

— Calma gente. Temos alguma outra opção?

— Bem, a única fada que eu conheço é a Beta e os pais dela. Mas não podemos ligar para eles e simplesmente perguntar como podemos encontrar o conselho das fadas.

Senti algo diferente ao meu redor, como se alguém tivesse tirado um pedaço de mim.

— Alex deveria estar chegando. Não sei por que está demorando tanto.

Ficamos em silêncio por um tempo. Peguei uma calça preta, uma blusa e um tênis. Fui para o banheiro, tomei um banho rápido e me troquei. Quando saí, estava preocupada, pois Alex não chegava e já tinham se passado mais de vinte minutos. A reunião logo começaria no grande salão.

Será que ele tinha ido sem mim? Droga! Se fosse isso, ele estava frito. Mas algo estava me incomodando, e eu não sabia o que era. Uma energia me fez olhar para o espelho na minha linha de visão e senti medo, como se momentos muitos sombrios estivessem chegando.

Balancei a cabeça, descartando o pensamento. Nunca me preocupei com aquela história de pressentimento, e não seria agora que eu me impressionaria com isso.

CAPÍTULO 8

A ESCOLHA

— ALEX ESTÁ DEMORANDO MUITO. EU VOU PARA A reunião. NÃO posso ficar sem saber o que querem fazer conosco.

— Acho melhor você esperar mais um pouco. Ele não vai gostar nada de saber que você foi sozinha.

— Grady, não há tempo. Sinto que algo está errado. Vamos fazer o seguinte: você tenta entrar em contato com o chefe dos magos e marcar um novo encontro, pois não sabemos o quc acontecerá, e agora é tarde para recuarmos. Estarei de volta o mais rápido possível. Me esperem aqui, tá?

Eu me concentrei na sala em que eu e meu noivo estivéramos mais cedo. Ao chegar, pude sentir a carga emocional do lugar e do sentimento que Alex nutria por mim. Fui através das sombras e ergui uma barreira, pois realmente conseguia captar fontes de energia por elas.

Droga, onde ele estava? Algo estava errado. Quando finalmente entrei no grande salão, todos os doze reis estavam lá, porém só os seis principais estavam próximos ao Livro. Percebia uma movimentação nas sombras. De repente, alguns guerreiros começaram a vasculhar todas elas: eles entravam e saíam tão rápido que eu mal conseguia ver.

O que faria? Eles podiam aparecer a qualquer momento... quando percebi algo forte se aproximando, levantei uma barreira de força. Se me descobrissem, estaria ferrada.

Grandes Dragões, por favor, me protejam. Até agora vocês me guardaram, me ajudem.

Senti o impacto de alguém tateando o espaço em que eu estava. Droga, estava muito perto. Concentrei-me na barreira e, de repente, ele se afastou.

Ao abrir os olhos, todos os guerreiros estavam ao redor dos reis, e um vampiro muito grande e assustador se dirigiu ao mestre da cerimônia. Sentia-me apavorada, mas precisava saber o que fariam comigo e com Alex.

Ele estava de costas para mim. Era enorme, com cerca de dois metros de altura e sabia ser o guerreiro que estava mais cedo na reunião. Seu cabelo era encaracolado, a cor parecia areia, chegando até o colarinho, e seu corpo era definido.

— Mestre, todas as sombras e salas foram vistoriadas. Estamos seguros.

Todos, inclusive os reis, fizeram uma reverência. Ele parecia ser alguém importante.

— Taurus, pode nos deixar, assim como os demais guerreiros.

— Sim, meu senhor.

Nesse momento, ele olhou em minha direção. Quando desviou o olhar, senti o ar escapar dos meus pulmões de tanto medo. Ele era um vampiro muito forte, mais do que Alex.

A reunião começou, e prestei atenção, tentando descobrir o que o Livro diria sobre a nossa situação. O salão estava todo iluminado, e era possível ver cada detalhe. A cúpula, toda em vidro, possuía um enorme vitral dos doze Dragões. No centro havia um aro dourado, onde a lua estava posicionada. O luar iluminava o Livro, deixando a atmosfera ainda mais mágica.

August posicionou-se atrás do Livro e levantou as mãos.

— Meus senhores, confesso que em meus mil e quinhentos anos jamais vi algo semelhante ao que presenciamos hoje.

Quando os dons são dados pelo guardião de nossos antepassados, são concedidos de forma igual para todos.

Ele fez uma pausa para observar cada um dos presentes. Percebi que algo aconteceria ainda naquele dia.

— O Livro nos permite questioná-lo, quando temos dúvida. Com a manifestação dos seis dons em um único vampiro, podemos usar este benefício. Mas, para isso, todos precisam estar de acordo.

Todos levantaram as mãos, em concordância. Inesperadamente, o pai do Alex se levantou.

— Permitam-me perguntar algo: e se o Livro se negar a nos responder, como já aconteceu uma vez? Na época, a pergunta dizia respeito à mesma princesa sobre a qual estamos questionando os poderes hoje.

Quem teria perguntado ao Livro sobre mim? Seria ele mesmo? Fechei os olhos, tentando me manter calma.

— Sr. Vicktor, os guardiões podem fazer do silêncio a sua resposta, se essa for a vontade deles. No tempo devido será revelado o que eles desejam.

Eles pareciam impacientes.

— Mas se for o silêncio, o que faremos? Ficaremos como? Parados, enquanto os poderes dela aumentam? Vocês viram o que ela pode fazer. Jamais vimos coisa igual.

O pai de Alex estava jogando lenha na fogueira. Ele queria guerra.

Senti o poder do Livro emanando no ar. Ele parecia estar se comunicando com o vampiro, como se os orientasse a ter mais controle e paciência.

— Majestade, vamos ter paciência. Primeiro perguntamos, depois vemos o que podemos decidir. Só não podemos fazer nenhum mal à princesa. Isso seria inaceitável, já que ela é uma agraciada. Se todos confirmarem, podemos perguntar ao Livro primeiro?

Todos disseram que sim. Pareciam nervosos e apreensivos, assim como eu. No meu caso, a apreensão era por Alex, também. Onde ele estava? Eu não acreditava que ele me deixaria sozinha.

O vampiro começou a falar com o Livro. Estranhamente apenas August e eu conseguíamos entender a língua.

— Guardiões antepassados, estamos aflitos pelo aparecimento de um Dragão que não conhecemos e uma princesa que emana mais poder do que imaginávamos ser possível. Pedimos que nos diga o que deve ser feito para aplacar os ânimos de seus descendentes.

Ele esperou por alguns segundos.

— O Livro está respondendo, vamos aguardar.

Meu coração estava desesperado. O que me aconteceria a seguir? O que eu poderia fazer?

Meus Dragões, desculpem por não conhecer a todos
pelo nome, mas prometo estudar. Peço que nos ajudem.
Se nos uniram, é porque perceberam que nos amamos.
Não quero ser mais do que ninguém, vocês sabem o
que há no meu coração.

Como não houvesse resposta, continuei pedindo mentalmente até que o vampiro falou de novo.

— O Livro se pronunciou.

O silêncio tomou o grande salão.

— Para saber o que está por vir, deve haver uma busca pelo conhecimento antigo. A princesa irá ao último guerreiro das memórias. Ela deverá levar três escolhidos consigo. Dois serão indicados por ela e, um, por nós, ainda esta noite. Apenas ela e o escolhido poderão entrar no lugar sagrado. E os quatro serão marcados com a seta, símbolo da busca, no braço direito. O noivo foi levado ao local de preservação, junto à Cidade Branca. Para que a busca seja iniciada, todos devem se reunir à meia-noite de amanhã. O caminho é longo e perigoso. Nossa sociedade deve presenciar o início desta longa jornada.

Todos ficaram calados.

— Assim o Livro diz, e assim será feito. Amanhã reuniremos toda a sociedade neste salão para a partida. Está encerrada a reunião.

Toda a situação me deixou abalada. Além disso, ainda tinha de lidar com o fato de que Alex estava na Cidade Branca e eu ficaria sem sangue. Precisava sair dali, mas não conseguia me concentrar. Estava ficando cada vez mais fraca, necessitando de sangue. Consegui me teletransportar para outra sala. Apoiei-me contra uma parede e fui escorregando, sem forças.

Então o Taurus me alcançou. Tentei me levantar, mas estava trêmula e sem forças. Ele se aproximou e me levantou, apoiando meu corpo no seu.

— Teletransporte-nos para o seu castelo. Agora.

Não sei como, mas fiz o que ele pediu. Ao abrir os olhos, estava no meu quarto e meus amigos vieram ao meu encontro.

— Você é o Alexander? Nossa, mas que gato. E o que aconteceu com ela?

— Ela está fraca, precisa de sangue. Não sou o príncipe Alexander. Ele está na Cidade Branca dos Dragões por algum motivo que desconhecemos.

— Certo, vampiro guerreiro. Vamos colocá-la na cama.

Taurus me colocou na cama. Eu estava fraca. Grady fez o feitiço e me deu seu sangue. Era a segunda vez que ele me dava seu sangue no mesmo dia, então parei rapidamente, apesar de estar sedenta.

— Grady, você está fraco. Não deveria ter feito isso.

— Faço o que for preciso para ajudá-la.

— Ajude-me a levantar, então. Estou tonta, e preciso falar com vocês antes de o meu pai chegar.

Ele me levantou. Quando não consegui me firmar, Taurus me pegou com uma velocidade impressionante e colocou em uma cadeira.

— Me diga... por que um bruxo consegue alimentar você?

Ele era muito abusado, mas tinha me trazido de volta para casa. Ou fui eu mesma? Estava sedenta, e não conseguia pensar direito.

— Você me viu no salão?

Ele me encarava, sério. Tinha trocado de roupas: estava com uma camisa preta simples colada ao corpo que contrastava com a pele branca e os olhos negros. O cabelo parecia os de um anjo, a boca era cheia e vermelha, o nariz, afilado, e as maçãs do rosto eram fortes. Ele era realmente lindo.

Olhei para os braços que me mantinham estável. Eles tinham aros de vários tamanhos marcados. Alguns continham palavras, era tão diferente... Percebi que ele me encarava. Estava tão seduzida por sua beleza que desejei beijá-lo.

— Senti sua presença e fui checar, mas não a encontrei. Depois, quando você se distraiu, vi seu brilho e percebi que você estava lá.

— Foi você que se aproximou de mim pelas sombras?

— Sim, mas não consegui encontrá-la de novo.

— Por que você não me delatou?

Ele não quis mais conversar.

— Me diga como consegue se alimentar do bruxo. Depois conversamos.

— Ele fez um feitiço para seu sangue se parecer com o do Alexander, já que só posso beber o dele depois da união.

— Bruxo, venha aqui.

Ele era grosseiro e direto. Por que fazia tantas perguntas?

— O nome dele é Grady. O que quer com ele, afinal?

— Mandei vir aqui. Venha, ou terei de ir buscá-lo.

— Grady, venha, por favor. Ele me ajudou a sair de lá sem ninguém descobrir.

Grady se aproximou e ficou olhando-o, calado. Era um pouco estranho, pois mesmo que Grady estivesse mais forte, parecia um graveto na frente de Taurus. Ele certamente não amedrontaria Alex. Que os guardiões o protegessem. Se algo acontecesse a ele, o que eu faria?

— Faça o feitiço no meu sangue.

Olhei para ele, de boca aberta.

— Não vou fazer, mesmo! Nem o conheço. E se estiver nos enganando?

— Bruxo, não foi um pedido. É uma ordem. Se ela não beber mais sangue agora, não vai resistir, entendeu? Agora, faça.

Percebi que Grady fez imediatamente o que ele mandara. Achei estranho. Será que Taurus tinha hipnotizado Grady?

— O que você fez a ele para que...

Não consegui terminar a frase, pois o Taurus cortou seu pulso e o sangue escorreu. Na hora, meus instintos falaram mais alto. Olhei para ele e vi seu movimento de cabeça. Sem pensar duas vezes, o mordi.

Quando o sangue dele tocou minha boca, era forte e delicioso... Não parecia o sangue do Alex, mas tinha um sabor intenso de chocolate amargo com baunilha, e eu queria mais. Ele percebeu que eu estava gostando do seu sangue, e me senti envergonhada, mas era mais forte que eu. Algo me prendia a ele.

Quando senti a energia envolver meu corpo novamente, lambi a ferida e me encostei nele.

— Obrigada, Taurus. Estou melhor, agora.

Ele me afastou e foi até Grady. Beta não disse nada, mas eu imaginava no que ela estava pensando. Para quem não tinha nem um par para o baile há poucos dias, ter dois vampiros lindos ao meu lado era uma mudança enorme.

Como se estivesse ouvindo meus pensamentos, Taurus riu. Fora tão rápido... Não era possível que fosse isso.

— Precisamos conversar sobre a reunião. As coisas estão complicadas, mesmo. Taurus, obrigada por tudo. Se nos der licença, preciso conversar com os meus amigos.

Ele abriu um meio sorriso, que deixou aparecer suas covinhas, e ficou onde estava. Ele era lindo, até mais do que Alex.

Senti a aproximação dos meus pais. O nervosismo me tomou, com a preocupação do que eles pensariam do fato de Taurus estar ali. Eu estava noiva! Quando levantei, eles entraram. Taurus continuava com aquele sorrisinho. Eu tinha certeza de que meu pai o expulsaria dali.

— Filha, precisamos conversar.

Seus olhos pousaram no vampiro.

— O quê? Em nome dos Dragões! O que o Guerreiro do Livro e seus amigos estão fazendo aqui?

Taurus estava calmo, enquanto eu estava quase histérica. Como eu explicaria isso para os meus pais?

— Rei Nicolay, rainha Anya. Vim para cumprir meu dever como guerreiro. Sou o escolhido para a viagem, e fui orientado a acompanhá-la vinte e quatro horas por dia.

Ele mostrou a seta no braço direito, na região interna do antebraço. A dele era negra e em forma tribal, passando por cima dos aros existentes.

Como eu conseguiria passar por aquilo? Por mais que não quisesse admitir, ele me atraía. Com Alex, era diferente. Taurus me deixava inquieta de uma forma bruta, eu não sabia sequer como explicar. Esperava que meu pai não o deixasse ir. Mas, pelo olhar de Taurus, ele não seria persuadido por ninguém.

— Isso é impossível! Você é o guardião do livro e líder dos guerreiros. Eles o obedecem até mais do que aos reis. Com certeza não aceitarão sua ida.

Ele encolheu os ombros enormes, e pareceu um pouco triste.

— Não tenho escolha, meu rei. O Livro me escolheu. Eles precisarão aguardar pelo meu retorno.

A batalha estava acabada. Que os guardiões me ajudassem.

— Filha, se o escolhido foi revelado, temos de escolher mais dois guerreiros para ir com você em busca do guardião das memórias.

Ah, não. Ele não me convenceria a levar mais estranhos.

— Pai, do que o senhor está falando? Não estou entendendo nada.

Precisei disfarçar. Se meu pai imaginasse que eu tinha assistido à reunião, estaria com sérios problemas.

— O Livro vai enviar você e mais três pessoas em busca do guardião das memórias. Não sabemos como encontrá-lo, mas um de vocês será o guia, imagino. O Livro escolheu Taurus, e precisamos escolher mais dois acompanhantes para esta jornada.

— Não precisamos, não. Beta e Grady irão comigo. Eles estão comigo desde o começo, e continuaremos juntos.

Meu pai tentou me fazer mudar de ideia.

— Aislin, eles não poderão protegê-la.

— Não vou sem eles. Fim de conversa, pai.

— Tudo bem, não vamos brigar. Então, arrumem as malas para a viagem. E, Taurus, nos encontraremos amanhã.

— Perdoe-me, senhor, mas irei à minha casa, farei as malas e, quando terminar, voltarei e dormirei aqui mesmo, no chão. Preciso estar com a princesa dia e noite. É uma exigência do Livro.

— Você não pode dormir no quarto com ela. Aislin está noiva. Não posso permitir isso.

Taurus falava tão tranquilamente que me deixava sem reação.

— Senhor, o Livro me escolheu e ordenou que não a deixasse em nenhum momento. Apenas o Livro sabe o porquê. Nunca falhei em meu dever, e não o farei agora. Sinto muito, mas ficarei aqui, não importa o que irão pensar. Sou o mais forte e rápido de todos, e algo me diz que precisarei muito usar meus dons nessa viagem.

— Tem razão, Taurus. Você ficará com a minha filha.

Com certeza não.

— Pai, como pode ceder tão rápido? Não vou dormir com um vampiro enorme que mal conheço.

Ele riu e vi suas covinhas.

— Filha, se o guerreiro do Livro foi o escolhido, quer dizer que essa jornada será muito perigosa. Muitos reis ficarão desgostosos com a decisão do Livro, e a ida do guerreiro com você será outro problema.

— Tá bom. Já que vou com o guerreiro principal do Livro, meus amigos irão comigo. Ele vai nos proteger.

Falei num tom irônico, e ele me olhou de um jeito que não consegui entender. Ele sorriu novamente. Eu só esperava que não fosse por causa dos meus pensamentos, ou estaria em apuros.

— Tenha respeito pelo guerreiro do Livro, Aislin. Ele tem mais de mil anos de experiência.

— O senhor está brincando comigo. Olhe para ele, não parece ter nem vinte anos.

O sorriso aumentou. Ele era muito prepotente, rindo da situação.

— Princesa, agradeço o elogio, mas seu pai tem razão. Fui o guerreiro escolhido para guardar o Livro. Só a morte me separa da minha função e, agora, de você.

Eu não conseguia parar de cobiçá-lo. O que estava acontecendo comigo?

— Princesa, não irei demorar. Alteza, peço autorização para me retirar. Estarei de volta em breve.

— Pode ir, Taurus. E não demore. Você tem razão em querer protegê-la. Os guardiões nunca erram.

Ele se virou, sorriu e desapareceu nas sombras. Ele era mais rápido que o próprio Alex, mas tinha mais de mil anos de prática.

— Pai, eu queria conversar com os meus amigos. Acho que você deveria providenciar um carro grande, rápido e confortável. Não sabemos para onde estamos indo. É melhor que estejamos preparados.

Eu precisava ser prática. Se usasse meus dons, precisaria de um banco de sangue vampírico à minha disposição, ou precisaria beber o sangue de Taurus. Apesar de desejá-lo, sabia que precisava manter o distanciamento.

— Você está certa, minha menina. Enquanto isso, arrume suas coisas. Temos até a meia-noite de amanhã.

Minha mãe falou pela primeira vez. Ela parecia em choque.

— Minha filha, fico feliz de você estar lidando bem com

o sumiço de seu noivo. Isso é tão injusto... eu acabei de ter você de volta.

— Mãe, tenho de resolver primeiro essa jornada, e sei que ele estará seguro com os Dragões. Também acho tudo isso muito injusto, mas vamos nos reencontrar. E, depois, será para sempre.

Ficamos abraçadas.

— E quanto ao sangue? Como você vai se manter?

— Até agora, estou bem. Acho que os Dragões vão me manter com uma alimentação normal.

O meu pai estava pensativo.

— O Sr. Yoran acha que uma revolta pode começar. Se isso acontecer antes de vocês voltarem, acho que a nossa sociedade como a conhecemos hoje não existirá mais. Temos tentado manter a paz, mas, há algum tempo, cerca de cem anos, lutamos contra um grupo de vampiros que deseja centralizar o poder em um único rei. Isso tem criado um clima desagradável.

— Filha, esta viagem pode ser muito perigosa. Espero que ouça o guerreiro Taurus. Ele comanda todos os guerreiros que protegem a nossa raça há muito tempo. Acredito que sua saída para protegê-la pode ser um terceiro golpe na estrutura dos reis.

Eu estava perplexa com o que ouvia.

— Espero que vocês consigam as respostas, para o bem da nossa raça, ou os humanos e as demais criaturas sobrenaturais poderão sofrer muito. Vou me reunir com nosso conselheiro e meu irmão. Anya, mande preparar nossos cálices. Acho que dormiremos pouco esta noite.

Minha mãe me olhou com tristeza. Ela estava abalada por me perder mais uma vez. Quase chorava, mas parecia não querer que eu visse. Falei para meu pai:

— Pai, obrigada por compartilhar seus pensamentos. Se nos mantivermos unidos, seremos mais fortes. Farei de tudo para nos manter a salvo, e tenho certeza de que iremos conseguir. Os Dragões estarão nos guiando.

Minha mãe parecia inconsolável. Eu queria tanto ficar ao lado deles... mas sabia que precisava ir. Eles estavam tentando ser fortes, mas minha partida repentina os faria sofrer.

— Sei que você precisa ir. Mas voltou há poucos dias e já precisa partir. Isso dói. Sempre desejei tê-la ao meu lado todos esses anos.

— Meus tios me criaram com todo amor, nunca me faltou nada. E, por falar nisso, gostaria muito de falar com eles. Vamos partir nessa viagem sem saber quanto tempo vai demorar. Eles sempre foram maravilhosos comigo.

— Certo, pode ligar.

Beijei-o no rosto. Ele me abraçou, beijou minha testa e saiu. Havia tristeza em seu olhar quando falei dos meus tios, mas eu não podia evitar a saudade que sentia.

Minha mãe fez o mesmo que meu pai, e partiu em silêncio. Virei para meus amigos, que aguardavam que eu contasse o que se passara. Comecei a falar sobre como cheguei à reunião até o momento em que voltei para o quarto.

— Quero saber se conseguiremos nos reunir com o chefe dos magos, já que nosso tempo é limitado.

— Sim. Ele nos verá às duas da manhã, pois não quer surpresas. Alguns magos também estão relutantes em aceitar a aliança. Porém, como a palavra foi dada, eles não voltarão atrás.

— Vamos tentar fazer algo para mudar as coisas. Preciso de vocês comigo. Nunca nos separamos, e somos mais fortes juntos. Não sei o que nos espera, mas com certeza teremos muito o que fazer enquanto buscamos respostas.

Beta ainda estava atônita.

— Aislin, esqueci de falar, que vampiro é aquele? Minha nossa, fiquei sem palavras. Ele é, definitivamente, o homem mais lindo que eu já vi. Ele podia até ser modelo com aquele corpo.

Beta começou a se abanar, e Grady não parecia nada satisfeito.

— Você conheceu poucos vampiros, Beta. Não tem nem como avaliar. Além disso, estou noiva de um vampiro lindo também. Então, deixe o gato de lado por favor..

Senti a presença de Taurus no quarto. Será que ele ouvira quando o chamei de lindo? Espero que não.

Ele saiu da sombra bem na minha frente. Usando calça de moletom preta e camisa branca, era possível ver os braços tatuados com aros do pulso até a parte coberta pelas mangas. Ambos os braços eram tatuados, mas com aros em largura e formas diferentes. O primeiro deveria ter um dedo de largura e os demais eram mais finos. Como a camisa era clara e colada, eu conseguia ver a sombra de uma tatuagem no peito, mas era impossível ver o desenho. Ele tinha muitas marcas que eu não sabia o que significavam.

Seus cabelos estavam molhados, e os olhos verdes o faziam parecer um anjo vingador. Taurus cheirava a couro, e carregava uma grande sacola nas costas. Com a cintura fina e pernas bem torneadas, ele era perfeito.

Ao me olhar, ele riu. Vi que ele tinha plena consciência do efeito que causava em nós, já que ficamos o encarando sem saber o que fazer ou falar. Senti meu rosto corar, e ele abriu um sorriso ainda maior.

— Escutei alguém me chamar de gato. Mas sou um vampiro.

Ainda se faz de engraçadinho.

— Você é um vampiro gato. Ou, melhor, é um deus — disse Beta.

— Precisamos conversar com você. Temos apenas uma hora para a reunião.

Ele colocou a sacola no chão perto da entrada do banheiro e se sentou. Eu não conseguia tirar os olhos de suas costas largas. Quando ele se abaixou, dava para perceber todos os músculos que ele tinha perfeitamente definidos. Senti vontade de tocá-lo.

Como eu podia desejar tocar as costas de um vampiro estando apaixonada por outro? Fechei os olhos e pensei em Alex. Isso me acalmou. Ao abri-los novamente, todos estavam me olhando.

— Que reunião, princesa?

Ele era direto.

— Taurus, sei que não me entregou antes, e espero que não o faça agora. Preciso que nos dê cobertura enquanto saímos do castelo por cerca de uma hora.

— Não gosto de repetir, e espero que esta seja a última vez. Onde você for, eu vou. Então, se vão a algum lugar, devo acompanhá-la.

Os magos não iam gostar nada da presença daquele guerreiro.

— Taurus, serei honesta com você. Ontem fui a uma reunião com os magos. Não precisa reagir assim. Me ouça.

Ele estava fazendo careta. Não iria gostar do que eu tinha para dizer.

— Sinto que algo muito ruim vai acontecer. Estou tentando fazer alianças com as demais raças, mas até agora só conseguimos falar com o conselho dos magos, e tivemos apoio. Queremos falar com as fadas, pois, como a Beta é uma, talvez seja mais fácil. Depois veremos como podemos encontrar os demais. O que você acha?

Ele ficou me olhando e não respondeu. Eu o encarava sem saber o que fazer.

— Esta reunião será a que horas?

Olhei para o relógio de Beta.

— Em exatamente 30 minutos, na casa de Merlin. Sei que estarei vulnerável, mas, se for conosco, eles vão achar que estou planejando algo contra os magos. Por favor, só desta vez, fique.

Ele ficou em silêncio. Fiquei esperando até que falasse, ainda que estivesse perdendo a paciência.

— Não, princesa. Eu não confio em ninguém. Vou ficar do lado de fora da casa. Vou falar com seu pai enquanto vocês se preparam, e volto em quinze minutos. Se forem sem mim, vou aparecer no meio da reunião.

Com isso, ele saiu do quarto. Fiquei chocada. Como ele saberia onde encontrar meu pai naquele castelo gigantesco? E por que achava que podia ditar todas as regras? Isso era muito irritante.

— O que faremos? Os magos vão saber que ele vai estar do lado de fora da casa. Nem vão precisar de muito esforço.

— Temos de esperar por ele. Vou mandar uma mensagem para o celular de Alex. Não sei se ele irá receber, mas tenho de tentar.

Meus guardiões, será que Alex pode, pelo menos, ler minhas mensagens? Eu o amo, e ficaremos longe um do outro por um tempo.

Nós precisamos que você esteja só, nesta jornada, por enquanto. Ele está bem, não sabe o que está acontecendo no mundo exterior e, se souber, vai ficar preocupado com você. Negaremos seu pedido. Mas seja corajosa. Seu caminho é longo e incerto, mas o amor irá guiá-la.

Droga! Mas eles tinham razão. Se eu estivesse no lugar de Alex, ficaria louca de preocupação. Mas eu não desistiria sem tentar!

Taurus voltou, colocou um suporte de couro e colocou uma espada nas costas, parecendo um guerreiro de filme antigo. Desviei os olhos dele. Ele mexia com todos os meus sentidos, e eu perdia até o raciocínio só de olhá-lo.

— Estou pronto. Vou pelas sombras, pois você terá de levar os dois. Ah, e, quando voltarmos, você terá de beber de mim novamente.

Eu sabia que seria necessário, mas esperava não me viciar no sabor do seu sangue, que, por sinal, era delicioso.

— Não precisa ir armado. É um encontro de paz.

— Eu decido isso.

Ele me deixava chateada, fazendo com que me sentisse uma criança. E eu ainda dependia dele para me alimentar.

— Posso fazer uma pergunta?

— Sim, princesa.

— Já que você diz ter mil anos, sabe onde podemos encontrar alguma fada?

— Conheço todos os locais onde vivem as outras raças, mas, se você já marcou uma reunião, não poderá desmarcar. Vamos ver o que irá acontecer. Vou na frente. Após dois minutos, você pode se teletransportar. Estarei esperando.

— Como chegará tão rápido? Você sabe, pelo menos, aonde ir?

— Segredos de um guerreiro.

Então ele se foi. Aguardamos dois minutos. Segurei a mão dos meus amigos e partimos. Quando abri os olhos, estávamos no jardim da casa e eu vi Taurus na sombra, próximo ao jardim.

Ele balançou a cabeça, indicando para que entrássemos.

— Sejam bem-vindos à casa de Merlin.

Jordan Luter foi quem abriu a porta. Ao entrarmos, encontramos apenas a tia de Grady e o chefe dos magos, o que era um bom sinal.

— Obrigada, senhor. Boa noite. Desculpe-me por ter feito você vir até aqui, mas precisamos lhe perguntar algo.

— Diga, princesa, o que necessita de mim?

Ele parecia sério, e achei melhor ir direto ao ponto, já que Taurus era nossa esperança de encontrar as fadas.

— O senhor sabe onde podemos encontrar fadas?

— Não, princesa. Há anos nos separamos, e raramente nos encontramos. Sinto muito.

— Tudo bem. Continuarei a procurar. De toda forma, obrigada pelo seu tempo.

— Não tão rápido, princesa. Quem é o vampiro do lado de fora da casa? Ele é muito poderoso.

Ele tocou meu braço de leve, mas a forma como falou me assustou.

— Ele foi designado a ficar o tempo todo ao meu lado, e não tive como deixá-lo para trás. Ele ameaçou entrar no meio da reunião se eu não o trouxesse.

— Ele ameaçou você? Não posso acreditar.

Ele sabia dos meus dons, e pareceu surpreso por alguém me ameaçar.

— Sim. Se não acredita, Taurus pode confirmar.

— Você disse "Taurus"? O guardião do Livro está lá fora?

— Sim, é ele.

— Você realmente deve temê-lo. Taurus é impiedoso, ele é o guerreiro mais forte da sua raça, e pode fazer qualquer coisa.

Vi medo no olhar do mago.

— Vocês devem ir. Sinto que ele está furioso, e não quero estar perto dele.

Então desapareceu. Grady riu, parecendo não acreditar. Tinha certeza de que ele tentaria algo parecido. Saímos da casa e, ao chegar ao jardim, senti a raiva de Taurus aumentar. Ao nos ver, parecia irado. Segurei a mão de Grady e Beta, e voltamos para o meu quarto. Em poucos instantes, Taurus saiu das sombras.

— O QUE HOUVE LÁ DENTRO? ME DIGA.

Meus amigos se encolheram, totalmente apavorados.

— Não conseguimos nada. No final, o mago me assustou, pois sentiu a sua presença.

— Ele ameaçou você?

A raiva dele era quase palpável.

— Por que está nervosa?

Sua força bruta era quase impossível de ignorar.

— Senti seu medo. Meu sangue corre nas suas veias, e pude sentir o que se passava com você. Também não entendo como posso sentir isso, já que os guerreiros não se ligam a ninguém por sangue. Por falar nisso, você precisa tomar meu sangue. Vou precisar me alimentar.

— O que você quer dizer?

Ele sorriu, e suas covinhas apareceram.

— Nunca viu filme de vampiro? É igual, porém sugamos nossa presa e a devolvemos ao seu meio. Quando percebemos que essa presa tem se comportado mal, ajudamos a sociedade humana.

Ele podia beber de qualquer humano, e eu só podia beber o sangue de um vampiro nobre? Ótimo...

— Sei o que está pensando, mas um guerreiro precisa de muita energia. O sangue dos humanos é vivo e mais forte para as batalhas.

— E por que eu tenho de beber de outro vampiro? Desculpe--me, mas não conheço muito os costumes vampirescos.

Meus amigos nos olhavam, confusos. Foi quando Beta quebrou o silêncio.

— Aislin, vou me deitar. Vamos, Grady. Precisamos dormir um pouco e arrumar nossas coisas para a viagem. Boa noite a vocês.

— Sinto muito por ter dado errado, Aislin.

— Não se preocupe, Grady. Daremos um jeito.

Ela saiu com Grady, depois de piscar para mim, traidora. Então fiquei sozinha com Taurus. Nós nos encaramos por um instante, em silêncio. Ele sorriu e se levantou. Pegou a sua sacola, tirou um cobertor, jogou no chão, tirou os tênis e a camisa, dobrando-a como um travesseiro. Fiquei apenas olhando. As marcas terminavam exatamente onde terminavam os braços, e a no centro do peito era de um dragão negro com as asas abertas. O desenho era um tribal antigo, com um martelo em uma garra e uma lança na outra. A cauda terminava atrás do cós da calça de moletom que ele estava usando.

Engoli seco, sem conseguir falar.

— Princesa.

— Não me chame assim. Sou Aislin, para meus amigos.

— Certo. Sou seu amigo, então?

Continuei em silêncio, sem saber o que falar. Ele se deitou, encostando na parede, os braços cruzados atrás da cabeça, e me encarou. Não conseguia imaginar o que ele estava pensando.

— Claro que é. Até agora você só me ajudou.

— Nunca confie em ninguém.

— Eu confio em você.

Eu havia dito isso para Alex, e agora estava dizendo o mesmo a Taurus.

— O que você queria saber, antes?

— Por que me alimento de um sangue vampírico específico?

— Você é uma princesa, e os vampiros de sangue real precisam se manter puros entre si. Por isso necessitam do sangue de outro herdeiro. Falando em sangue, estou sentindo que você está com fome, e se a fome aumentar, você pode se descontrolar.

— O que posso fazer se não tomar sangue logo?

— Você vai tentar qualquer sangue e, como não vai saciá-la, você beberá tudo.

— Não vou matar ninguém.

— Se você deixar sua sede aumentar, vai, sim. Eu sei. Já matei muitos.

Fiquei em silêncio. Não queria me imaginar matando alguém.

— Princesa, chame seu amigo e se alimente de mim. Terei de sair para me alimentar enquanto ainda é noite.

Eles estavam cansados, e o dia seguinte seria difícil.

— Não quero acordá-lo. Sei que ele está cansado, e precisa dormir um pouco. Posso tentar tomar seu sangue sem o feitiço?

Ele me olhou de um jeito estranho, como se estivesse aborrecido. Sem saber o porquê, queria muito provar o sabor. Apesar de saber que era errado, depois de ter tomado o sangue de Alex.

— Anala, não acho boa ideia. Você está ligada a um vampiro, e não pode beber o sangue de outro.

Senti como se estivesse traindo Alex por pedir para beber o sangue do Taurus, mas não conseguia me controlar. Quando mais falava a palavra "sangue", mais minha sede aumentava.

— Vamos só tentar. Não quero acordar Grady. Por favor?

Ele ficou apenas me encarando.

— Responde! E o que significa "anala"?

— Vamos tentar. O Sol vai surgir em duas horas, e não terei como me alimentar.

Ele se levantou e cortou seu pulso. Peguei o braço e mordi. O sangue dele não era tão doce como antes, mas era melhor ainda.

O sabor era apimentado. Meus lábios ardiam, mas, além da pimenta, o sangue tinha um intenso sabor de cereja – o meu favorito. Ao me saciar, lambi a ferida e ele me observou. Como eu podia me sentir saciada, se ele não era o meu prometido? Pegou a camisa e depois olhou mim.

— Não vou demorar. Enquanto isso, durma. Você também precisa descansar.

Eu não conseguiria dormir, imaginando-o se alimentar de outras mulheres.

— Vou com você.

— Não vai, não. Vou me alimentar.

Ele não me respondeu o que significava "anala", nem por que não queria que eu fosse com ele.

— E por que não posso ir? Você disse que teria de ficar comigo vinte e quatro horas por dia. Agora vai embora, e vou ficar sozinha.

— Serei sincero. Quando um guerreiro se alimenta, é diferente da sua saciedade. Nós sentimos algo mais e... nossas doadoras se satisfazem com isso. Você terá de ficar.

— Você disse que teria de passar o tempo inteiro comigo.

O que eu estava fazendo? Estava me oferecendo para ir com ele e ver o que ele fazia?

— Eu vou, e fim de papo.

— Você quer realmente ver isso?

Senti meu rosto corar. Era melhor não ir.

— Quer saber, você tem razão. É melhor eu ficar. Vou dormir.

Ele sorriu de leve, afastando-se devagar.

— "Anala" é uma palavra celta. Significa fogo.

Com isso, entrou nas sombras. Que coisa estranha. Eu estava com ciúmes dele. Isso não podia estar acontecendo. Por que ele estava me chamando de "anala"?

Decidi tomar banho. Tentei me acalmar, mas a cada vez que fechava os olhos, via Taurus com uma mulher diferente. Até as patricinhas do colégio apareceram nos meus pensamentos.

Cansada do rumo dos meus pensamentos, terminei o banho e vesti um pijama de seda. Era vermelho-sangue, e contrastava com meus cabelos loiros.

Saí do banheiro e o vi deitado no chão. Imaginando que ele estava dormindo, fui para minha cama, tentando não fazer barulho.

— Sou um guerreiro, Aislin. Escuto cada ruído, assim como você. Não se incomode em andar nas pontas dos pés.

— Ah... certo. Hum... foi tudo bem na sua caçada?

Quando as palavras saíram da minha boca, desejei não tê-las dito. Sou uma completa imbecil. Por que não fiquei de boca fechada? Puxei as cobertas da cama e virei para ele. Seus olhos estavam verdes, e eu podia sentir a necessidade em meu olhar.

— Foi tudo muito bem.

Ele se virou para o outro lado, e eu me deitei. A cama era enorme, e me senti culpada por ele estar no chão. Não que eu quisesse sentir seu corpo perto do meu. Era apenas preocupação com seu conforto.

— Taurus?

— Diga, Anala.

— Durma aqui na cama. Não consigo dormir com você no chão.

— Não.

Peguei o celular, conectei o fone e coloquei música para tocar. Por coincidência, tocou "Burn", a mesma que ouvira com Alex. Duas músicas depois, "Burn" voltou a tocar. Enquanto prestava atenção à letra, decidi fazer como os Dragões haviam me aconselhado e seguir meu coração.

— Deixe de ser teimoso. A cama é enorme, e eu coloco metade dos travesseiros entre nós. Venha, assim vou poder dormir.

— Não.

— Se você não vier, vou dormir no chão também.

Ele permaneceu de costas, em silêncio. Quando estava prestes a me levantar e deitar no chão, ele se ergueu. No escuro, seu corpo parecia uma parede de puro músculo. Ao se deitar ao meu lado, escorreguei para perto dele, culpa de seu peso.

Eu precisava me afastar. Coloquei vários travesseiros entre nós e virei para o lado oposto. Ele fez o mesmo. Fechei os olhos, coloquei a música bem baixinho e dormi.

Ao acordar, no dia seguinte, senti um calor me envolver. Eu tinha dormido tão bem. Então ouvi uma respiração forte próxima do meu rosto. Abri os olhos. Eu estava grudada nas costas de Taurus. Não conseguia compreender como meu braço fora parar ao redor da sua cintura e minha perna em cima da dele. Lentamente tirei minha mão, mas ele me virou e trocamos de posição. Caramba! Eu era noiva, e precisava me afastar.

Queria muito continuar colada a ele, mas não podia. Consegui sair de seus braços, apesar de meu corpo quase exigir que *eu* voltasse. Então ele acordou. Passou a mão no rosto e, em seguida, no cabelo, parecendo ainda mais bonito. Ele sorriu, sem graça, e as covinhas surgiram, fazendo-o parecer um menino.

CAPÍTULO 9

A JORNADA

— BOM DIA, TAURUS.

Ele me avaliou de cima a baixo enquanto penteava os cabelos com os dedos. Observei seu peito forte perdendo o ar.

— Anala, vá se arrumar. Precisamos organizar a viagem, e você ainda tem um compromisso para o almoço.

— Não. Alexander nem está no castelo de seu pai.

Ele me olhou muito sério, como se não estivesse gostando da ideia também.

— Mas você confirmou a sua ida, e uma princesa nunca volta atrás na palavra dada. Além do mais, você poderá conhecer o castelo dos Ivanov.

— Você irá comigo? Não estou muito certa sobre as intenções do rei com relação a mim.

Ele me examinou. Seus olhos estavam negros, o que demonstrava que não estava sentindo nada, nem mesmo meu medo em ir sozinha ao castelo.

Levantei, fui para o *closet*, peguei uma roupa e entrei no banheiro. Tomei um banho rápido, me arrumei e voltei para o quarto.

— Leve seus amigos para tomar café. Juntarei-me a vocês em instantes. Depois, vou preparar o carro para a viagem.

— Preparar com o quê?

— Armas, munição, câmeras, além de programar o GPS. Preciso verificar se o veículo não está grampeado. Também preciso arranjar dinheiro vivo. Não podemos usar cartão de crédito, pois é muito facilmente rastreável.

— Parece que estamos indo para uma guerra.

— Não sabemos o que poderá acontecer a partir dessa noite. Você já percebeu que mudanças estão chegando e, quando sairmos de São Petersburgo, não sabemos o que nos espera.

— Você tem razão. Não vamos demorar.

— Vou comer algo depois na cozinha.

O quê? Sério?

— Você pode comer?

— Posso.

— Como assim? Por que eu não posso mais comer comida comum, mas você pode?

— Sou um guerreiro, meu sangue é quente. Os guerreiros são diferentes da maioria dos vampiros, principalmente os da realeza. Podemos comer comida humana porque nos dá mais uma opção quando estamos em missões. Ainda assim precisamos de sangue para nos manter fortes e com nossos dons ativos.

Queria ser uma guerreira, pensei comigo mesma.

— Você não pode ser uma guerreira. Primeiro, somos chamados para o cargo aos vinte anos. Além disso, você é da realeza. Precisa cumprir o seu papel de rainha, no futuro.

— Tenho dezoito anos. Ainda tenho dois anos para que isso possa acontecer comigo.

Sua expressão era de desdém.

— O que mais um guerreiro tem de diferente dos demais vampiros?

Ele me olhou sério novamente.

— Não envelhecemos. Depois que somos escolhidos pelos Dragões, permanecemos dessa maneira para sempre. Os guerreiros precisam ser fortes e ágeis. Isso nos diferencia.

— E você é enorme!

Ele riu, e as covinhas apareceram.

— Eu já era assim na época. Somos mais desenvolvidos nessa idade. Agora preciso ir Anala.

— Negativo, você disse que tinha de estar comigo vinte e quatro horas por dia. Já dormimos juntos e, agora, você vai ter de comer com meus amigos também. Já que eu sou a única que vai ter de ficar só olhando.

Ele me encarou, entrou no banheiro e ouvi o chuveiro. Depois que as palavras me escaparam é que me dei conta do que tinha dito. Tínhamos realmente *dormido* juntos, mas minhas palavras pareciam se referir a outra coisa.

Apesar de saber que era errado, eu o desejava.

Continuei esperando e, quando ele saiu do banheiro, estava enrolado na toalha. Seu corpo úmido do banho me deixou petrificada. Ele parou na porta e se apoiou no batente, esperando que eu falasse algo. Senti meu rosto arder de vergonha. Precisava parar com aquilo; estava noiva, não podia pensar nele daquela maneira.

— Você demorou.

Foi a única coisa que consegui dizer. Ele se abaixou, e vi que suas roupas estavam em uma cadeira próxima ao sofá. Ele as pegou e entrou no banheiro. Fechei os olhos e respirei fundo. Levantei e fui para a sacada. O dia estava claro, quase sem nuvens. Era um dia lindo, mas frio.

Ele parou na porta da sacada, e me virei. Não conseguia desviar o olhar. Taurus usava jeans claro gasto, blusa cinza e tênis. Parecia um zagueiro de futebol americano, com aqueles ombros fortes e coxas grossas.

Andei na sua direção, prestes a reclamar da demora, mas não consegui.

— Vamos? — perguntei.

Ele riu e se virou, dando-me espaço para passar. Seu perfume me fez ansiar por mais. Precisei fazer um esforço para não suspirar.

Ao chegarmos na sala de jantar, já eram nove horas. Meus amigos estavam sentados à mesa, e meus pais estavam com o Sr. Yoran e meu tio na sala anexa. Sabia que eles tomariam sangue da fonte e eu, agora, já poderia participar.

— Bom dia, Majestades, senhores, crianças.

Grady e Beta deram um pulo. Que forma horrível de chamar dois jovens. Eles ficaram contrariados, mas não falaram nada. Olhei para eles, revirei os olhos, e eles riram. Será que ele me via como uma criança? Estava certa de que sim, mas ele veria que estava muito enganado.

— Bom, Taurus, espero que tenha dormido bem.

— Sim. Mas preciso checar algumas coisas no carro ainda de manhã. Se me derem licença...

Eu não o deixaria sair da minha vista.

— Nada disso. Sente-se aqui. Vou me sentar ali. Depois que você tomar café, verificamos o carro.

Ele ficou surpreso. Com certeza não esperava que eu fizesse isso.

— Mas...

Ele emudeceu e me olhou, sério.

— Nada de "mas". Temos de ficar juntos o tempo todo. Sente-se, eu espero você comer.

Todos me olharam, parecendo chocados com a forma como falei com ele, mas eu estava cansada de vê-lo ditar as regras. Fui até meus pais e os beijei, pensando em como Taurus se parecia com um deus grego.

Caramba, eu precisava parar de pensar nele!

O vampiro abriu um sorriso de lado, deixando as covinhas à vista. Era como se ele pudesse ouvir meus pensamentos. Eu precisava parar de pensar nele e mentalizar meus sentimentos.

Depois que todos terminaram, fomos ao escritório do meu pai.

O lugar era enorme. Meu pai estava atrás de uma mesa de madeira escura. O aposento era repleto de estantes com vários livros e obras de arte, e o piso todo em madeira envernizada. Minha mãe estava sentada em uma cadeira enorme que a deixava parecendo uma menina, e o Sr. Yoran e meu tio estavam em cadeiras na frente da mesa do meu pai.

Tudo era sóbrio, muito masculino, mas minha mãe sempre dava um toque para quebrar a seriedade do lugar. Tinha um pequeno sofá com uma colcha bordada em cima, e eu sabia que aquela era a peça de que o meu pai mais gostava.

— Majestade, eu gostaria de ver o carro que foi disponibilizado para a viagem.

— Claro, Taurus. Está na garagem. Posso mandar alguém levá-lo até lá.

Ele estava sério como sempre, e sua autoridade não era questionada em nenhum momento. Até o Sr. Yoran e meu tio o olhavam com respeito e admiração.

Minha mãe estava sentada ao lado do meu pai, organizando alguns papéis. Acho que até isso minhas duas mães tinham em comum: a minha outra mãe era quem comandava as contas da casa.

— Não é necessário. Posso encontrar o local, meu senhor. Trouxe uma lista do que precisaremos antes da partida.

Meu pai pegou a lista e acenou, demonstrando concordar com os itens listados. O que será que ele tinha escrito?

— Assim que estivermos com tudo à disposição, enviarei um mensageiro para avisá-lo.

— Estarei aguardando, Majestade. Vou checar o carro, se me permite.

— Pode ir. Avise-me se precisar de algo mais.

Taurus fez uma reverência e, ao sair, me olhou, arqueando uma sobrancelha, como se estivesse lembrando que eu tinha de ficar ao lado dele o tempo inteiro.

— Pai, mãe, vou com Taurus para checar o carro. Ah, pai... Taurus me disse que precisaremos de dinheiro para a viagem.

Meu pai me olhou, quase achando graça. Será que eu tinha falado besteira?

— Já providenciei a quantia que ele me pediu. Está nessa maleta.

O bonitão já tinha tudo acertado.

— Filha, acho que não é necessário que você vá com ele para isso. Aqui você está mais segura.

— Meu senhor, o Livro me colocou nessa missão. Não quero questionar a sua autoridade, mas ela deve ficar onde eu possa vê-la. Não vou me descuidar das minhas obrigações.

Todos o observavam com respeito e admiração.

— Senhor, vou precisar das duas chaves do carro. Não posso permitir que mais alguém tenha acesso ao veículo.

— Não acho necessário. Mas se assim deseja, deixarei as duas chaves com você.

— Todo cuidado é pouco, Majestade. Foi assim que sobrevivi como o guerreiro do Livro durante todos esses séculos.

Ao ouvi-lo falar assim, lembrei que ele tinha mais de mil anos. Se todos os vampiros fossem gatos como ele... Um pigarrear de Taurus me tirou de meus pensamentos.

— Você está certo. Temos de ser cautelosos, guerreiro.

Era como se eu nem estivesse lá. Os vampiros mais velhos ignoravam os jovens.

— Pai, terei de ir me encontrar com a família do príncipe Alexander.

Minha mãe tocou de leve no braço dele. Ela estava preocupada.

— Não gosto da ideia de você entrar naquele castelo, mas, como Taurus estará com você, fico mais tranquilo.

— Vamos, Taurus. Temos muito o que fazer antes desse encontro.

Chegamos à garagem e procurei pelo maior veículo. Era um Land Rover LRX preto, um carro muito bonito e grande, como eu imaginava. Vi, pela expressão de Taurus, que ele aprovava a escolha.

Ele foi até uma moto BMW preta, pegou a sacola que estava sobre ela e destravou o carro. Primeiro abriu todas as portas. Depois, o painel. Vasculhou o interior do carro todo, abriu o capô e checou o motor, onde achou uma caixinha minúscula.

— O que é isso?

— Um rastreador. Por isso que todas as vezes que sairmos, temos de checar o carro.

Ele apertou a caixinha preta como se estivesse amassando uma folha de papel, e ela virou pó. Taurus pegou a sacola, e eu me aproximei. Dentro dela havia pistolas semiautomáticas e metralhadoras pequenas.

Tinha muita munição e facas de vários tamanhos. Uma delas me chamou a atenção. Estava envolvida em um pano de veludo preto. Peguei-a e desenrolei o veludo. Era branca e se parecia com osso, mas não pesava nada, além de ter muitas inscrições no cabo e na lâmina.

Quando tentei ler os símbolos, Taurus segurou minha mão e abaixou a faca.

Senti uma energia pulsar entre nós, sem saber como explicá-la. Isso o afetou também. Ele ficou parado, me encarando, até pegar a faca de volta.

— Essa adaga é para matar espectros malignos. Ela tem inscrições antigas dos guardiões que dizem que todo espectro maligno que encontrar o fio da adaga real será destruído para sempre. Ela foi passada a mim quando Zarco, o último guerreiro do Livro, morreu. Estou sempre com ela, apesar de só tê-la usado uma vez. Como enfrentaremos tempos difíceis, vou levá-la conosco.

Ele falou calmamente, mostrando-me as inscrições uma a uma. Ele era um bom professor.

— Sabe, sempre li e assisti a filmes que falavam que essas armas ancestrais poderosas tinham nomes. Essa tem?

— É Albus. Vem do latim e significa branco. Os espectros malignos evitam a luz.

Ele guardou a faca com cuidado embaixo do banco do motorista.

— Acho que preciso aprender muito sobre toda esta coisa sobrenatural. Você me ensinaria? Também preciso aprender a lutar.

— Temos guerreiros suficientes para a sua defesa.

— Sério, Taurus. Quero saber me defender não só com meus poderes. Quero lutar.

— Seus pais não aprovariam isso.

— Quero aprender, independentemente de qualquer coisa. Gostaria que você me ensinasse a atirar, a usar uma espada e algum tipo de defesa pessoal. Alex sabe lutar e, com certeza, também sabe atirar. Só porque eu sou mulher não posso aprender?

Ele pareceu chateado, mas acenou afirmativamente, como se me entendesse.

— Tudo bem. Mas você terá de aprender a ser disciplinada. O que você quer aprender precisa de prática, e teremos tempo na viagem. Então, prepare-se. Sou um professor muito exigente.

— Eu aguento. Preciso aprender com o melhor.

Ele pegou as armas e as guardou em locais de fácil acesso no carro. Só então percebi que a jornada que enfrentaríamos seria dura, e inimigos teriam interesse em nos eliminar. O problema era que não tínhamos ideia de quem e quantos eram eles.

Meu único consolo era que Taurus estaria comigo. E meus amigos também. Ao pensar neles, mandei uma mensagem para que nos encontrassem na garagem. Em dez minutos eles chegaram.

Taurus estava colocando a bolsa lotada de munição no bagageiro, e se virou para nós. Meus amigos viram que ele estava armado e que colocara a pistola perto do freio de mão. Eles viram também algumas das armas espalhadas pelo carro.

Grady se aproximou de Taurus devagar. Acho que ele aterrorizava os dois de propósito.

— Taurus, só você sabe atirar, e há armas por todo o carro.

— Talvez eu esteja em outro banco e precise atirar. Então tem de estar à mão. E a princesa quer aprender a lutar. Com isso, imagino que terei mais dois alunos.

Os dois abriram um sorriso enorme. Eles sempre quiseram aprender a lutar, mas acho que eram impedidos para não me estimularem.

— Pode contar comigo, estou dentro. Tenho praticado novos feitiços que podem nos ajudar na viagem. Alguns de proteção, e outros de ataque.

Taurus estava muito concentrado, nem chegou a olhar para os dois.

— Ótimo. Já que estão aqui, quero que tragam suas malas em uma hora. Quero arrumar tudo pessoalmente. Ninguém toca no carro sem eu estar presente. Não sabemos se há espiões nos vigiando. Precisaremos ter cuidado. Vou checar embaixo do carro. Levem a princesa para o quarto, e me esperem lá.

Ele se deitou no chão e se enfiou embaixo do carro. Não consegui evitar de pensar no quanto ele era lindo. Então ele saiu de debaixo do carro rindo, e me olhou. Fiquei completamente sem graça, não sabia se ele estava lendo os meus pensamentos ou se eu tinha falado em voz alta.

Fui com meus amigos para o quarto. Grady foi pegar as malas dos dois, dizendo que as deixaria no meu quarto para ninguém mexer. Acho que ele estava aprendendo muito com Taurus.

— Aislin, vai ser demais aprendermos a lutar! Mas acho que você não está muito aí para isso. Imagino que o professor esteja mais no seu pensamento, acertei? — perguntou Beta.

— Fale baixo. É impossível esconder alguma coisa de você. Não consigo deixar de pensar nele, e estou com medo desse sentimento. Além disso, parece que ele consegue escutar ou ler pensamentos.

Ela me olhou batendo os cílios e fazendo uma carinha fofa. Isso me irritava, porém ela estava certa. Era algo único.

— Acho que você deveria investir nesse sentimento. É muito ruim esconder algo que sentimos por alguém.

Ela falava por experiência própria.

— Vamos mudar isso. Não vai ser fácil, mas você e Grady foram feitos um para o outro. Sei que nenhum dos dois jamais seria feliz com outra pessoa.

— Nunca pensei que um dia eu pudesse ter esperanças nesse assunto, mas confio nessa missão e espero, com todas as minhas forças, que possamos viver uma vida diferente. E quanto ao príncipe desaparecido? — perguntou Beta.

— Não sei o que sinto neste momento. Parece que, quando Taurus está do meu lado, é como se Alex ficasse em um passado distante, apesar de ele ser muito importante para mim.

— Amiga, não fique assim. Vamos lidar com um problema de cada vez. Essa missão vai te aproximar mais do Taurus e, se os Dragões quiseram que o príncipe Alexander fosse distanciado de você, imagino que farão algo a esse respeito.

Ela tinha razão. O Dragão de Fogo dissera que eu deveria seguir meu coração. Será que Taurus estava ligado a mim? Éramos tão diferentes. Ele havia me dito que éramos incompatíveis. Não podia nem mesmo dar a ele o que precisava, como o sangue.

— Perguntei a ele sobre os guerreiros, e muito do que ele me disse eu jamais poderia aceitar que ele fizesse com outra pessoa. Quando ele saiu para se alimentar, ontem, fiquei louca de ciúmes. Quase nem me reconheci.

— Acho que logo vamos descobrir o que você sente. Mas meus instintos me mostram que você já sabe, só não quer admitir, pois está noiva.

— Isso tudo é uma droga. Se não estivesse noiva, ele não teria aparecido na minha vida.

— Discordo. Quando o amor está escrito, acontece de uma forma ou de outra.

Chegamos ao meu quarto, e Grady logo veio com as malas.

— Acho que está na hora de ligar para os meus pais adotivos.

Não podia mais esperar, sentia muita saudade deles.

— Estou com saudade dos meus pais, também. Mas acho que eles sempre souberam que não poderíamos manter contato por um tempo. Talvez, na estrada, possamos tentar falar com eles, só para dizermos que estamos vivos.

— Beta, você tem razão! Sua mãe deve estar uma pilha.

— Grady, sua vantagem é que é só fazer um feitiço e pronto.

Ele riu. Ele estava sempre em contato com os pais.

— Preciso deles para alguns feitiços, mas nem sempre é fácil. Mas eles sabem que estamos bem, e pedi que avisassem os seus pais, Beta.

Ele se sentou no sofá, ao lado dela. Ela o abraçou, e ele a apertou junto dele. Queria tanto que eles ficassem juntos! Peguei o telefone e deitei na cama, deixando-os aproveitar o momento.

— Alô, mãe?

— Filha, como você está? Graças ao grande Dragão você está bem. Estávamos tão preocupados. Amor, é a Aislin! Vou colocar no viva-voz! Estou tão feliz.

Passei cerca de vinte minutos falando com cada um deles. Contei, resumidamente, o que tinha acontecido. Quando lembrei o que Taurus tinha dito, não falei nada além do que todos sabiam, já que meu telefone poderia ter uma escuta. Podia parecer paranoia da minha parte, mas eu não podia arriscar nossas vidas. Eu me despedi, dizendo que ligaria novamente assim que pudesse, e que os amava muito.

Depois de desligar, fui para perto do sofá. Meus olhos focaram no canto onde Taurus tinha ficado por parte da noite. Ele me atraía até quando não estava presente.

— Aislin, nunca vi você assim. O Taurus é lindo. Não vi o príncipe Alexander, mas duvido que outro vampiro seja mais incrível do que ele. Não consigo nem dizer nada quando ele está por perto. Entendo a sua indecisão.

Grady estava com cara de poucos amigos, ouvindo Beta falar do Taurus daquele jeito. Ela virou de novo para ele e o abraçou, como se estivesse dizendo que, para ela, ele era tudo.

— O Alex é lindo, mas você tem razão. Taurus é espetacular. Ele vai nos ensinar a lutar e a atirar. Acho que estamos partindo para uma jornada com muitos inimigos atrás de nós. Por isso, queria perguntar se vocês querem mesmo ir. Será perigoso, e vocês não têm nenhuma obrigação de fazê-lo.

Sinceramente eu não queria perguntar isso, mas minha consciência me fazia esses questionamentos de vez em quando.

— Sempre estivemos juntos. Não vai ser agora que vamos nos separar de você. Mas não nego que estou apavorada. Sabemos que não será fácil, ainda mais que o Livro mandou um vampiro como Taurus para nos ajudar.

— Beta está certa. Estamos juntos nessa. Além do mais, estudei para aprimorar meus poderes enquanto você participava da Cerimônia. E, depois de ver Taurus arrumando o carro, acho que teremos de usar mais do que nossos poderes nessa jornada.

— Vocês dois são os melhores amigos do universo! Temos de ser cuidadosos. Sinto que Taurus vai precisar de reforços, mesmo que ele não queira admitir. Preciso me arrumar para ir ao castelo Ivanov. Mesmo que o Alex não esteja lá, vou de qualquer maneira. O Taurus irá comigo. Estarei de volta à tarde.

— Vamos levar nossas malas para a garagem. Falando em carro, vamos viajar de primeira. O Land Rover é lindo, uma super máquina. Será que Taurus me deixaria dirigir?

Eu tive de rir, pois Taurus era totalmente autoritário e não deixaria ninguém ficar no volante além dele. Eu tinha certeza disso.

— Acho difícil. Mas nada que a insistência não resolva. Ou a necessidade.

— Pelo menos você sabe dirigir. Vou querer aulas de direção, também. Podemos precisar em algum momento.

— Posso curtir dirigir aquela máquina mesmo na necessidade.

— Grady, pare de pensar no carro e me ajude a levar as malas.

Beta piscou para ele, que sorriu e foi atrás dela.

Com isso eles saíram, e fui me arrumar para o "almoço" – que eu não desfrutaria, porque não podia comer. Meia hora depois, Taurus entrou suado no quarto. Em todos os casos ele era lindo, e isso não ajudava na minha condição de garota comprometida.

CAPÍTULO 10

A VISITA

— VEJO QUE JÁ ESTÁ PRONTA. ME DÊ DEZ MINUTOS.

Ele foi com a bolsa para o banheiro. Fiquei o imaginando lá dentro... Será que eu estava enfeitiçada? Eu não conseguia imaginar outro motivo para pensar tanto nele. Quando saiu do banheiro, o vampiro estava todo de preto, parecendo um segurança.

— Onde estão suas malas?

— No closet.

Ele foi buscá-la, e seguimos para a garagem. Ele colocou a minha mala no carro e trancou. Fomos para uma limusine. Ele abriu a porta, entrei e ele fechou, indo para a frente do carro, no lado do carona. Outro vampiro estava dirigindo.

O Taurus dava coordenadas para o motorista durante todo o caminho, até que nos aproximamos de uma construção monumental às margens da Baía da Neva – uma região nobre desde a era czarista, onde se situavam numerosos palácios. O palácio era bem tradicional: escuro e com várias torres e janelas. Parecia maior do que o nosso, e muito mais assustador.

Ao chegarmos, o portão eletrônico se abriu, e a garagem onde estacionamos parecia uma concessionária. Havia carros esportivos, clássicos, picapes e motos. Muitas motos. Imaginei Alex sobre uma delas. Onde será que ele estava? Eu esperava que ele estivesse bem.

Taurus abriu a porta e segurou a minha mão. Ele me passava segurança, afastando a apreensão que me tomava.

— Princesa, estarei o tempo todo ao seu lado.

Ele agia formalmente comigo outra vez. Eu preferia quando ele me chamava de "Anala", mas achava que ele não queria demonstrar intimidade. Fomos até um vampiro que parecia ser o mordomo. Ele me encarou com desdém.

— Princesa, guardião Taurus, é uma honra estar na sua presença. Sou Cássio, o mordomo da família Ivanov. Entrem, por gentileza.

Nós o acompanhamos, e fui tomada pela sensação de alguém me espionando. Olhei para cima e me deparei com a pintura de Dragão Negro cobrindo todo o teto.

Dragão Negro, peço sua permissão para entrar em seus domínios. Sinto sua presença e ela me tranquiliza.

Seja bem-vinda, princesa. Sei que está apreensiva, mas nada lhe acontecerá em meu domínio. Fique em paz.

Obrigada.

Voltei a olhar para a frente. O mordomo me olhava com um ar desconfiado, e tive de disfarçar.

— Essa pintura é linda, nunca vi algo semelhante.

— Temos orgulho do nosso dragão, Alteza.

Entramos em uma sala enorme e, depois, passamos para uma menor. Havia dois tronos negros com uma estátua do Dragão das Trevas, que ocupava todo o fundo da sala.

O rei e a rainha nos aguardavam, sentados em seus tronos. O pai de Alexander me despertava nojo, e sua mãe parecia tão fria quanto uma geladeira. Coitado de meu noivo, com pais como aqueles... Por isso ele era tão desconfiado e sombrio.

— Seja bem-vinda, princesa Aislin. Achamos que você não viria, devido ao ocorrido com o meu filho e sua jornada súbita.

Sorri e mantive a calma.

— Majestades, estou aqui para mostrar que minha união com o príncipe Alexander ainda está em pé, conforme a escolha do Livro, e não volto atrás em minha palavra dada. Achei que seria oportuno conhecer um pouco mais de meu noivo, como o rei Vicktor sugeriu. Espero que não seja um problema para Vossas Majestades.

O rei estava muito sério.

— Minha princesa, poderia me explicar a presença do guerreiro do Livro em nosso castelo?

Taurus e ele se encaravam. Eu podia sentir os músculos de Taurus prontos para um combate.

— Taurus é o escolhido para me guiar em minha jornada, então ele não pode se separar de mim até voltarmos. Perdoe-me por não tê-los avisado com antecedência, mas estávamos ocupados com a viagem iminente.

— Vejo que o Livro lhe privilegia e que você é muito agraciada, querida nora.

— Certamente, minha senhora. Sinto-me honrada com o privilégio, e espero ser merecedora da graça que recebi.

— Vamos, princesa Aislin. Levarei você ao quarto do meu Alexander.

Ela parecia querer terminar logo com aquilo, o que achei ótimo.

— Obrigada, Majestade. Com licença, meu senhor.

Fiz uma reverência e saímos. Taurus vinha logo atrás de mim, em silêncio, mas sabia que ele estava totalmente alerta. A rainha andava a meu lado.

O castelo era lindo. O piso e as paredes eram de pedra escura, e as salas, arrumadas com móveis pesados e antigos, tudo combinava perfeitamente. Chegamos a um hall onde uma grande escada se dividia em duas partes. O mármore era negro e tinha, no alto, uma estátua menor do Dragão, além de um enorme vitral que retratava a guerra e os doze Dragões.

— Ele estava feliz pela união de vocês. Espero que ele esteja bem.

Pelo menos a rainha parecia triste de verdade, e isso me fez pensar em Alex.

— Alexander estava em casa. Tomou banho e, quando fui procurá-lo, ele havia sumido, nenhum vestígio. Achei que ele tinha ido atrás de você pelas sombras e fiquei tranquila, mas, depois da revelação de que ele estava na Cidade Branca, tudo mudou.

— Sinto muito que ele esteja longe. Farei de tudo para que ele volte o mais rápido possível.

Seguimos em silêncio, acompanhadas pelo guerreiro. Passamos por dois corredores iluminados por tochas nas paredes – eles pareciam gostar de viver como antigamente –, até que chegamos à frente de uma porta negra.

— Este é o quarto dele. Acho que ele gostaria que você o conhecesse.

Quando entrei com a rainha Maisha, Taurus ficou esperando do lado de fora da porta. O aposento era enorme. Uma estante repleta de livros ocupava duas paredes. Fiquei tentada a dar uma olhada nos títulos de que ele gostava, mas a mãe dele ficou o tempo todo observando o que eu estava fazendo.

Havia uma cama grande com lençóis negros e, na parede oposta, uma TV de tela plana com videogames, além de muitos jogos. Os DVDs estavam espalhados. Ao lado da cama havia um aparelho de som com muitos CDs. Senti um grande desejo de saber tudo sobre ele, mas algo me impedia.

Era perceptível que Alex passava muito tempo ali. Tudo parecia meio bagunçado, o que significava uso constante. Aproximei-me da sacada e vi uma vista linda da Baía da Neva. Senti que ele gostava muito daquele local, e isso me deixou com vontade de estar nos braços dele novamente. Achei que deveria mostrar certo desinteresse, pois a rainha não parecia muito feliz com a minha visita.

— Majestade, o quarto do Alex é encantador.

— Que bom que lhe agradou. Meu herdeiro aprecia muito ficar aqui. Vamos, vou lhe mostrar o restante do castelo.

Queria ficar mais um pouco e ver suas coisas, mas, pelo visto, a mãe do Alex não queria nosso noivado. Eu não poderia fazer muita coisa, então a segui.

Quando saímos do quarto, Taurus me olhou como se estivesse me analisando. Sorri, tentando amenizar o que estava sentindo. Doía demais ver as coisas dele e não poder fazer nada sobre sua ausência.

Ela me mostrou tudo de modo formal. O único lugar que parecia pertencer ao nosso século era o quarto do Alex. Era como se eles fizessem qualquer coisa para agradá-lo, já que era forte e poderoso como um herdeiro deveria ser.

Taurus me olhava sério, do canto da sala. Ele parecia notar que tudo que eu mais queria era ir embora. Conversamos sobre a casa e a respeito dos Estados Unidos. Eles até pareciam interessados, mas eu sabia que queriam perguntar sobre a minha viagem próxima. Eu estava estressada, e a saudade que sentia do Alex estava me corroendo por dentro.

— Majestades, quero agradecer pelo tempo que dedicaram a mim, mas preciso voltar para minha casa. Estamos finalizando os preparativos para minha jornada, e quero ficar um pouco mais com meus pais.

O que não era uma mentira, e servia como uma excelente desculpa.

— Você aparenta estar muito nervosa.

— Estou mesmo, Majestade. Agradeço pela hospitalidade e por me apresentarem seu castelo. Apreciei muito a visita.

— Nós também, princesa. Diga a seu pai que esperamos que, em seu retorno, possamos nos reunir para celebrarmos.

— Certamente. Assim espero, Majestades.

Taurus não desgrudou de mim nem por um instante. Ele parecia saber que eu me sentia culpada pelo desaparecimento do príncipe das trevas.

— Cássio, por gentileza, leve a princesa Aislin e o guerreiro do Livro até a saída. Desejamos a você uma boa viagem, e que o nosso Dragão a acompanhe, já que será da nossa família muito em breve.

— Agradeço, Majestade.

Fiz mais uma reverência e segui o mordomo, com Taurus atrás de mim. Toda a situação estava me estressando, e eu sentia vontade de chorar.

Chegamos à garagem. Taurus abriu a porta para mim, entrei e ele a fechou. Ele foi para o outro lado, entrou e partimos.

Aconcheguei-me junto dele, chorando. Ele me abraçou e acariciou meus cabelos, me tranquilizando. Enxuguei o rosto e o abracei. Seu corpo era forte e quente.

— Obrigada, Taurus. Eu queria ser forte, mas não consigo.

— Tudo bem, Anala. Estamos chegando ao castelo, e iniciaremos a viagem em oito horas. Vou terminar de preparar tudo, e você vai descansar em seu quarto. Estou falando sério. Não sabemos quando poderemos descansar de novo.

— Então você vai ter de descansar também. Posso ir para o meu quarto, mas esperarei por você.

Ele riu, e o abracei mais. Ele era como um porto seguro. Com ele ao meu lado, nada me aconteceria. Eu sabia que ele era perigoso e mortal para qualquer um, menos para mim.

— Anala, não seja teimosa.

— Posso dizer o mesmo de você. Sabe que eu tenho razão.

Ficamos em silêncio enquanto chegávamos em casa. Ele olhou para o lado de fora e depois virou para mim.

— Certo, estarei lá em quinze minutos. Esteja deitada, quando eu chegar.

Quando ele disse isso, fiquei surpresa. Parecia que éramos namorados e estávamos marcando um encontro. Acho que ele percebeu que corei.

— Vou esperar por você.

Com isso, saí do carro e passei pelo quarto dos meus pais. Falei rapidamente sobre como tinha sido a visita e disse para meus amigos que eles deveriam descansar para mais tarde. Combinamos de nos encontrar às nove da noite em meu quarto, para conversarmos sobre a questão das fadas.

Ao chegar ao quarto, já tinham se passado trinta minutos, e Taurus estava deitado no chão. Parecia estar dormindo. O quarto estava escuro, pois as janelas e as cortinas estavam fechadas e, como estava frio lá fora, o interior ficava com um clima gostoso.

Fui para o banheiro, tomei banho e coloquei um pijama que uma das empregadas tinha separado para mim. Voltei para o quarto e fui para a cama. Ao me deitar, notei que estava muito cansada, mas não conseguia dormir. Queria tanto ele perto de mim.

— Taurus, você está acordado?

Ele bocejou.

— Agora estou.

— Venha para a cama. Não consigo dormir com você no chão. Não fale nada, só venha, estou tão cansada.

Pensei que ele não viria, mas, de repente, estava ao meu lado. Eu estava realmente esgotada... Ele se deitou afastado de mim, mas eu queria sentir o seu calor. Não me dei ao trabalho de falar ou pensar: simplesmente abracei suas costas e deixei sua respiração me tranquilizar.

— Acho que não é apropriado ficarmos assim.

Eu não queria saber de mais nada. Só queria ficar com ele e dormir. Era como se eu não dormisse há dias.

— Fique calado, vamos dormir. Mais tarde pensamos sobre isso.

Apaguei imediatamente. Saber que o Taurus me protegeria de qualquer coisa me deixava feliz. Dormi um sono tranquilo e sem sonhos. Será que era a presença do Taurus que me deixava desse jeito?

CAPÍTULO 11

A PARTIDA

QUANDO ACORDEI, O GUERREIRO NÃO ESTAVA MAIS no quarto, bem como suas coisas. Tomei banho e vesti uma calça *legging* preta e uma blusa comprida bordada. Coloquei um cinto dourado com alguns acessórios, calcei um sapato de salto alto. Deixaria um agasalho no carro, junto com uma sapatilha, mais útil em uma viagem. Eu me maquiei e borrifei meu perfume. Ao terminar, saí do banheiro e me deparei com Taurus em pé, olhando a vista da minha sacada. Ele virou e ficou me encarando, como se tivesse gostado do meu visual.

— Estou pronta. Não vi a hora, mas resolvi me arrumar.

Ele estava sério. Parecia pensar em nossa partida.

— São quase nove da noite. Vamos sair às dez e meia. Não queremos causar alvoroço antes do tempo.

— Entendo. Marquei com Grady e Beta às nove. Precisamos de você para encontrar as fadas. Não podemos desperdiçar o pouco tempo que temos.

Assim que falei, os dois entraram no quarto e assoviaram, brincando comigo como sempre faziam quando eu me arrumava. Nós nos sentamos ao redor de uma mesa, na sacada.

— Taurus, aonde podemos encontrar as fadas?

— Você sabe *o que* são fadas, princesa? E você fada, sabe o que realmente é? Ainda não a vi usar seus poderes.

Eu não sabia quase nada sobre os vampiros, quanto mais sobre as outras raças.

— Sei que são seres sobrenaturais.

— Nunca usei poderes de fada — admitiu Beta. — Não podia, para não chamar atenção. Então não sei como usá-los. Na verdade, acho que não tenho, já que meus pais nunca me falaram nada sobre eles.

Era por isso que ela sempre parecia tão triste. Ela achava que não tinha poderes. Taurus me olhou seriamente.

— Bem, vamos começar explicando quem são as fadas. Para nos encontrarmos com elas, precisamos estar cientes do que são e como usam seus poderes. As fadas são seres místicos. Seu corpo é volátil, e muitas possuem poderes especiais de acordo com o seu tipo, assim como os vampiros. Elas são divididas em dois: as pequenas e as gigantes. No caso da sua amiga, ela é uma gigante, e todos os sobrenaturais conseguem distingui-las. Existe também uma segunda divisão, relacionada à sua afinidade com os elementos: as fadas do Ar, do Fogo, da Luz, das Trevas e da Floresta. Cada uma tem seus poderes relacionados com sua casta.

Ficamos calados.

— Você, fada, é uma fada da Luz. Você consegue criar luz e pode se transformar em vários objetos e animais que estejam relacionados à luz, como pássaros e animais diurnos. Seu poder é menor durante a noite, principalmente quando as fases da Lua a deixam escura.

— Nossa, ela pode fazer tudo isso, mesmo? Nunca consegui um feitiço para me transformar em algum animal — disse Grady.

— Ela pode, mas precisa aprender com uma fada adulta. O conhecimento está no sangue. Tem de participar de um ritual para despertar o poder dentro dela, e, pelo visto, isso ainda não aconteceu.

Beta levantou e foi até a sacada. Olhou para a Lua e ficou em pé, perto da mesa em que estávamos sentados.

— Estou chocada. Como posso me transformar em objetos? E como você sabe que sou dessa casta? Estou tão confusa que nem sei mais o que perguntar.

Grady segurou a mão dela e a puxou para o seu colo. Ela se aninhou. Taurus arqueou uma das sobrancelhas, mas não falou nada. Tenho certeza de que ele já sabia o que os dois tentavam desesperadamente esconder.

— Os vampiros conseguem ver o brilho que as fadas emanam. O seu é amarelo, quase branco, o que caracteriza a casta da luz. A do fogo é vermelha, a do ar é azul, a das trevas é cinza e a da floresta é verde. Através dessas cores podemos distinguir cada uma de vocês. Só espero que você não conheça as fadas das trevas. Elas perdem a pureza, quando se tornam más, e nunca mais conseguem retornar à forma original.

— Por que eu não vejo nenhum brilho?

— Você deve se concentrar em ver a verdadeira forma. Todas as vezes em que você o fizer, conseguirá ver. Mas, às vezes, é melhor não pedir para ver o que é verdadeiro, principalmente no que se refere aos demônios. Eles são feios e fedorentos. Venha cá.

Levantei e fiquei onde ele tinha indicado. Beta estava sentada no colo de Grady. Taurus estava no meio e eu, do outro lado da mesa. Ele me posicionou entre eles, sua mão em minhas costas, me apoiando.

— Agora olhe para a sua amiga e pense na verdadeira forma dela.

Concentrei-me e, de repente, consegui ver um brilho que emanava do centro e criava um halo ao redor dela, como um campo de força.

— Beta, seu brilho é incrível! Não se preocupe, vamos encontrar uma fada que possa ajudá-la a despertar seus poderes.

O guerreiro do Livro fez um movimento para eu não gastar mais meus poderes e sentei de volta no meu lugar. Então, era essa a sensação de alguém nos ver com os dons. É por isso que os vampiros não paravam de me olhar.

— São necessárias quatro fadas, uma de cada casta, para isso acontecer. Elas escrevem seu nome no Livro das Fadas, e você é aceita oficialmente em sua casta e sociedade. Se não, qualquer meio sobrenatural faria isso.

— Como assim, meio sobrenatural? Cada vez me sinto mais ignorante.

— Calma, princesa, sei que isso tudo é diferente e novo para vocês, mas precisam ter conhecimento. Assim que partirmos, tudo pode acontecer. E não sabemos quem serão nossos guias.

Senti algo de estranho e olhei para o espelho. Taurus seguiu meu olhar.

— O que foi, princesa?

— Não sei. Senti algo estranho, como se alguma coisa muito ruim fosse acontecer e o espelho estivesse me avisando.

Ele se levantou e fui atrás dele. Quando chegamos perto do nosso reflexo, eu disse:

— A sensação parou.

— Chame seu amigo. Quero confirmar minhas suspeitas.

— Que suspeitas? Você acha que esse espelho está enfeitiçado?

— Tenho certeza. Mas quero ver se o seu bruxo sabe. Com isso, posso avaliar a capacidade dele.

— Grady, você pode vir até aqui?

Ele e Beta se aproximaram.

— Este espelho tem um feitiço muito antigo, mas não é de um bruxo, não mesmo, acho que é...

— Dos Dragões.

Taurus sabia a resposta o tempo todo. Mas dos Dragões? E no meu quarto? Por quê?

— Bruxo, você consegue fazer esse espelho ficar pequeno?

— Desculpe-me, ainda não cheguei nesse nível.

Taurus socou o espelho, espalhando cacos de vidro por todo o quarto. Ninguém se machucou. Achei que ele tinha enlouquecido, mas, ao olhá-lo, entendi. Ele pegou um pedaço arredondado, raspou com a unha, deixou como um espelho de bolsa e me entregou. Segurei com cuidado.

— Fique com ele, princesa. Acho que essa sensação de perigo está a nosso favor. Nós devemos ficar em alerta, quando for sentida. Mas, para isso, o espelho tem de estar perto de você. A única coisa que não sei é quem pode estar do outro lado, mas é alguém poderoso e que consegue prever o futuro.

Todos sabiam que não era Alex. Eu sentia que era alguém diferente, mas que estava nos ajudando. Voltamos para a mesa e nos sentamos. Ainda havia muito para descobrir, e Taurus estava tendo paciência com nossa suposta ignorância.

— Existem também os mestiços. Quando qualquer indivíduo sobrenatural tem relações sexuais com humanos e geram filhos, mesmo tendo poderes, eles não são aceitos nas sociedades. No caso dos vampiros, é diferente. Os mestiços são criados, mas são fáceis de serem derrotados, apesar de muitos tentarem formar exércitos rebeldes.

— Você quer dizer que é possível criar um exército de vampiros?

— Sim. Isso já aconteceu, mas os guerreiros se unem para a batalha. Tenho sentido uma insegurança entre eles. Como seu líder, acho que pode estar acontecendo de novo e, com a minha partida, não sei o que pode acontecer. Temos uma comunicação mental, mas não posso obrigá-los a fazer o que é certo. Até hoje mantivemos certa calma, mas creio que logo isso mudará.

Se ele podia pará-los, então não poderia deixar seu posto. Isso seria uma vitória antecipada para nossos inimigos.

— Então é melhor você ficar, Taurus. Não posso permitir que os guerreiros se prejudiquem por mim ou pela jornada.

Ele me encarou. Ele não se desviaria da missão, mesmo sabendo dos riscos da sua partida.

— Lamento, princesa. O Livro quis assim, e assim será. Quando tivermos nosso destino, buscaremos o reino das fadas. Precisaremos de todo o poder possível. Não tema, menina fada, você terá seus poderes libertos e sua casta.

Beta recuperou um pouco da confiança.

— Não sou menina, mas agradeço pela preocupação. Pode me chamar de Beta, por favor. Sei que sou uma fada, mas prefiro meu nome. E o "bruxo" prefere ser chamado de mago, e o nome dele é Grady. Acho que você não gostaria que eu o chamasse de "guerreiro"...

Ele riu.

— Acho que isso vale para mim, também, já que estamos buscando um acordo. Me chame de Aislin, e não de princesa ou de menina, tudo bem?

Não podia pedir para ele me chamar de Anala. Eu gostava, mas não daria esse gostinho a ele.

— Tudo bem. *Beta*, logo vamos libertar os seus poderes. Quanto ao Grady, você é um mago branco. Seus feitiços são sempre para o bem. Transformam-se em malignos aqueles que buscam o mal. Você pode se defender; a magia aceita que você mate ou prejudique alguém em legítima defesa, mas a linha entre o bem e o mal é muito tênue, e extremamente perigosa.

Grady se encheu de orgulho.

— Isso sem dúvida! Meus pais me explicaram algumas coisas, e procuro pensar antes de agir, pois, uma vez que se comete um erro, não tem volta.

— Com certeza. Sua natureza bondosa torna-se imediatamente maligna. Vamos esperar pelo que o Livro revelará. Quero ver a marca da seta em vocês. Tenho de confirmar se o Livro concordou com as escolhas da princesa.

Cada um tinha um desenho diferente. A do Grady era reta. A minha parecia com o talo de uma flor sinuosa, mas pela metade; e a de Beta era uma seta com minúsculos tracinhos no comprimento, como se fosse uma espinha de peixe.

Taurus admirou a minha. A marca dele era a minha outra metade. Vi quando ele escondeu um pouco o pulso.

— Temos de saber para onde o Livro irá nos mandar, e quem será o guia.

— Como assim, quem será o guia?

— Em jornadas como essa, sempre há um guia. Pode ser um de nós ou alguém de fora. O Livro vai indicar, para que o guia não seja prejudicado com a escolha. Se algo acontecer a ele ou ela, a missão acaba.

Fiquei pensando em quem poderia ser o nosso guia. Eu não conhecia quase nada da Rússia. Se fosse eu a guia, estaríamos com problemas.

— O Livro fala através de visões ou sonhos com os guias. Mesmo que a pessoa não saiba o nome do lugar para onde vai, sempre sabe a direção.

— Aislin, acho que estou ficando com fome. Estou com medo e com a sensação de que algo ruim vai acontecer.

O guerreiro se levantou e foi em direção à porta. Nós três ficamos sem ação, depois de tantas revelações.

— Vocês têm de me acompanhar até o salão.

Levantamos e o seguimos até a garagem. Meus pais, meu tio e o Sr. Yoran estavam na limusine. Entramos no Land Rover e fomos para o salão. Ficamos em silêncio e não demorou para cruzarmos o percurso.

Ao parar o carro, vimos uma multidão que gritava meu nome. Saímos e o local ficou em silêncio, talvez pela presença dos meus amigos. Pelo visto, teríamos uma grande batalha para que as raças se respeitassem.

Segurei a mão deles e ouvi comentários, mas não liguei. Nossa amizade era mais importante do que qualquer outra coisa. Entramos no grande salão e fomos anunciados. Todos se viraram, e pude ver o desprezo que o público tinha pelos meus amigos. Como Taurus havia me lembrado, nem tudo era justo. Eles ficaram nervosos, e queriam soltar minha mão, mas não deixei. Fomos até meus pais e nos sentamos. O guerreiro do Livro se ajoelhou à minha frente.

— Princesa, estarei de volta assim que anunciarem o escolhido. Não se preocupe, nada acontecerá a você, a seus amigos ou a sua família. Confie em mim.

E eu confiava.

Ele segurou minha mão e tocou a testa em respeito à minha posição, e em submissão. Não gostei. Queria que ele se levantasse. Ele era igual a mim.

Taurus se levantou e foi para uma porta lateral. Quando saiu, senti como se minha força estivesse se esvaindo.

Eu estava apaixonada pelo Alex, mas não tinha mais pensado nele. Isso fez com que eu me sentisse uma traidora.

> *Grandes Dragões, peço que nos guiem para fazermos o que é certo. Não quero provocar uma guerra, mas farei o que me for pedido. Eu os agradeço pelos meus dons e espero poder usá-los com sabedoria.*
>
> ***Você ainda sofrerá para encontrar o que busca, mas estaremos sempre com você. Seja forte, lute com o coração, pela amizade e, principalmente, por amor.***

August presidiria a reunião. Ele se posicionou atrás do Livro e olhou para a plateia. Seu rosto era imparcial, apesar do nervosismo que afligia a todos.

— A todos os presentes, peço atenção. Está na hora de lermos o que o Livro nos revelará sobre a jornada da princesa Aislin Haigi, dos três escolhidos e do guia.

Meu estômago dava nós. Eu sabia que todas as raças dependeriam dessa jornada, o que me deixava em pânico. Tentei não demonstrar. August olhou para o Livro, e pude ouvir suas palavras.

— Grande Livro dos Dragões, revele-nos o que precisamos saber.

Eu podia sentir o poder que emanava do Livro, e sabia que as letras estavam aparecendo.

Ele leu e olhou para todos no salão.

— É assim que ordena o Livro: que se inicie a jornada para a busca do significado dos dons dados à princesa Aislin Haigi e o futuro da sociedade como a conhecemos.

Todos estavam em silêncio.

— O escolhido pelo Livro é Taurus, o guerreiro mestre do Livro dos Dragões. O segundo componente da expedição, por escolha da princesa e confirmação dos Dragões, é Beta Ingrid Cross, da raça das fadas. O terceiro é Grady Raco III, da raça dos magos.

Eles ficaram de pé e eu os imitei, sem saber o que fazer.

— Peço que todos os citados venham até o Livro, para que este revele o seu guia.

Quando estávamos nos aproximando do Livro, começou um certo descontentamento da plateia. Ficamos ao redor do grande exemplar. Taurus ficou na frente; eu, do lado direito; Beta ao meu lado, e Grady ao lado de Taurus, que falou, bem baixinho:

— Fiquem calmos. Se algo der errado, levarei o Grady pelas sombras e você se teletransporta com a Beta para o Land Rover, entendeu? Não arriscarei a segurança de vocês.

Ele sabia o que fazer, e eu faria tudo o que ele me pedisse.

— Tudo bem. Me dê um sinal, e eu o farei.

Esperamos o que mais o Livro nos mostraria. Fiquei atenta a cada movimento, principalmente o das sombras, sem demonstrar meus poderes.

Então senti o poder do Livro novamente.

— O Livro revela que o guia será a princesa Natasha Morozov. Através dela será revelado o caminho. O príncipe Mikhail Smirnov participará como sustentador.

A plateia enlouqueceu. Os vampiros gritaram. Aquela seria uma aventura muito difícil. O vampiro do Livro fez um rugido de Dragão que fez todos se calarem na hora.

— Peço silêncio. Neste local, o Livro tem o poder. Peço à princesa Natasha e ao príncipe Mikhail que se aproximem para serem marcados com a seta. Depois deverão partir com os viajantes. O Livro já providenciou para que seus servos separassem seus pertences de acordo com a necessidade da jornada e fossem colocados com os dos demais.

Os dois vieram até o Livro e foram marcados com setas retas vermelhas. O tumulto se iniciou novamente.

— Não permitirei que minha filha seja usada como uma simples guia. E, para meu genro, é uma desonra ser um sustentador. Eles não irão — disse o pai da princesa.

— Peço que todos se sentem. Não pedirei novamente.

Percebi que eles estavam de mãos dadas e não queriam segurar a mão de um bruxo. Troquei de lugar com Grady e peguei na mão da Natasha.

— O que você pretende com tudo isso, sua vadiazinha? Foi só o Alexander virar as costas e você arranjou outro? Sua safada.

— Cale a boca. Temos de ir, agora. Estou com um mau pressentimento.

Taurus deu o sinal e foi pelas sombras com meus amigos, já que agora tínhamos mais dois para levar. Nesse momento, vi o descontrole dos vampiros e o começo da guerra.

Apertei a mão de Natasha e Mikhail e nos teletransportei para o carro. Grady e Beta já estavam lá. Taurus estava me esperando com o motor ligado. Sentei na frente. Beta foi no colo de Grady e Natasha e Mikhail ao lado dos dois.

— Preciso voltar e levar meus pais para casa. Não os deixarei para trás. Sinto que eles serão acusados pelo que aconteceu.

— Tem razão. Vamos tirar o carro daqui e deixá-lo em um local seguro. Depois voltaremos para fazer o que for preciso.

Ele acelerou o carro e passamos pelos vampiros até chegar a uma rua mais larga. Ele não parava nos sinais, nem desacelerava. Eu segurava a porta como se a minha vida dependesse dela, e, no banco de trás, os quatro colocaram os cintos de segurança, tentando se segurar de alguma maneira.

O guerreiro estacionou o carro em uma garagem que imaginei ser um de seus esconderijos. Ele fechou o portão com um controle remoto e olhou para mim, depois para os demais, como que para se certificar de que estavam todos bem.

— Vamos. Você leva seus pais. Levarei o Sr. Yoran e seu tio pelas sombras, depois retornarei para pegar o mestre do Livro e escondê-lo em um local seguro. Agora estaremos lutando pela vida. Não saiam daqui, ou se arrependerão.

Ninguém falou nada.

— Vocês me ouviram? Não falem com ninguém, a partir de agora. A guerra começou. Se querem viver, me esperem. Não vou demorar.

Ele se foi e eu o segui. Ao chegar ao salão, me escondi nas sombras e o senti próximo de mim, sempre me protegendo. Fui até meus pais e peguei na mão da minha mãe. Sabia que ela estava de mãos dadas com o meu pai. Levei-os para o meu quarto.

— Filha, o que você fez?

Os dois não esperavam que eu voltasse, mas eu nem tinha me despedido e não podia deixá-los, sabendo do perigo que corriam.

— Pai, a coisa ficou muito feia. Acho que acusarão você pelo que aconteceu. Tenho de partir para a missão, mas quero que fiquem a salvo. Vão para algum lugar distante, e fiquem seguros.

Olhei para a minha mãe. Ela sabia para onde ir, e eu sabia como encontrá-los. Pelo menos tinha certeza de que estariam seguros.

O guerreiro chegou com meu tio e o Sr. Yoran, que não parava de tremer. Ele os deixou e saiu.

— Vocês precisam ir, a guerra começou. Sei o que sentem. Acho que há um exército sendo formado. Levem todos com vocês, não deixem ninguém para trás. Vão! Não temos tempo, eu os encontrarei de novo. Eu amo vocês, tomem cuidado. Não há volta, nem negociação, e os que ficarem para trás serão mortos.

Abracei meus pais e fui pelas sombras, para não gastar muito a minha energia. Com isso, pude ver algumas casas queimando e vampiros pelas ruas. Seria um massacre e a mídia não perceberia, pois eles encobriam tudo muito bem. Cheguei ao carro, e todos estavam me esperando. Brigando, é claro.

Tinha de dar um jeito antes de Taurus chegar.

— Todos vocês, silêncio! A guerra começou, e precisamos ir embora. Tudo o que vocês conhecem está sendo destruído. Precisamos nos unir e descobrir o que faremos a seguir. Sei que temos um papel fundamental para o fim da guerra.

— Falou a superpoderosa. Quem é você para mandar em nós? — esnobou Natasha.

Eu precisava ser esperta e não piorar as coisas ainda mais.

— Você é a guia, não é? Então é você quem manda, não eu. Entrem no carro. Grady, você pode fazer algum feitiço para ter mais espaço interno? Por favor, diga que sim.

— Acho que posso tentar... mas nunca fiz um.

— Droga. Que bruxo é esse que não sabe fazer nada? Para que ele serve então?

Taurus voltou, e todos ficaram em silêncio.

— Entrem no carro. Princesa, venha comigo, rápido.

Taurus me puxou e me levou a um banheiro minúsculo da garagem, onde mal cabíamos. Ele cortou o pulso e ofereceu-o a mim.

— Beba. Não temos muito tempo.

Eu o fiz e, quando me saciei, ele selou o corte. Desejei lamber o sangue da sua boca. Ele segurou meu braço e nos levou de volta ao carro sem dizer uma palavra.

— Você vai atrás de mim, princesa. Todos irão atrás, menos a princesa Natasha. Ela virá na frente. Temos de saber para onde vamos, e lá fora está um caos. Vamos sair e não pararemos por nada, nem ninguém.

Ao sairmos da garagem, havia vampiros pelas ruas, pessoas sendo sugadas e muitos mortos, entre vampiros e humanos. Ficamos em silêncio até Natasha gritar.

Ela parecia em transe.

— Vamos para Veliky Novgbrod. Não vá pela estrada principal.

O carro acelerou, e fomos em direção a esse lugar que eu, particularmente, não tinha a mínima ideia de onde era.

Eu não fazia ideia do que nos esperava pelos meses seguintes ou quem sabe anos, mas teríamos de nos unir. Seria complicado fazer isso com a Natasha. Ela era louca pelo Alex. Eu mal estava pensando nele, e ainda havia o Taurus. Eu não sabia o que sentir.

Encostei a cabeça no vidro gelado. Começava a nevar. Na Califórnia, eu jamais tinha visto neve. Era linda, mas o momento, triste. A guerra começara, e eu não pudera fazer nada para impedir. Estava me sentindo fracassada e sem ânimo para iniciar uma jornada tão difícil.

Fechei os olhos e pensei no que viria a seguir. Teríamos de buscar as fadas e as demais raças, partindo em uma jornada que ninguém sabia para onde levaria.

Meu coração estava perdido. Eu não sabia o que sentia pelo vampiro que parecia me ajudar por pura obrigação, nem pelo meu príncipe prometido. Quando pensava no toque, cheiro e sabor do sangue de Alex, o de Taurus vinha à minha mente. Como eu lidaria com isso?

No carro, todos dormiam. Taurus dirigia em um silêncio mortal. Depois de umas seis horas de viagem, senti o seu olhar pairando sobre mim. Ele olhava através do espelho retrovisor, e eu senti meu sangue aquecer.

Fiz um sinal de que estava bem, e fechei os olhos. Ele afastou os olhos de mim. Eu não sabia como lidar com isso, e tentei me consolar, pensando que estava fazendo a coisa certa. Até que, finalmente, dormi.

CAPÍTULO 12

O REENCONTRO

DEPOIS DA NOITE MAL DORMIDA, NOS MANTIVEMOS em silêncio no carro. Nas primeiras horas da manhã, Taurus estacionou em uma pousada. Ainda estava escuro e muito frio, e eu era grata por não sentir essas mudanças. Meus amigos estavam congelando.

O local parecia tranquilo. A fachada, coberta de hera, tinha uma placa com o nome "Verdes Sonhos". Só de ler, já pensei numa cama confortável.

— Vamos descer e descansar um pouco. Estaremos seguros, aqui. Peçam dois quartos. Os homens ficarão em um; as moças, no outro. Digam à Helga para servir o café nos quartos. Enquanto isso, vou dar uma volta nas redondezas. Preciso encontrar a pessoa que vai nos levar aos Fae.

Um senhor saiu da pousada e veio até nós. Aproximei-me do Taurus, sentindo o poder emanar daquele homem. Quando ele sorriu, me encantei com sua beleza.

— Olá, velho amigo.

Olhei para ele, boquiaberta. Jamais o vira falar de forma tão carinhosa, ainda que o conhecesse há tão pouco tempo. Todos entraram, e eles começaram a conversar.

— É bom vê-lo, depois de quase trezentos anos sem aparecer. Sei que você é o guardião do Livro, por isso não tem muitas missões longe de casa.

— Estamos em uma missão sigilosa. Quero que você cuide deles para mim por um tempinho, enquanto vou falar com Kyara.

Senti-me enciumada com a menção a outra mulher. Taurus olhou para mim, arqueando a sobrancelha.

— Olá... senhor?

— Oh, mil perdões, Alteza. Sou Philipe, mago de segunda grandeza e amigo de sua família. Taurus me disse que vocês necessitam de proteção e de alguns cuidados. Estou ao seu dispor. Vamos, entrem. Nossa pequena estalagem é modesta, mas segura. Venha...

Ele me conduziu para dentro, e escutei uma risada em minha mente. Quando me virei para falar com o guerreiro, ele tinha sumido.

— Senhor Philipe, como você me conhece?

— Ah, você é a promessa de uma grande mudança em nosso mundo. Sinto que a conheço desde antes de sua concepção.

Nossa, ele era muito enigmático.

— Tenho um pouco de sangue da fonte para os vampiros, aqui, se Vossa Alteza precisar. Por favor, me acompanhe. Seu quarto é o 313. Tome um banho. Levarei a você o melhor sangue da nossa reserva. Vamos depressa, Taurus não a quer fora do quarto; assim que ele voltar, vai direto para lá. Não se preocupe, ele está bem.

Como ele sabia que eu estava preocupada com ele?

A pousada era pequena: a recepção era toda em madeira, com vasos de plantas no lado direito e um pequeno sofá antigo com desenho floral rosa e o fundo azul do lado esquerdo. Em cima da mesinha, um jornal. Inclinei-me para ler. Desde que eu chegara, não tinha pensado nas notícias do mundo e, ao olhar para o jornal, me surpreendi. Era um jornal do mundo sobrenatural, tratando de incidentes entre magos e demônios de sangue. Enquanto eu lia as notícias, Philipe conversava com uma recepcionista morena de olhos escuros. Ela tinha pequenos chifres despontando entre seus cabelos. Ele falava baixinho, e ela só assentia.

— Vamos subir, princesa. O Taurus quer você dentro do quarto com a princesa Natasha e a pequena fada.

A curiosidade estava me corroendo.

— O senhor fala com o Taurus em pensamento ou o escuta?

— Você é muito esperta, por isso ele gosta tanto de você. Mas, sim, eu o escuto. O Livro me deu esse dom para proteger as pessoas preciosas. Agora venha. Mais tarde nos falamos.

Taurus gostava muito de mim?

Ele me guiou para o quarto, mas eu não conseguia pensar em outra coisa. Subimos uma escada em caracol e entramos em um corredor estreito e mal iluminado. A primeira porta tinha um aviso de "não perturbe". Pelo que lera no jornal, nunca mais perturbaria ninguém.

— Há um gnomo muito velho nesse quarto, e ele não gosta de ser incomodado.

— Certo. Onde os meninos estão?

— Taurus disse que teria de ficar próximo a você, então eles vão ficar aqui, na frente do seu quarto.

Era a terceira porta à direita. O nosso era à esquerda. Ele bateu de leve na porta e ninguém atendeu.

— Acho que elas estão dormindo. Suas amigas pareciam muito cansadas.

Eu não queria dizer que Natasha não era minha amiga.

— Entre. Daqui a pouco eu trago a sua taça. Vamos, você parece exausta.

Ele abriu a porta e nós entramos. O quarto era pequeno, com três camas de solteiro. As duas de costas para a parede perto da porta já estavam ocupadas, as malas estavam em cômodas baixas. Minha cama estava arrumada com um lençol branco, e parecia muito confortável. Minha mala estava perto da janela fechada, e tinha uma cortina branca fina. Assim que vi a cama, fiquei tentada a me jogar nela e dormir por dias...

Quando o Sr. Philipe saiu, peguei minhas roupas e fui para o banheiro. Tomei um banho rápido e, quando abri a porta, as duas continuavam dormindo e uma taça com sangue estava em uma mesinha.

Quando encontrasse o Sr. Philipe, precisaria agradecê-lo. Bebi o conteúdo da taça e senti o cansaço com força total. Enfim fui me deitar.

O clima estava frio, mas eu não sentia os efeitos da temperatura. Aconcheguei-me entre as cobertas e adormeci. Quando abri os olhos, não estava mais na pousada, mas em um gramado muito verde rodeado por árvores choronas, uma brisa fresca e morna soprava. Os raios solares se infiltravam por entre as árvores; havia muitas flores salpicadas pelo chão. Eram multicoloridas, e deixavam na brisa um cheiro doce maravilhoso.

Onde eu estava? Era como se estivesse acordada, mas sabia estar dormindo. O que estava acontecendo?

Ao me levantar, senti uma presença muito familiar.

— Alex.

Saí correndo ao encontro dele. De repente, parei, e ele me olhou, sorrindo.

Ele me beijou e me prendeu num abraço apertado.

— Aislin! Eu estava com tanta saudade de você...

Ele beijava meu rosto e cheirava meu cabelo. Agarrei-me a ele. Nós nos beijamos por um longo tempo, até que ele encostou a testa na minha.

— Nossa. Eu estava com muita saudade, sabia?

Seus olhos diziam tudo, mas eu não estava preparada para falar sobre sentimentos. Por isso, fui direto ao ponto.

— Onde estamos? E como me sinto acordada se estou dormindo?

Ele sorriu, mas não tinha as covinhas de que eu tanto gostava em Taurus. Fiquei com uma sensação estranha.

— Não é um sonho, é uma ilusão. Conheci um mago aqui na Cidade Branca dos Dragões, e ele está me ajudando a entrar em contato com você. Nem sabia que você estava dormindo. É uma ilusão de ligação, já que estamos unidos pelo compromisso de sangue.

— Mas estou tocando você.

— Estamos nos tocando devido ao nosso sangue. Mas creio que, da próxima vez, será mais difícil, pois não bebemos mais um do outro. Vai chegar um momento em que não vou mais conseguir entrar em contato com você.

Ele estava triste, mas não poderíamos fazer nada com relação a isso.

— Sinto muito. Eu queria estar ao seu lado. Mas me conte: o que aconteceu? Estou sem saber de nada, e isso está me deixando louco.

— Eu vou contar, mas não diga nada até eu terminar. Tenho medo de acordar e te perder de novo.

Ele me abraçou, e nos sentamos apoiados em uma árvore. Suspirei e me virei para ele. Queria olhar para ele enquanto ainda podia vê-lo.

— Primeiro me diga, que lugar é esse?

— Estamos na parte de trás da casa do mago Merlin, o verdadeiro. Ele foi trazido para esta cidade devido a seus serviços para com as raças e, quando eu soube que ele estava aqui, vim atrás dele para tentar alguma forma de entrar em contato com você.

— Queria que você estivesse comigo.

Eu o abracei.

— Agora me diga o que aconteceu desde o momento em que eu sumi até a hora em que você foi dormir.

— Tudo bem. Assim que percebi que você estava demorando para aparecer, decidi ir sozinha para a reunião. Fui e fiquei na sombra, mas as sombras estavam sendo vasculhadas e tentei me esconder. Mas o Taurus estava meio desconfiado, e sabia que eu estava lá.

— O que ele fez?

— Calma.

Fiquei preocupada, pois Alex parecia pronto para a briga. Eu podia sentir a raiva e a preocupação vindas dele. Droga, só de imaginar os dois brigando... Não, eu não iria deixar isso acontecer.

— Ele sabia que eu estava lá, mas não conseguiu me encontrar. Então saiu da sala, enquanto eu fiquei na reunião. Foi aí que eu que fiquei sabendo onde você estava. Mas estou em uma missão para encontrar um local misterioso onde mora um vampiro que guarda os antigos pergaminhos da raça.

— Como você vai encontrá-lo? Isso é perigoso demais, Aislin. Sei que você é muito poderosa, mas não tem treinamento.

— Não se preocupe tanto. O Livro me deu a chance de escolher dois acompanhantes, que você já deve saber quem são. Tenho como guia a princesa Natasha e o seu amado príncipe está como "suporte", ou algo do tipo. Não sei bem o que o vampiro do Livro falou.

Ele fez cara de nojo, e eu ri.

— Certo. Mas tem alguma coisa que você não está me contando.

— O Taurus foi designado pelo Livro para ser nosso protetor. Não precisa fazer essa cara de espanto, pois ele tem nos guiado e ajudado em tudo. Estamos em segurança.

— Graças aos Dragões, eles pensam em tudo mesmo. O Taurus é o melhor guerreiro que temos, mas acho que vocês deveriam levar uma humana com vocês, para evitar que ele fique fraco. Lembre-se de que ele é um guerreiro, não um vampiro comum. Precisa de sangue quente para ter força.

— Vou falar com ele quando eu voltar.

Eu não falaria. Só de pensar nele com uma humana eu já ficava louca de ciúmes. Mas não ia estragar o tempo que tinha com Alex.

— Você vai ter de voltar, agora. Tenha um sono tranquilo. Lembre-se de que estarei buscando uma forma melhor de falar com você.

— Não quero ir, Alex. Não estou te sentindo mais.

— Calma, linda. Vamos nos encontrar em breve. Estou apaixonado por você, e nada vai me impedir de achá-la. Lembre-se disso.

— Alex, existe um castelo branco com uma janela virada para a fonte, com vista de um jardim com uma árvore toda roxa. Eu conheço esse lugar! Tente achar a pessoa que vive lá. Acho que ela está me ajudando através de um espelho.

— Eu farei isso. Já me falaram de uma vidente muito poderosa que mora em um castelo, deve ser a mesma pessoa. Agora tome cuidado. Eu amo você.

Eu não queria falar uma mentira, e não sabia o que estava sentindo naquele momento. Tudo ficou escuro, e voltei a dormir pelo que imagino terem sido horas. Quando acordei, o Sol estava se pondo. Levantei devagar, pois minhas companheiras de quarto pareciam estátuas.

Fui até a janela. Ao notar um movimento lá fora, afastei um pouco a cortina e vi o protetor do grupo se despedindo de uma fada. Ela era linda, e usava um top e uma saia transparentes, que brilhavam quando ela andava.

Ele a beijou no rosto e, quando ela olhou para a janela, acenou para mim. Fiquei paralisada. Ela parecia uma boneca com cabelos ruivos ondulados muito longos, pele branca como porcelana e olhos incríveis, verdes como os dele.

Fiquei triste, pensando que não tinha chances contra ela. Acenei de volta, e ela sorriu. Ele falou no ouvido dela tão baixinho que mal pude escutar:

— Vá. Estaremos em seu reino à meia-noite, como combinado.

— Estarei esperando ansiosamente a sua chegada, Taurus. Tome cuidado com o guardião. Ele já foi avisado sobre vocês, mas com certeza vai se meter.

— Não se preocupe, Kyara.

Ela o abraçou e deu um selinho nele. Tive de sair da janela, estava indignada.

Quando voltei para a janela, ele já estava indo embora. Ele olhou para mim, sumiu na sombra e, no instante seguinte, apareceu atrás de mim. Dei um gritinho assim que ele tocou meu braço.

— Droga, Taurus! Você me assustou.

— Desculpe, princesa. Achei que você sabia que eu viria até aqui.

— Achei que você tinha assuntos mais importantes de que tratar.

Estava chateada, e não me importava se ele iria perceber ou não. Foi quando fiquei tonta e me apoiei na cama. Fechei os olhos e senti como se os meus braços e pernas fossem de borracha. Ele me segurou no colo e me sentou na cama. Eu me sentia esgotada.

— Princesa, abra os olhos! Vamos, Anala.

Agora sou "Anala"! A vontade de brigar foi tanta que abri os olhos. Ele estava a centímetros do meu rosto, acariciando a minha bochecha com tanto cuidado que mal dava para perceber.

— O que houve para você gastar poder, já que dormiu quase o dia todo?

Estava o olhando como uma boba. Seu cheiro era tão bom que me fazia desejar mordê-lo todinho.

— Venha. Beba de mim.

Não pensei duas vezes. Ele colocou o pescoço delicioso na minha boca. Eu o mordi, devastada de desejo. Eu tomava com tanta sede, sem me importar com o que estivesse à nossa volta, mas sabia que Taurus tinha nos protegido dentro da sombra, caso as duas outras meninas acordassem.

Desejei que ele me visse por inteiro. Pensei no quanto ele era maravilhoso e no quanto o desejava. Eu sabia que nada seria fácil entre nós, mas sentia uma ligação tão forte que não podíamos negar. Eu estava realmente apaixonada. Soltei meu aperto e o olhei.

— Precisamos conversar.

— Depois. Agora preciso fazer uma coisa.

Ele me abraçou apertado e me beijou. Não um beijo de amigo. Foi um beijo apaixonado, daqueles que nos fazem ver fogos de artifício. Meu corpo dizia que ele era meu. O pensamento de que eu estava noiva surgiu em minha mente, e ele quebrou o beijo.

— Desculpe, minha princesa. Você está bem?

Acenei em concordância. Pelo menos acho que fiz isso. Estava com o corpo todo pegando fogo.

— Vamos acordar os outros. Temos de nos arrumar para atravessar o portal.

— Portal? — perguntei.

Ele me apoiou na cama e se levantou como se nada tivesse acontecido. Ótimo.

— Vamos para a terra das fadas, ajudar sua amiga a conseguir seus poderes. Já falei com a princesa Kyara. Ela vai adiantar as coisas para a cerimônia e para a nossa chegada. Chame os outros. Vou fazer os preparativos.

Ele saiu do quarto e fiquei olhando para a porta. O que acontecera? Aquele beijo fora real? Isso eu teria de descobrir. Enquanto isso, precisava agilizar as coisas.

— Vamos, povo. Hora de levantar.

As duas resmungaram, mas levantaram e ficaram disputando o banheiro. Eu não conseguia pensar direito, até que ele voltou ao quarto.

— Me diga agora o que aconteceu para as suas energias evaporarem?

— Taurus, eu...

Como ele queria que eu pensasse em algo mais do que naquele beijo?

— Me diga.

Droga, ele era um mandão.

— Encontrei com Alexander enquanto estava dormindo. Ele me disse que era uma ilusão. Parecia real, mas não era, você entende?

Ele não se abalou. Achei que sentiria um pouco de ciúme, pelo menos. Mas não.

— Continue.

— Ele disse que conseguiu me contatar através do sangue dele em mim, e que Merlin o ajudou a fazer isso. Disse que, enquanto eu tivesse o sangue dele em minhas veias, poderíamos nos comunicar. Mas acho que agora acabou, pois não sinto nada dele em mim.

Taurus me olhava com o rosto passivo. Isso me irritava demais.

— Você vai dizer alguma coisa sobre o que aconteceu entre nós?

— Vamos conversar em outro lugar.

Ele pegou a minha mão e entrou na sombra. Quando abri os olhos, estávamos em uma biblioteca pequena e aconchegante. Taurus soltou minha mão e se inclinou para que eu sentasse.

— O que mais ele falou?

— Ele disse que não sabia muito bem como foi parar na Cidade dos Dragões. Eu só vi o quintal da casa de Merlin. Era lindo, o ar era tão fresco... Não parecia real. Ele me disse que estava em busca da ajuda de uma vidente que ficava em um palácio perto do templo dos dragões. Eu disse a ele que conhecia um local na Cidade Branca e que ele devia procurá-lo. Acho que essa vidente pode ser a pessoa que está nos ajudando pelo espelho. Depois tudo foi se esvaindo, ficando distante. Dormi por horas depois disso, eu acho. Quando acordei, fui até a janela e vi você com a mulher mais linda em que já pus os olhos.

— Acho que você tem razão com relação à vidente. O que mais ele falou?

— Ele disse que iria atrás dela para tentar descobrir o que ela poderia fazer, mas sinto que a nossa ligação se foi. O que você acha disso? Responda-me com a verdade.

Se ele acreditasse, eu poderia acreditar, também.

— Acho que você está certa. O príncipe não poderá mais entrar em contato com você pelo sangue, mas o que me intriga é como você pode tomar o meu sangue, mesmo com o compromisso que tem com ele, e se manter saudável. Já vi pessoas tentarem isso e sofrerem de dores horríveis.

— Eu me sinto muito bem. Será que você pode tomar o meu sangue? Sei que já deve ter pensado nisso.

Ele deu um pulo, parecia assustado. O que isso significava? Então lembrei o que o Alex me dissera, que seria um compromisso enorme.

— Vamos tentar. Acho que preciso saber se você pode se manter com o meu sangue. Talvez isso ajude a esclarecer algumas coisas.

— Princesa, não podemos. Não sou da realeza. Simplesmente não podemos.

— Taurus, meu pai disse que a realeza só pode beber de outro sangue real. Acho que você pode ser da realeza, e só podemos provar se você beber de mim ou da Natasha. Mas acho que o noivo dela não aprovaria.

— Eu já tinha pensado nisso, mas não pode ser. Nenhum reino ficou sem herdeiros.

— Vamos testar a nossa teoria e descobrir se podemos fazer isso. Acho que os dragões sabiam que, se eu ficasse com você, eu me manteria saudável. Acredito que eles se preocupam com você, também, pois estamos em locais escassos de humanos. Então, como você se sustentaria? Precisamos de você forte. Você sabe que tenho razão.

— Para uma criança, como você pode ser tão esperta e imaginar tudo isso?

Eu ri.

— Essa menina quer saber qual é a sua resposta.

Ofereci meu pescoço e puxei o cabelo.

— Não, princesa, vou fazer isso quando não tiver mais opções. Já lhe disse que, para os guerreiros, isso tem outra conotação. E acho que não deveríamos testar este ponto.

Ele não ia me escapar com essa conversa.

— E quanto ao nosso beijo? Vai continuar fingindo que nada aconteceu?

Ele ficou sério.

— Acho melhor esquecermos isso. Não posso me envolver com você. Estamos em perigo. Eu escutei gritos durante a noite. Estavam a uma distância segura, mas chegarão aqui em breve. Temos de seguir em frente. Vamos descer, o carro está pronto. Quero que tenha cuidado. Assim que sairmos da pousada, arme seu escudo. Estamos próximos do portal. Vamos sair ao crepúsculo, quando estamos mais fortes. Precisamos chegar ao portal à meia-noite em ponto, por isso devemos despistar os guerreiros que estão atrás de nós.

— O quê? Guerreiros?

— Sim. Meus soldados estão contra mim. Não posso confiar no que dizem através do vínculo, e os sinto muito perto. Mas eles sabem disso. Estão usando os convertidos para nos enganar e, se nos alcançarem, não sabemos o que pode acontecer.

Apesar de estar tocada pelo beijo, não colocaria meus amigos em perigo.

— Tudo bem, vamos. Vou me arrumar. Quero que você saiba que essa conversa não acabou.

Fui até ele e o mordi. Tomei um pouco mais de sangue, eu sabia que iria precisar. Não queria que Natasha soubesse que eu e Taurus tínhamos uma ligação. Não confiava nela. Taurus era a minha única chance de sobreviver, e ele ainda não sabia que eu era a dele.

Quando terminei, fechei a mordida com minha saliva. Quando me afastei, cortei meu pescoço e o cheiro inundou a sala. Ele se afastou, mas eu era forte, e segurei seu pescoço.

— Princesa, não podemos.

— Eu quero saber e você também. Faça.

Ele lambeu meu pescoço.

— Vou esperar. Acho melhor sairmos antes do anoitecer.

Ele me levou para o quarto de novo e foi embora. As meninas já tinham descido, então me apressei. Tomei um banho rápido e me arrumei com uma roupa bem confortável:

um vestido preto de mangas compridas e gola alta. Coloquei a meia-calça vermelha e sapatilha preta de verniz, e prendi o cabelo no alto da cabeça.

Quando me olhei no espelho, parecia que não era eu. Sentia-me mais madura. Será que madura o suficiente para dar meu sangue ao guerreiro do Livro? Para ter algo além das minhas fantasias com ele? Eu achava que sim.

Olhei-me no espelho e me vi realmente. Eu era uma princesa vampira, e agora sabia o que queria: salvar a sociedade e convencer Taurus de que sou dele e ele é meu. Acho que Alex fora um engano; não senti a metade das coisas que sentia com Taurus...

Tinha de estar preparada, pois falaria com as fadas e não poderia chegar toda bagunçada. Peguei minhas coisas e, quando ia abrir a porta, o guerreiro saiu do lado da porta. Ele me olhou dos pés à cabeça e ficou quieto, me observando.

— Obrigada por cuidar de mim.

— Sempre o farei, princesa. Deixe que levo as suas coisas para o carro. Fique com seus amigos. Eles estão preocupados com você.

— Taurus, espere.

Ele parou. Ele era lindo e tudo o que eu queria. Eu sabia que não era a hora, ainda. Então decidi esperar.

— Você confia na Natasha?

— Ela parece ter raiva de você. As visões não podem ser distorcidas; nunca vi um guia mentir, mas nunca se sabe.

— Você sabe por que ela não gosta de mim. Às vezes, a mulher desprezada se enche de razão e se acha no direito de ficar furiosa.

— Você está falando por experiência própria?

— Com certeza não.

Ele não precisava saber que eu tinha beijado só o Alex, antes dele. Ele me encarou, e eu resolvi mudar de assunto.

— O que nos espera nessa reunião?

— Nada é fácil, quando se quer mudança. Mas sei que você fará tudo certo, assim como fez com os magos. Só diga o que está sentindo e o que quer para o futuro. Elas vão escutá-la. Precisamos ir. A viagem é longa, e temos de passar por dois portais, além do guardião. Mas não se preocupe, vamos conseguir.

Descemos e nos preparamos para um futuro incerto. Eu estava com os meus amigos, dois vampiros poderosos – e que eu não sabia se estavam do nosso lado ou não –, e o guerreiro que eu tinha acabado de descobrir ser o meu futuro. Eu não sabia como o faria entender que éramos duas partes de um todo, mas, se os Dragões queriam que eu seguisse o meu coração, eu faria exatamente isso...

Fomos para o carro e, durante o crepúsculo, nós saímos. Todos estavam calados. Eu sabia que Taurus tinha checado tudo, em algum momento. Será que ele tinha se alimentado? Eu não queria pensar sobre isso, não depois da nossa conversa.

O Sr. Philipe estava na porta, acenando. Será que um dia voltaríamos a vê-lo? Eu esperava que sim.

— Princesa, erga as barreiras. Eles estão perto, e podem sentir seu poder.

Fiz o que ele pediu. O medo tomava conta de todos.

CAPÍTULO 13

OS PORTAIS

O CARRO ACELEROU E FOMOS PARA O ENCONTRO marcado. Eu não queria olhar para trás, mas foi inevitável. Havia um rastro de fumaça vindo em nossa direção. Virei-me e senti que avançamos ainda mais rápido. Fosse o que fosse, estava perto, e Taurus sabia.

Todos estavam em silêncio. A neve começou a cair cada vez mais forte, e mal dava para ver a estrada, mas Taurus não diminuía a velocidade. Depois de umas três horas indo para o sul, ele virou em uma estrada de terra. Não havia luz para nos guiar, apenas a dos faróis.

Ele dirigiu por mais uma hora. Eram tantas curvas que eu não sabia mais para onde estávamos indo. Saímos em uma estrada asfaltada coberta de neve e então paramos. Ele fez um sinal com o farol e apertou um amuleto. De repente, surgiu um portal azul à nossa frente. Era enorme. A estrada passava bem no centro.

O Land Rover atravessou o portal e, num piscar de olhos, estávamos numa estrada no meio de uma floresta. Mas não havia neve, somente árvores antigas. Névoa tomava tudo, o ambiente era sombrio. Quando olhei para trás, o portal havia sumido, e o restante da estrada continuava até perder de vista.

Olhei para a frente. Tudo permanecia igual.

— Estão todos bem?

— Sim. Já chegamos?

Todos olhavam ao redor. Grady parecia encantado com tudo que estava acontecendo, assim como todos nós.

— Nossa, o que foi aquilo? Incrível.

— Acabamos de passar pelo primeiro portal. Ainda temos muito chão pela frente.

— Mas onde estamos? Não estamos na Terra do Nunca, não é?

Ele acelerou o carro novamente e ficou em silêncio por um instante.

— Estamos entre os dois mundos. É um local mágico.

— Sim, já deu para perceber. Mas onde, no mapa do mundo, nós estamos?

— Em *Dark Hedges.* É um corredor de árvores centenárias que se formou na estrada Bregagh, próximo de Armoy, ao norte da Irlanda.

— Estamos na Irlanda? Como?

— Os portais são poderosos. Precisamos chegar ao final dele. Vocês devem ficar atentos, pois estamos no que chamamos de transição. Aqui muitas coisas são diferentes. Tudo é perigoso.

Resolvi não perguntar mais nada. Eu só esperava que não demorasse muito. Estávamos nervosos, atentos e apavorados. Rodamos por mais uma hora, e a paisagem não mudava. De vez em quando, eu percebia uma sombra atrás das árvores, mas não podia usar o meu poder.

Quando fizemos uma curva fechada, chegamos ao final do portal. A paisagem mudou um pouco, e havia uma cabana abandonada com uma árvore enorme. Tinha algo ali. Apertei o ombro de Taurus.

— Senti algo vindo daquela casa.

— O guardião já sabe que estamos perto. Precisamos passar rápido.

O guerreiro pegou o amuleto e o portal se abriu. Estava tudo escuro e, mesmo com os faróis, não dava para ver nada. Aceleramos e passamos novamente. Eu estava de olhos fechados quando ele parou.

Quando tive coragem de abrir os olhos, estávamos em um descampado. Havia uma cratera ao nosso lado, além de algo no fundo: uma construção.

— Onde estamos?

— Na Itália, em Sorrento. Temos de descer para entrar no verdadeiro portal.

— Minha nossa, parece um jogo de gato e rato.

Todos estavam em silêncio. Descemos bem devagar e, atrás de nós, o portal já havia desaparecido. Estava frio. Todos estavam expirando aquela névoa; só Natasha e Mikhail que não. Taurus me olhou, arqueando uma sobrancelha, como se me perguntando por que eu era diferente dos vampiros da realeza.

Imagino que meu sangue seja diferente, e espero que ele perceba isso logo. Olhei ao redor, mas não conseguia ver quase nada além de alguns degraus para dentro do maior buraco que já tinha visto.

— O que exatamente estamos fazendo aqui?

— Bem, princesa Natasha, estamos aqui para pedir o apoio das raças sobrenaturais para quando voltarmos à Rússia.

— Você está brincando? Eles não servem para nada.

O príncipe Mikhail demonstrava nojo. Nossa, isso que é preconceito.

— Não podemos nos unir a eles, isso é uma loucura.

Taurus estava sério, e eu sabia que ele daria uma resposta curta e grossa. Acostumado a falar com guerreiros, ele não gostava de perder tempo. Olhei no relógio de Beta. Era quase meia-noite.

— O Livro nos trouxe aqui, não foi, princesa Natasha?

— Sim, mas...

— Já temos uma aliança com os magos. Viemos buscar uma com as fadas, e pretendemos nos aliar a todos que possam nos ajudar. A guerra começou, e precisamos de apoio. Ou você acha que, quando voltarmos, tudo estará perfeito como antes?

Eles ficaram calados.

— Vamos esperar pelo guardião. Ele vai chegar a qualquer minuto para podermos descer.

Foi só Taurus terminar de falar que o guardião chegou. Ele era grande, sua pele era bronzeada e, quando olhei para cima, vi olhos amarelos. Ele era um lobisomem. Estava no escuro, então não dava para ver muito.

A voz dele era rouca, quase um grunhido.

— Taurus, você trouxe muita companhia. Nunca o vi com mais ninguém.

— Olá, Argos. A rainha Elizia nos aguarda.

Ele se aproximou com os faróis o iluminando. Era musculoso. Usava calças jeans, camisa preta colada simples, e estava descalço. Ele era moreno, e os cabelos castanhos longos e cacheados estavam presos com uma tira que parecia ser couro.

— Tem muitos companheiros nessa missão. Três vampiros, um mago e uma fada adulta sem ter passado pelo ritual.

Ele estava rondando e nos avaliando. De repente, olhou para o portal e, depois, para Taurus. Algo estava acontecendo.

— Argos, cada um deles foi escolhido pelo Livro. Poderia nos levar até a rainha?

Natasha o olhou, meio hipnotizada. Acho que ela nunca tinha visto um lobisomem – assim como nós –, mas ele a encarou até que ela virou o rosto. Não sei se isso era bom ou ruim, mas o tempo estava se esgotando.

Nunca vi a Natasha desviar o olhar, pelo menos nas vezes em que nos encontramos. Pelo visto, o amor por Alex não fora real. Todos podem se enganar.

— Vamos. Temos de descer pelo moinho.

Ele desceu naquele buraco enorme, parecendo estar com pressa. Taurus o seguiu. O céu estava lindo, com muitas estrelas, mas a Lua era minguante, então não dava para ver muito bem.

O protetor do grupo falou de forma rápida e eficiente, como sempre, mas algo estava errado.

— Princesa, você vai descer atrás de mim. Nossos poderes são diminuídos, aqui, por isso a dificuldade em ver no escuro. Apoie-se em mim. Os demais, sigam-nos.

Fiz o que ele mandou. Eu mal conseguia enxergar a um palmo de distância enquanto descíamos. Atrás de mim, vinha Grady, depois Beta, o príncipe Mikhail e Natasha. Todos descemos a escada em espiral. Havia muito musgo pelas paredes e nos degraus. Escorreguei num deles, mas me apoiei no vampiro.

Chegamos ao final da escada e encontramos uma ponte. Quando Argos pisou na ponte, outro portal apareceu. Mas ele não tinha amuleto nenhum.

— Argos é o guardião. Ele pode abrir e fechar portais sem precisar de nenhum instrumento, em qualquer lugar do mundo.

— Taurus, estamos entrando no domínio das fadas. Espero que todos estejam cientes de que seus poderes não funcionam nesse local. É um lugar de paz.

— Não se preocupe. Precisamos passar por esta etapa. O Livro é nosso guia.

Com isso, o guardião virou-se e passou pela porta do moinho. Nós o seguimos e lá estava uma pequena estrada de terra com árvores ao redor. O cheiro de floresta era delicioso. Nós o seguimos e surgimos em uma clareira onde estavam várias fadas. Todas tinham asas brilhantes.

Havia alguns lycans entre eles. Na nossa frente havia um trono feito de raízes e uma mulher linda, que devia ser a rainha, sentada. Parecia que as fadas e os lycans conseguiam conviver em harmonia.

Ficamos todos juntos, e os seres sobrenaturais fizeram um círculo ao nosso redor. Aguardamos enquanto todos comentavam sobre a nossa chegada.

A rainha estava com um vestido verde muito fino, de mangas longas e uma coroa de flores, pedras preciosas e ouro branco. A pele dela era como pérola; os cabelos, loiros, muito lisos e compridos, e os olhos, verdes. Ela era linda. As asas eram transparentes, com pequenos raios dourados, diferente dos demais, e elas faziam pequenos movimentos enquanto nos observava.

Nós nos posicionamos em uma área aberta à frente do trono, fizemos uma reverência e, quando voltei a olhá-la, a fada que estivera com Taurus saiu de detrás do trono. Ela usava um vestido verde escuro que realçava a cor de pele clara e o cabelo vermelho-fogo. Ela riu para o guerreiro, e eu senti muito ciúme. Eles se entendiam bem, diferente de mim. Ela fez a mesma vibração que a da rainha, mas suas asas tinham pequenos pontos prateados, parecendo cristais.

— Guerreiro do Livro, minha filha marcou esta reunião para conversarmos. Não sei bem qual é o intuito de trazer outras espécies até o nosso local sagrado, mas fiquei curiosa.

Ela tinha uma voz incrível. Tudo ali era mágico, e eu podia ver a inteligência por trás da maneira delicada e inocente. Ela parecia ser muito poderosa.

— Rainha Elizia, estamos aqui em uma missão. O Livro nos guiou, e esses são membros escolhidos pelo Livro para isso.

— Muito bem, guerreiro. Quanto a isso, posso entender. Todos terão abrigo em nosso local sagrado.

Ela me examinava enquanto falava. Mesmo assim, eu me sentia tranquila, pois Taurus não nos levaria até lá se tivesse dúvidas a respeito da nossa segurança. Eu sabia o que era esperado de mim e, a essa hora, todos os sobrenaturais deviam saber dos meus dons, do que eu precisava fazer e, o mais importante, que a guerra tinha começado e precisávamos de ajuda.

— Rainha Elizia, sou a princesa Aislin. Antes de o Livro nos enviar aqui, já queria encontrá-la. Sou nova no estudo dos sobrenaturais, mas sei o que importa para mim. Aqui estão os meus amigos. Eles são como meus irmãos, e eu daria a minha vida para protegê-los.

Todos pareciam espantados. Mantive-me olhando para a rainha, e ela fez um sinal para que ficassem em silêncio. Parecia que ela queria ouvir o que eu tinha a dizer.

— Sei que há separação entre as raças e que os vampiros têm subjugado a todos por muitos séculos. A guerra começou na Rússia logo após nossa saída, mas, antes disso, eu me encontrei com os magos, e eles me apoiaram. Desejo que as raças sejam livres, sem que tenham de se esconder, e que cada uma tenha o seu espaço no nosso mundo.

Ela se levantou e veio até mim. Taurus fez menção de se aproximar, e fiz que não com a cabeça. Tinha de resolver isso sozinha.

— Então, pequena Haigi, você vem ao meu local sagrado para propor o quê, de fato?

Era tudo ou nada. Eu teria de convencê-la e, pelo visto, não seria nada fácil.

— Estou aqui, em primeiro lugar, para ajudar minha melhor amiga. Ela me protegeu junto de sua família e, por minha causa, foi criada distante de sua raça. Eu gostaria de pedir que ela tivesse a oportunidade de fazer o ritual das fadas, pois, se o Livro nos enviou até aqui, é porque ela precisa dos seus poderes para concluirmos nossa missão.

A rainha olhou para Beta pela primeira vez. Eu sabia que ela devia estar com vergonha. Ela jamais estivera ao redor de tantas fadas, e sei que ela se sentia inferior por não ter poderes. A rainha olhou para ela, parecendo espantada. Ela levantou a mão e a estendeu, para que Beta fosse até ela.

— Custo a acreditar no que os meus olhos estão vendo. Achei que os tivesse perdido para sempre.

Beta pareceu confusa e olhou para Grady, em busca de ajuda. A rainha percebeu que ela não sabia do que ela estava falando. Na verdade, nenhum de nós sabia.

— Sua mãe é minha irmã mais nova. A única de nós que tinha amizade com os vampiros. Há anos, ela simplesmente sumiu com o marido, e nunca mais voltou. Todos tínhamos certeza de que os dois haviam sido pegos em uma emboscada no dia do ciclo, quando os príncipes vampiros nascem.

Ela a abraçou e chorou.

— Agora, minha pequena criança, esta é a sua casa, e aqui terá todo o meu apoio e proteção. Nada vai faltar à filha de Aine e Sian Blaer. Você é uma das herdeiras e protetora da nossa raça. Não tenha medo, aqui você encontrará o que procura.

A rainha a beijou na testa e olhou para Kyara.

— Kyara, essa é sua prima. Quero que leve todos às suas acomodações. Amanhã faremos uma grande festa pela volta de um membro da família real, e iniciaremos o treinamento de minha nova criança.

Todos aplaudiram.

— Podem se retirar para os preparativos. Aos escolhidos, minha filha vai guiá-los aos seus aposentos, menos a Haigi. Precisamos terminar a nossa conversa.

Eu sabia que aquilo não tinha terminado. Percebi que os lycans haviam ficado, e estavam conversando com Argos. Algo de errado estava acontecendo.

— Taurus, não tenha receio. Eu jamais faria nenhum mal a um enviado do Livro, mas quero que você confira nossas fronteiras. Os guardiões sairão em patrulha.

Ele queria verificar tudo, mas também não desejava me deixar sozinha e sem poderes para me defender.

— Pode ir — eu disse. — Estarei aqui, esperando você voltar.

Ele assentiu, e todos sumiram pelos portais.

— Venha, pequena Haigi. Vamos caminhar um pouco.

Voltamos pela pequena estrada, e nenhuma das duas falou nada. Ela fez um gesto e uma nova estrada se formou: era florida e havia um banco de pedra em que nós duas nos sentamos.

— Você me surpreendeu com sua ousadia. Estou honrada por ser escolhida para fazer parte desta aliança. Passei muitos anos culpando os vampiros pela morte de minha irmã. Eu não sabia que ela estava grávida na época. Beta é um pouco mais velha que você.

— Sinto realmente que eles tenham sido separados de todos por minha causa.

— Não. Eles estão vivos, e por uma causa muito maior. Você é a escolhida, a princesa da profecia que irá mudar os rumos da história, se realmente conseguir finalizar esta missão.

— *Profecia*? Não sei nada sobre isso!

Eu estava confusa.

— Primeiro, acho que você percebeu que o guerreiro mais poderoso de nosso mundo está fazendo muito mais do que proteger um integrante da missão.

Senti meu rosto corar.

— Rainha Elizia, sei que tenho um compromisso de sangue real com o Alex... quer dizer, com o príncipe Alexander, mas realmente existe algo entre mim e Taurus. Sei que é muito forte. Acho que estou apaixonada por ele, mas não sei muito bem como agir. Vi que sua filha é muito íntima dele, então se eles estiverem...

Ela riu, e tudo nela ficou brilhante.

— Taurus salvou minha filha dois anos atrás. Desde então, são amigos verdadeiros. Nunca houve nada entre eles.

Fiquei aliviada, mas o ciúme ainda estava lá.

— Quero lhe dizer que sua jornada será difícil. Nesse momento, um grande mal está ao nosso redor. Sei que ele não entrará aqui; nossos guardiões são poderosos e, com o guerreiro do Livro, eles não nos preocupam. Mas sabem que vocês estão aqui, e tentarão uma emboscada na saída.

Eu me arrepiei. Toquei no espelho em meu bolso. Eu esperava que nada acontecesse até que pudéssemos revidar. Mas seria difícil.

— Faremos tudo para conseguirmos finalizar essa missão.

— Amanhã conversaremos sobre a profecia. Mas você tem o meu apoio. Vejo coisas maravilhosas acontecendo, e você está ligada a elas, desde que tomem as decisões certas. Venha, vou levá-la ao seu dormitório.

Eu a segui. Quando fizemos a curva, chegamos a uma vila com casas rústicas e coloridas. O lugar era lindo. Elas tinham jardins maravilhosos e um castelo como se tivesse sido entalhado em um tronco. Mas ela me conduziu para uma pequena casa ao lado do castelo. Era branca, com as janelas e porta azuis. A de entrada estava aberta.

— Aqui serão os seus aposentos. Há um quarto muito confortável. Esta é a casa do seu guerreiro quando vem ao nosso reino. Acho melhor que você fique com ele.

Abri a boca, e ela riu. Ela estava me deixando com o Taurus, sem problema nenhum?

— Ele precisa de alguém como você. Taurus está só há muito tempo, e sei identificar o nascimento de algo verdadeiro. Mas ele respeita as tradições, e acho que, por você estar noiva, é algo que o deixa... como posso dizer, *relutante* em pensar melhor no que é visível para mim e para os poucos que o conhecem bem.

Entrei na casa. Era tudo rústico. Havia um pequeno sofá, uma mesa com um vaso e folhagens verde-claras – obra de alguma fada, com certeza –, uma lareira, pia, um armário com louças... Enquanto eu caminhava, a rainha me observava.

— Bem, vou deixá-la, agora. Amanhã lhe responderei tudo o que puder. Bons sonhos, princesa de fogo.

— Majestade, obrigada por tudo. Principalmente pelo apoio e confiança.

Ela riu e, ao passar pela porta, sumiu. Olhei ao redor, mas só via um belo jardim. Fechei a porta e fui conhecer a casa de Taurus. Olhei a geladeira... Agora que reparei, eles tinham luz elétrica? Como conseguiam isso? Havia várias frutas, uma jarra com água e outra com um suco amarelo.

Eu estava faminta. Peguei um cacho de uvas e fiquei muito feliz por saber que podia comer comida novamente. Tomei o suco e descobri que era de laranja. Lavei o copo e as mãos e continuei minha exploração pela casa.

Havia uma mesa com quatro cadeiras. Mais à frente, uma porta, onde deveria ser o quarto. Abri com cuidado. Havia uma cama bem grande, com roupa de cama branca. Nossas malas estavam perto da porta do banheiro.

Abri a primeira gaveta e vi duas toalhas grandes brancas e duas menores. As outras estavam vazias. Peguei uma toalha, abri a mala, separei uma camisa de pijama de seda azul que chegava quase aos joelhos, uma calcinha e a bolsa com itens de higiene. O banheiro era pequeno, todo branco e com desenhos de pássaros azuis.

Tomei um banho rápido, escovei os dentes, me sequei e coloquei a roupa. Ao terminar, ouvi um estrondo. Corri e apaguei a luz. Fiquei assustada. Não tinha como me defender, e Taurus não estava por perto. Eu me escondi no banheiro. Então ouvi a porta do quarto ser aberta e alguém dar um soco na cômoda. Olhei pela brechinha da porta: era Taurus. O que poderia ter acontecido?

Saí do banheiro. Ele segurava a borda da cômoda. Ele se virou para mim, e só então percebeu minha presença. Nem pensei duas vezes. Fui até ele e o abracei. Ele estava sofrendo, mas eu não sabia o porquê. Ele estava muito triste.

Taurus me abraçou, e ficamos assim até que ele me apertou e encostou o rosto no meu pescoço. Senti uma miríade de sensações me tomar por completo. Ele sentiu o mesmo, e quis se afastar, mas não permiti. Apenas quando ele relaxou novamente tive coragem de perguntar:

— O que houve?

Ele não respondeu, mas também não o liberei.

— Me diga, por favor. Estou assustada e preocupada. Já fui enganada por muitos anos.

Eu o soltei. Ele parecia mais tranquilo para falar. Eu é que estava com medo de escutar a verdade. Se ele estava assim, algo de muito ruim estava acontecendo. Mas não ficaria novamente no escuro.

— Taurus, você está me assustando.

Ele se sentou na cama e passou as mãos pelo cabelo. Eu me ajoelhei na frente dele e toquei em suas mãos. Ele demorou, mas acabou segurando as minhas.

— Me diga o que o deixou assim. Estou ficando assustada. Por favor, Taurus, você é meu porto seguro. Deixe-me ser o seu, também.

Ele suspirou alto, e me sentei no chão. Ele apertou as mãos e me olhou.

— Matei cinco dos meus guerreiros. Nunca matei um guerreiro, mas eles estavam transformados, como se algum feitiço estivesse os impedindo de me ouvir. Eles estavam atacando dois guardiões. Os *lycans* são bons lutadores, mas treino os meus e sei o que eles são capazes de fazer. Se eu tivesse esperado mais um minuto, os dois estariam mortos.

Ele precisava de tempo. Fiz o que minha mãe fazia comigo, quem escuta deve esperar até a pessoa falar tudo, mas tudo *mesmo*, para que alguém possa realmente ajudar depois.

— Um deles está gravemente ferido, mas Argos já o levou para o tratamento com as fadas. Mesmo que ele se recupere, alguns dos ossos estavam esmigalhados... Nunca ensinei os meus guerreiros a serem cruéis. A morte deveria ser limpa e indolor, mesmo para os condenados que a mereciam. Ser cruel não é compatível com um guerreiro. Somos a força da justiça.

O sofrimento dele era palpável. Isso me deixou triste, pois não queria que algo de ruim acontecesse com ele. Ele estava todo salpicado de sangue: nos braços, no rosto. Isso o deixava com o aspecto letal.

— Você salvou dois *lycans* da morte e, se algo está acontecendo aos guerreiros, vamos descobrir. Estamos juntos nisso. Não se sinta culpado. Há alguém por trás de tudo isso.

Ele me olhava, mas parecia não aceitar o que eu dizia. Eu precisava mudar de estratégia.

— Você tem de superar, porque, se não interviesse, mais pessoas inocentes poderiam ter morrido essa noite. Precisamos de você. Sei que é pedir muito, agora, mas fiquei assustada, pois você é tão centrado... Eu é que tomo decisões malucas, por aqui.

Um leve sorriso começou a surgir. Eu teria de fazer com que ele descansasse um pouco.

— Tome um banho rápido e, depois, vamos dormir. Você me assustou pra valer.

Ele fechou os olhos e concordou com a cabeça.

— Tudo bem, não demoro.

Ele pegou a sacola, separou algumas roupas e levou a toalha para o banheiro. Enquanto ele tomava banho, puxei um lençol mais grosso para nos cobrir. Saí do quarto e vi que ele tinha esquecido de fechar a porta da frente.

Fechei a porta e as janelas, apaguei as luzes e vi um cogumelo fluorescente sobre a mesa. Ele emitia uma luz meio azulada, que me deixou encantada. Como seria passear pela floresta à noite? Devia ser incrível.

Voltei para o quarto e Taurus estava sentado na cama, apoiado na cabeceira, só de calça de moletom preta. Ele estava dormindo. Ele era lindo, e meu coração sabia o que queria, mas esperaria o tempo que fosse preciso para acontecer da maneira correta.

Apaguei a luz e vi um cogumelo no cantinho do quarto. Este era esverdeado, diferente de tudo que eu já tinha visto.

Deitei-me ao lado de Taurus e, quando eu ia tocá-lo, ele virou-se para me encarar.

— Desculpe. Eu ia acordar você para nos acomodarmos.

— Estava esperando você voltar. Por que demorou tanto?

— Quando apaguei a luz, um cogumelo como aquele ali ficou brilhando em uma cor azul incrível. Fiquei encantada.

Ele riu. Não era aquele sorriso que eu amava, mas era melhor do que nada.

— Esqueço que você não está acostumada a esse tipo de coisa. Me perdoe por assustá-la. Eu não sabia que você estava aqui. Imaginei que a rainha a colocaria no palácio, com os demais. Eu só ia tomar um banho e depois descobriria onde você estava.

Ele achava mesmo que as pessoas não percebiam que nós não poderíamos nos separar?

— A rainha Elizia me disse que essa é a sua casa, e achou melhor que eu ficasse aqui, com você. Podemos dormir? Estou cansada.

— Princesa, acho que não é correto o que estamos fazendo. Não vai ser bom para a sua reputação ficar aqui, sozinha comigo. Talvez fosse melhor irmos para o palácio. Assim, haveria mais pessoas por perto.

— Taurus, vamos fazer assim: dormimos e amanhã discutimos sobre isso. Tenho muitas coisas para perguntar a você, mas realmente preciso dormir.

Deitei, e ele também. Aproximei-me dele, me aconcheguei no seu ombro e encostei o corpo no dele, enlaçando sua cintura. Ele ficou imóvel. Só queria dormir um pouco e, quando estava pegando no sono, Taurus me abraçou.

Pensar no que estava por vir não adiantaria. Tentar prever tudo o que poderia ou não acontecer com os meus amigos, família e, principalmente, com meus sentimentos, não me levaria a lugar algum. Era como estar no meio do deserto e não saber para onde ir.

A minha única certeza era confiar no vampiro que estava ao meu lado e nos meus amigos, que sempre me apoiariam. Dormiríamos mais uma noite abraçados. O futuro eu não sabia; apenas estava feliz naquele momento, e queria ficar assim pelo máximo de tempo que pudesse. E, quando acordássemos, seria um novo dia, e eu continuaria seguindo o meu coração.

Ele era a minha metade. Eu sabia que passaríamos por muitas dificuldades. Tudo mudara em uma semana, eu nem me sentia a mesma pessoa – ou melhor, a mesma vampira. Estava longe de casa, meus amigos continuavam se arriscando e o mundo entrava em uma segunda era das trevas.

Coisas terríveis estavam acontecendo fora daquele lugar protegido, mas eu acreditava que, se a missão fracassasse, nenhum lugar – fosse ele encantado ou não – iria resistir ao mal. A guerra estava apenas começando, mas eu seguiria à risca o que os Dragões haviam me dito: faria o que o meu coração indicasse estar certo. Afinal de contas, eu era a princesa de fogo, e o mundo precisava que eu equilibrasse as forças entre o bem e o mal.

O sono e o cansaço me levaram com tranquilidade ao mundo dos sonhos. Eu tinha uma meta: ser sempre eu mesma, e agir de acordo com a minha consciência. Estava feliz, nos braços protetores do meu guerreiro. Ele ainda não sabia, mas seria meu.

PRÉVIA DO LIVRO 2

PRINCESA DE FOGO E O Mundo das Fadas

SEGREDOS DOS DRAGÕES

ACORDEI CEDO – PRINCIPALMENTE PARA MEUS padrões –, mas estava com fome, algo que não tinha desde que me tornara de fato uma vampira. Estava aquecida, pois meu guerreiro estava abraçado a mim. Dessa forma, podia apreciar um pouco os traços dele sem ficar constrangida.

Taurus era lindo. Seu rosto era cheio de ângulos perfeitos, os lábios estavam entreabertos e relaxados enquanto dormia. Eu sabia que o amava; só de olhar para ele, parecia que havia milhões de borboletas dentro do meu estômago. Era bom e estranho ao mesmo tempo.

Saí bem devagar. Foi a primeira vez que Taurus não despertou rapidamente. Eu achava que era a influência do Mundo das Fadas, ou de tudo o que acontecera na noite anterior.

Fui até a cozinha e não sabia por onde começar. Meu desejo era um café da manhã completo, como o que minha mãe fazia: chocolate quente e panquecas. Enquanto abria a janela que dava para os fundos da casa e pensava, senti um aroma diferente. Quando me virei, havia um bule em cima do fogão e panquecas em um prato no forno.

Eu nem conseguia acreditar no que estava acontecendo. Pensei em ovos e bacon fritos, e foi como mágica. Havia um prato em cima da mesa com ambos. Sério! Isso era incrível, eu queria morar naquela casa para sempre!

Sem pensar duas vezes, peguei o prato do forno, e uma xícara e talheres na gaveta do armário. Comi tudo o que consegui. O sabor da comida era maravilhoso! Terminei e estava saciada, nada de sangue. Pensei em lavar, enxugar e guardar a louça; simples assim, tudo isso aconteceu. Aquele lugar era verdadeiramente perfeito.

Depois de estar bem alimentada, abri bem a janela. Atrás da casa, ficava um pequeno paraíso: havia um córrego com águas cristalinas, grama verde perfeita com pequenas margaridas silvestres crescendo do solo, as árvores eram lindas, com imensas flores brancas. Eu precisava fazer um reconhecimento do local. Saí, mesmo descalça, e a grama estava úmida do orvalho. Andei até perto do pequeno riacho e toquei na água. Achei que estaria fria, mas era morna, e havia vários peixes com cores vibrantes nadando nela: azuis, amarelos, um que parecia um arco-íris neon, todos de espécies diferentes entre si. Toquei em uma flor que era maior que a palma da minha mão, e ela se fechou instantaneamente.

— Nossa, que susto!

— Eu não falei nada — disse uma voz, atrás de mim.

Virei-me e tive a visão perfeita. Taurus estava só de calça moletom, o braço apoiado na porta e rindo com as covinhas mais incríveis que um vampiro poderia ter. Não sei quanto tempo fiquei parada como uma idiota, só encarando ele, mas meu cérebro dava curto quando ele fazia esse tipo de coisa.

— Acho que você já descobriu como a cozinha funciona. Sinto cheiro de ovos e bacon, panquecas e chocolate quente. Acho que vou me servir do mesmo que você — ele cheirou o ar, e sabia exatamente o que eu havia pensado em comer. — Venha, não quero você longe da casa sem alguém para acompanhá-la.

— Eu mal dei dez passos para fora da casa.

— Tudo pode acontecer, mesmo aqui.

Levantei as mãos em rendição e – opa – eu estava só com uma blusa e calcinha! Isso foi constrangedor, mas pude ver um brilho rápido nos olhos dele. Porém, aquela não era hora, nem lugar, para tentar entender o que seria aquilo.

— Enquanto você come, eu tomo um banho e me arrumo, está bem? — eu disse.

— Certo. Não demore. Precisamos nos reunir com os seus amigos, e a cerimônia deve ocorrer o mais rápido possível.

Eu sabia o porquê de ele estar com pressa. Eu também podia sentir algo ruim no ar.

— Não vou demorar.

Fui tomar banho, e eu não parava de pensar que, depois de uma noite ao lado de Taurus – por quem eu estava completamente apaixonada –, precisava saber o que aconteceria com Beta e como ela teria seus poderes de volta. A rainha ainda precisava me falar sobre a profecia. Eram tantas coisas acontecendo... Porém, eu sabia que não poderia falhar.

Havia um vestido em cima da cama. Era longo e azul-escuro, com brilhos como pequenos diamantes. Vesti-o. Ele colava no corpo até acima do joelho e, abaixo disso, era solto. Dei uma volta, olhando-me no espelho; como ele não tinha alças, meu corpo se emoldurava perfeitamente. Eu até parecia uma princesa de verdade. Prendi o cabelo em um coque e calcei os sapatos de salto, maquiei-me com cores claras e, assim que terminei, Taurus entrou no quarto.

Agora eu sentia o que tanto ouvia as pessoas falarem: o amor era algo que deixava o meu corpo todo em chamas, e meu coração batia tão forte que eu me sentia viva só de olhar para o guerreiro.

— Princesa, não podemos ficar assim.

Eu sabia que ele precisava se acostumar com a ideia, e eu daria um jeito de terminar com aquele noivado de qualquer maneira.

— Taurus, temos coisas mais importantes para resolver agora. Depois podemos pensar na nossa situação.

Ele me olhou com intensidade, mas, sem seus dons, ficava difícil interpretar aquele olhar.

AGRADECIMENTOS

Agradeço a todas as pessoas que têm me ajudado durante a construção, preparação e continuação dessa história. Um agradecimento especial a todos os funcionários e editores da Editora Pandorga, que têm me ajudado muito na concretização de mais este sonho.

Desejo que cada vez mais possamos sonhar com as histórias e personagens.

Amo os capítulos, as cidades, os castelos, as personagens dessa história. Espero que vocês possam sonhar comigo.

Muito obrigada a todos os leitores...

INFORMAÇÕES SOBRE NOSSAS
PUBLICAÇÕES E ÚLTIMOS LANÇAMENTOS

FACEBOOK.COM/EDITORAPANDORGA

TWITTER.COM/EDITORAPANDORGA

WWW.EDITORAPANDORGA.COM.BR

Este livro foi composto em Linux Libertine
(textos) e Metamorphous (títulos) para a
Editora Pandorga em setembro de 2016.